Der Schrei des Löwen

© Karina Ramadan

Ortwin Ramadan ist Halb-Ägypter und wurde 1962 in Aachen geboren. Er lebt am Ammersee und arbeitet seit seinem Politik- und Ethnologiestudium als Drehbuchautor und freier Autor.

Ortwin Ramadan

Der Schrei des Löwen

CARLSEN

MIX
Papier aus verantwortungsvollen Quellen
FSC® C083411
www.fsc.org

Originalausgabe
Veröffentlicht im Carlsen Verlag

Lektorat: Dennis Wohlfeil
Umschlagfoto: istockphoto.com/© MShep2; istockphoto.com/© Guenter Guni
Umschlaggestaltung: formlabor
Corporate Design Taschenbuch: bell étage
Gesetzt aus der Minion und Syntax von Dörlemann Satz, Lemförde
Druck und Bindung: CPI books GmbH, Leck
ISBN 978-3-551-31291-4
Printed in Germany

1.

Yoba lehnte mit dem Rücken an der Betonwand. Er genoss die Kühle hier unten. Oben würde es schon bald sehr heiß werden. Der Harmattan fegte seit Tagen über die Stadt und brachte mit dem Sand auch die Hitze aus der großen Wüste. Die unterirdische Zisterne war in der Trockenzeit ein wirklich guter Ort, fand Yoba. Eigentlich grenzte es an ein Wunder, dass niemand ihnen den Platz bislang streitig gemacht hatte. Dabei waren gute Schlafplätze fast so selten wie ein voller Bauch.

Plötzlich begann sein zwölfjähriger Bruder im Halbdunkeln leise zu wimmern. Er wälzte sich auf seinem Karton hin und her. Yoba beugte sich über ihn und berührte Chioke sanft an der Schulter.

»Chi-Chi!«, flüsterte er. »Wach auf! Es ist nur ein Traum!«

Chioke schreckte von seiner Schlafpappe hoch. Schweißperlen standen auf seiner Stirn und er blickte sich ängstlich um. Yoba fuhr ihm aufmunternd durch die verfilzten Haare.

»Hey, große Ibo-Krieger kennen keine Angst!«, sagte er. »Außerdem ist heute Freitag, schon vergessen? Tag der Löwenfütterung!«

Yoba kroch auf Knien zur gegenüberliegenden Wand und fischte seinen kostbarsten Besitz aus einer Spalte zwischen den Steinen. Das Notizbuch war nagelneu. Als er es vor zwei Tagen im Müll gefunden hatte, war es noch in Folie eingeschweißt gewesen. Offenbar handelte es sich um ein achtlos weggeworfenes Werbegeschenk, denn auf dem grünen Einband prangte das Logo eines internationalen Ölkonzerns.

Yoba steckte seinen Schatz in den Bund seiner zerschlissenen Baumwollhose. Danach schlüpfte er in seine ausgeleierten Plastikschlappen und sprang auf die Füße.

»Na los, hoch mit dir!«

Chioke ergriff die ausgestreckte Hand und ließ sich widerstandslos hochziehen. Besorgt musterte Yoba die blutigen Schnitte an den Füßen seines kleinen Bruders. Ein schlechtes Gewissen überkam ihn. Sein Bruder brauchte unbedingt Schuhe, denn die Straßen der Stadt waren voller Scherben. Yoba klopfte ihm den Sand von dem Stofffetzen, der einmal ein gelbes T-Shirt gewesen war.

»Wenn ich in die Bruderschaft aufgenommen werde, kaufe ich dir weiße Adidas. Versprochen! Und zwar die echten – keine nachgemachten vom Ariaria-Markt. Na, was sagst du dazu? Freust du dich?«

Chioke sah ihn teilnahmslos an. Yoba seufzte. Seit der schrecklichen Nacht im Dorf redete sein Bruder noch weniger als vorher. Er schien in einer anderen Welt gefangen zu sein und Yoba wusste nicht, wie er ihn von dort zurückholen konnte. Wenigstens waren die Narben auf der Brust seines Bruders gut verheilt. Das magische Zeichen würde er jedoch für immer auf seiner Haut tragen. Es würde ihn stets an die grauenhafte Zeremonie erinnern. Wütend darüber griff Yoba nach der in die Wand eingelassenen Metallleiter und kletterte aus der Zisterne. Chioke blieb unten und wartete.

Trotz der frühen Morgenstunde war die Stadt längst erwacht. Überfüllte Minibusse, hupende Autos und unzählige knatternde Mopeds verstopften die Kreuzung an der Factory Road von Aba. Niemand beachtete den schlaksigen sechzehnjährigen Jungen, der auf dem zugemüllten Grundstück neben der Straße aus einem Loch in der staubigen Erde kroch. Yoba war das nur recht. Er blinzelte in die dunstige Morgensonne und sah sich vorsichtig um. Nachdem er sicher war, dass ihn niemand beobachtete, pfiff er auf zwei Fingern das vereinbarte Zeichen. Gleichzeitig spuckte er fluchend aus. Der Sand in der Luft ließ das Atmen schon am frühen Morgen zur Qual werden.

Als Chiokes Kopf in der Öffnung der Zisterne auftauchte, drängte Yoba seinen Bruder zur Eile. Sein leerer Magen brüllte vor Hunger. Dass es Chioke nicht viel besser ging, konnte er an den unnatürlich geweiteten Pupillen ablesen. Kein Wunder, ihre letzte gemeinsame Mahlzeit lag schon mehr als einen Tag zurück. Sie hatte lediglich aus einem knochenharten Stück Fladenbrot bestanden. Jetzt lief ihm allein bei dem Gedanken an Mama Kambinas köstliche Onugbo-Suppe das Wasser im Mund zusammen.

Er fasste Chioke an der Hand und nahm am Rand des Grundstücks Aufstellung. Als in dem lärmenden Strom aus Mopeds, Autos und qualmenden Lastwagen endlich eine Lücke entstand, ging er zügig los und zog seinen Bruder hinter sich her über die mehrspurige Straße. Auf der anderen Seite schlängelten sie sich durch die Stände der kleinen Moped-Werkstätten, die ihr Geschäft direkt auf dem ölverschmierten Bürgersteig betrieben. Dann schlugen sie den Weg zum Gefängnis ein.

2.

Adaeke kauerte vor dem Lehmofen und legte ein Stück Wurzelholz in das aufflackernde Feuer. Wie die meisten Mädchen in Westafrika trug sie ein farbenfrohes, mit traditionellen Stammesmustern bedrucktes Kleid. Ihr Haar war von einem kunstvoll arrangierten Kopftuch bedeckt, dessen leuchtendes Gelb sorgfältig auf das Grün-Schwarz des knöchellangen Kleides abgestimmt war. Sie warf ein weiteres Holzstück in die Flammen und hatte Mühe, mit ihrem verletzten Bein wieder aufzustehen. Ihre Mutter war wie jeden Freitagmorgen mit dem Moped-Taxi zum Markt gefahren, und solange sie fort war, trug Adaeke die Verantwortung für das Geschäft.

Ihre mit Brettern überdachte Straßenküche stand unter einer großen Werbetafel für eine einheimische Biermarke, auf der ein junges und vor Glück strahlendes afrikanisches Pärchen den Passanten verheißungsvoll entgegenlächelte. Die Garküche selbst bestand lediglich aus dem Lehmherd, einem großen, zerbeulten Aluminiumtopf und zwei schiefen Plastiktischen samt Kisten zum Sitzen. Diese ärmliche Ausstattung tat der Beliebtheit der Küche jedoch keinen Abbruch, was nicht zuletzt an Mama Kambinas Kochkunst lag. Manche behaupteten, ihre Bitterblatt-Suppe sei die schärfste der Stadt, was in Nigeria durchaus als Kompliment zu verstehen war. Soweit Adaeke wusste, stammte die Rezeptur von ihrer Ur-Ur-Großmutter, und über das Geheimnis der Zutaten wachte ihre eigene Mutter ebenso eifersüchtig wie über die Jungfräulichkeit ihrer Tochter.

Adaeke warf eine Handvoll Chilischoten und ein mittelgroßes Stück Räucheraal in den riesigen Topf auf dem Herd. Anschließend rührte sie mit einem Holzlöffel um. Noch war die dickflüssige Suppe lauwarm. Aber das war kein Problem. Die meisten ihrer Kunden waren Besucher des gegenüberliegenden Gefängnisses und das öffnete seine Tore ohnehin erst am späten Vormittag. Vorausgesetzt natürlich, man verfügte über das nötige Bestechungsgeld für die Wärter. Plötzlich riss sie eine gut gelaunte Stimme aus ihren Gedanken.

»Guten Morgen, du schönste aller Blumen Afrikas!«

Adaeke stieß vor Schreck einen Schrei aus und fuhr herum. Hinter ihr standen zwei verdreckte Jungen in zerrissenen Hosen. Es waren Yoba und sein kleiner Bruder.

»Müsst ihr mich so erschrecken?«, schimpfte Adaeke. Dabei fuchtelte sie mit dem übergroßen Holzlöffel in der Luft herum.

»Tut mir leid«, erwiderte Yoba und setzte seine beste Unschuldsmiene auf. »Aber Chioke und ich haben Hunger.«

»Ach ja? Und was geht mich das an?« Adaeke rammte den Löffel zurück in den Topf und rührte zornig darin herum. »Außerdem ist die Suppe noch nicht heiß. Ich habe gerade erst Feuer gemacht.«

»Hast du noch Schmerzen in deinem Bein?«, erkundigte sich Yoba. »Hat die Polizei den Okada-Fahrer gefunden?«

»Machst du dich etwa lustig über mich?« Adaeke hörte mit dem Rühren auf. Gleichzeitig warf sie einen schuldbewussten Blick über die Schulter. »Ich erzähle euch was. Aber ihr müsst mir versprechen niemandem etwas davon zu sagen. Vor allem meiner Mutter nicht!«

»Keine Sorge.« Yoba knuffte seinen Bruder in die Seite. »Der hier kriegt den Mund sowieso nicht auf.«

Er setzte sich an einen der Tische. Adaeke wischte sich die

Hände an einem schmutzigen Tuch ab und beugte sich zu ihm hinunter. »Ich war in der Kirche«, raunte sie geheimnisvoll.

»Na und?« Yoba wunderte sich. »Was soll daran so besonders sein?«

Erneut sah sich Adaeke hastig um. Dann flüsterte sie: »Da habe ich zu Jesus gebetet, damit der Fahrer einen Unfall hat. Er soll genauso viele Schmerzen haben wie ich!«

Nach diesem Geständnis rührte Adaeke weiter in der Suppe und wirkte irgendwie zufrieden. Yoba hingegen konnte seine Verwunderung kaum verbergen. Wenn er den Pfarrer in seinem Dorf richtig verstanden hatte, flehten Christen den Heiland um Beistand an. Nicht, um jemandem zu schaden.

»Das wirkt ganz sicher!«, versicherte Yoba seiner Freundin mit dem gebührenden Ernst. »Der Mann wird bestimmt einen Unfall haben.« Nebenbei linste er in den Topf. »Wann ist die Suppe denn fertig?«

Adaeke verdrehte die Augen. Sie ging zu einem mit Wasser gefüllten Eimer und nahm zwei bunte Plastikschüsseln heraus. Erst jetzt sah man, dass sie schwer hinkte. Ein betrunkener Okada-Fahrer hatte ihr am Unabhängigkeitstag das Knie zertrümmert. Während Adaeke blutend auf der Straße gelegen hatte, war der Mann einfach in Schlangenlinien davongefahren. Yoba und Chioke waren zufällig Zeuge gewesen und hatten Adaeke geholfen, bis jemand einen Transport ins Krankenhaus organisiert hatte. Auf diese Weise hatten sie sich kennengelernt.

Mit gekonntem Schwung löffelte Adaeke die Suppe in die beiden Plastikschüsseln und stellte sie auf den schiefen Tisch. »Guten Appetit!«

Yoba ließ sich nicht zweimal bitten. Nachdem Chioke neben ihm Platz genommen hatte, fielen sie wie ausgehungerte Raubtiere über den ebenso köstlichen wie scharfen Suppeneintopf her. Mit bloßen Fingern fischten sie die verschiedenen Fisch- und Fleischeinlagen heraus, und als Adaeke ihnen noch dazu einen Kloß aus Maniokmais auf den Tisch legte, fühlten sich die Brüder endgültig wie im Paradies. Yoba riss mit zittrigen Händen ein Stück aus dem weißen Teig, formte eine Kugel und tunkte sie in die Schüssel. Dann biss er hinein. Die curryfarbene Suppe tropfte ihm aus den Mundwinkeln und er spürte, wie sein leerer Bauch in Erwartung der ungewohnten Nahrung rebellierte. Magenkrämpfe schüttelten ihn, aber als die ersten Bissen den geschrumpften Magen zu weiten begannen, durchflutete ihn eine wunderbare Wärme. Yoba fühlte sich wie neugeboren.

»Mehr!« Chioke hatte seine Schüssel bereits leer gegessen und hielt sie Adaeke hin.

»Sei nicht so gierig!«, schalt ihn Yoba mit vollem Mund. »Sonst hast du später nur Bauchweh!«

»Schon gut«, entgegnete Adaeke. »Lass ihn.« Sie nahm Chioke die Schüssel aus der Hand. Kaum war sie wieder gefüllt, riss er die Schale wortlos an sich und vergrub sein Gesicht erneut in dem köstlichen Essen. Adaeke setzte sich auf eine geflickte Holzkiste und sah dabei zu, wie Chioke die Suppe in sich hineinschlang.

»Seit wann ist dein Bruder eigentlich so?«, fragte sie Yoba stirnrunzelnd. »Ich habe nie gehört, dass Chi-Chi mehr als zwei Wörter sagt.«

»Da ist mal was passiert«, wich Yoba aus und stopfte eine weitere Maniokkugel in sich hinein. »Vorher war es nicht so schlimm.«

Entgegen seiner Hoffnung ließ Adaeke jedoch nicht locker. »Was ist denn passiert?«, bohrte sie weiter. »Nun sag schon! Ich erzähle es auch keinem weiter!«

Yoba schob Adaeke seine Schüssel hin. »Kann ich auch noch was haben?«

Adaeke sah ihn prüfend an. Endlich nahm sie die Plastikschüssel und humpelte zu dem Topf. »Ich hoffe nur, meine Mutter erfährt nie etwas davon«, stöhnte sie. »Sonst muss ich für meine Gutmütigkeit ewig büßen!«

»Keine Angst. Wenn ich meinen Onkel gefunden habe, zahle ich alles zurück«, verkündete Yoba großzügig. »Ich halte mein Wort.«

»Ist dein Onkel denn reich?«

»Klar«, erwiderte Yoba mit einer großspurigen Geste. »In Europa ist doch jeder reich.«

»Dein Onkel ist in Europa?« Adaeke war überrascht. Gleichzeitig war sie skeptisch. »Und wo da?«

Yoba angelte sein Notizbuch aus der Hose und entnahm ihm ein sorgfältig zusammengefaltetes Stück Papier. Seine kranke Mutter hatte ihm den Zettel auf dem Sterbebett zugesteckt und geflüstert, ihr ausgewanderter Zwillingsbruder Abeche würde sich um sie kümmern. Anscheinend ahnte sie, was nach ihrem Tod geschehen würde.

Yoba faltete das Papier vorsichtig auseinander und strich es behutsam glatt. Auf ihm stand nur ein einziges Wort: HAMBURG.

»Wo soll das denn sein?«, erkundigte sich Adaeke. Sie konnte nicht lesen. Ihre Mutter hatte sich das Schulgeld nie leisten können.

Yoba zuckte mit den Achseln. »Das ist irgendein Ort in Europa. Mehr weiß ich auch nicht«, schmatzte er mit vollem Mund. »Auf jeden Fall werde ich meinen Onkel bald besuchen.«

»Du willst nach Europa?«, empörte sich Adaeke. »Du bist verrückt! Und was wird aus Chi-Chi?«

Yobas Bruder leckte sich völlig in sich versunken die Finger ab. Wie immer schien er nichts von dem mitzubekommen, was um ihn herum geschah.

»Wenn ich gehe, nehme ich Chi-Chi mit«, erklärte Yoba seelenruhig. »Wer weiß, vielleicht finde ich sogar einen Doktor, der ihn wieder gesund machen kann. Europäische Ärzte sind viel besser als unsere!«

Adaeke lachte. »Pah! Weißt du überhaupt, wie viel die Reise nach Europa kostet? Woher soll ein zerlumpter Straßenjunge wie du schon Dollars oder Euros nehmen!«

»Bald verdiene ich genug Dollars und Euros!«, erklärte Yoba lässig. »Irgendwann gibt mir Big E eine Chance. Du wirst schon sehen!«

»Ach ja?«, schimpfte Adaeke. »Ich kann dir genau sagen, wie diese Chance aussieht: Big E schickt dich als Pick Pocket auf die Straße und früher oder später erwischen sie dich. Dann stecken sie dich da drüben ins Gefängnis.« Adaeke zeigte auf den hässlichen, mit Stacheldraht gesicherten Bau auf der gegenüberliegenden Straßenseite. »Es ist besser, ihr beiden kehrt in euer Dorf zurück«, sagte sie mit strenger Miene.

»Das können wir nicht«, erwiderte Yoba, während er auf einer gegarten Schnecke herumkaute. Sie schmeckte göttlich.

»Und weshalb nicht?«, erkundigte sich Adaeke. »Habt ihr was angestellt?«

Yoba schüttelte den Kopf. »Es ist wegen meinem Vater.« Er zögerte. »Und wegen Chi-Chi«, fügte er leise hinzu.

Yoba mochte Adaeke. Er mochte ihre hohen Wangenknochen und er fand, sie war das hübscheste Mädchen, dem er jemals begegnet war. Wenn er genug Geld hätte, würde er sie auf der Stelle heiraten. Auch wenn viele das anders sahen, aber ihm war ihr zertrümmertes Bein egal. Trotzdem wollte er nicht mit ihr darüber reden. Yoba sah seinem Bruder dabei zu, wie er seine Schüssel mit einem Stück Maniokteig immer wieder ausputzte, obwohl sie bereits blitzblank war. Seine Wangen glühten vor Glück.

Mit einem Seufzer der Erleichterung stellte Yoba seine leere Schüssel auf den Tisch. »Das vergesse ich dir nie!«, sagte er zu Adaeke und tätschelte seinen Bauch unter dem löchrigen T-Shirt. »Ich bin so voll, dass ich gleich platze!«

Bevor Adaeke etwas erwidern konnte, erklang inmitten des Straßenlärms ein schrilles Kreischen. Ihre mit Körben und Tüten beladene Mutter stampfte wie ein wütender Wasserbüffel direkt auf sie zu. Dass sie im Gedränge des Marktes das Opfer eines jugendlichen Diebes geworden war, der ihr in einem unachtsamen Moment zwei prächtige Yamswurzeln stibitzt hatte, hatte ihre Laune nicht gerade gebessert.

»Ihr nichtsnutzigen Bettler!«, keifte Mama Kambina schon von weitem. »Verschwindet aus meinem Restaurant! Bei mir gibt es nichts umsonst!«

Schon flog eine Wurzelknolle durch die Luft. Sie verfehlte Yoba nur um Haaresbreite. Chioke sah ihn verständnislos an.

»Oje!«, jammerte Adaeke. »Meine Mutter ist heute besonders schlecht gelaunt.«

»Das kann man wohl sagen!«, meinte Yoba nur.

Er griff nach der Hand seines Bruders, dann suchten die beiden schleunigst das Weite.

»Lasst euch hier nie wieder blicken!«, schrie ihnen Adaekes Mutter hinterher. Die ersten Leute auf der Straße drehten sich bereits um. »Hätte eure Mutter euch doch nie geboren! Ihr elenden Diebe!«

Da war es, das Wort. Yoba fuhr es eiskalt den Rücken herunter. Jetzt wurde es brenzlig. In dieser Stadt klaute für gewöhnlich jeder, egal ob reich oder arm. Selbst die Polizisten nahmen, was ihnen nicht gehörte. Aber nichts schien den Menschen mehr Vergnügen zu bereiten, als einen Dieb zu jagen und ihn halb totzuprügeln. Yoba zerrte seinen Bruder hastig hinter sich her. Erst als sie in eine enge, zugemüllte Gasse eingebogen waren, atmete er erleichtert auf.

»Das war knapp!« Yoba legte den Arm um seinen Bruder. »Verstehst du vielleicht, warum Erwachsene wegen einem bisschen Essen immer so ein Theater machen?«

Chioke hatte die Hände auf seinen Bauch gelegt, so als befürchte er, jemand könnte ihm die gerade genossene Mahlzeit wieder entreißen.

»Was soll's!«, meinte Yoba und gab ihm einen Klaps auf den Rücken. »Auf jeden Fall macht die alte Hexe die beste Onugbo-Suppe der Welt!«

Jetzt nickte Chioke heftig.

»Gutes Essen!«, stammelte er mit leuchtenden Augen.

3.

Als Yoba und sein Bruder die schmale Gasse wieder verlassen wollten, versperrte ihnen plötzlich eine Handvoll Straßenkinder den Weg. Sie waren unterschiedlich alt, aber alle liefen barfuß und waren in Lumpen gehüllt.

»Sieh an, wen haben wir denn da?«, sagte ihr Anführer spöttisch. »Unsere Dschungelaffen!«

Kalu war der unumstrittene Boss der Kinder aus der Azikiwe Road. Obwohl er klein gewachsen und dürr wie eine Bohnenstange war, fürchtete ihn jeder. Unter den Straßenkindern der Stadt erzählte man sich, Kalu habe einmal einer trächtigen Hündin den Bauch aufgeschlitzt und die lebendigen Welpen über einem Feuer gegrillt.

»Keine Angst!«, raunte Yoba seinem Bruder zu. »Sie werden uns nichts tun. Das verspreche ich dir.«

Mutig trat er Kalu entgegen. »Lasst uns in Ruhe! Das hier ist nicht euer Gebiet!«

»Unser Gebiet ist da, wo ich es sage.« Kalu deutete auf die ausgeleierten Schlappen an Yobas Füßen. »Gib mir die!«

»Niemals!«, erwiderte Yoba. Auch wenn die Plastikschlappen längst auseinanderfielen, sie hatten ihn einen ganzen Naira gekostet. Außerdem hätte es sowieso nichts genutzt. Kalu wollte Streit, das war nicht zu übersehen. Mit Unbehagen registrierte Yoba, dass der Anführer der Kinderbande total bekifft war. Allem Anschein nach waren sie irgendwie zu Geld gekommen.

Ehe Yoba reagieren konnte, versetzte eines der Kinder Chioke einen heftigen Stoß. Sein Bruder strauchelte und landete in einem Abfallhaufen an der Hauswand. Sofort erhob sich eine wütende Wolke aus fetten schwarzen Fliegen. Chioke schrie und schlug mit den Armen um sich.

»Seht euch den Krüppel an!«, höhnte der Junge, der ihn gestoßen hatte. Er war bis auf eine kurze, löchrige Turnhose nackt. Sein magerer Körper und seine gekräuselten Haare waren komplett mit Sandstaub bedeckt.

»Du hast doch keine Ahnung!«, schrie Yoba den Jungen an. »Mein Bruder ist kein Krüppel! Wehe, du fasst ihn noch mal an!«

»Sonst passiert was …?« Kalu machte einen Schritt auf Yoba zu und entblößte seine abgebrochenen Schneidezähne. Plötzlich hielt er ein selbst gebasteltes Messer aus einem spitz zugefeilten Stück Blech in der Hand. Seine Kumpels zogen rostige Nägel aus den Hosentaschen.

Um Hilfe zu rufen hatte keinen Sinn. Das wusste Yoba nur zu gut. Wenn man in dieser Stadt um Hilfe rief, erreichte man das genaue Gegenteil. Alle verschwanden wie durch ein Wunder von der Bildfläche. Also sah er sich verzweifelt nach einem Fluchtweg um. Für sein Alter war Yoba zwar überdurchschnittlich groß, aber mit dieser Übermacht konnte er es nicht aufnehmen. Er machte sich bereits auf das Schlimmste gefasst, als plötzlich auf der Hauptstraße ein Polizeiwagen im Schritttempo vorbeikroch. Der Wagen bremste, setzte zurück und hielt genau vor dem Eingang der engen Gasse.

Ein übergewichtiger Polizist in kurzärmeliger Uniform lehnte sich aus dem Fenster und sah gelangweilt zu ihnen herüber. Offenbar überlegte er, ob es die Mühe wert war, auszusteigen und sich einzumischen.

Kalu wurde sofort nervös. Er kannte den fetten Bullen und verspürte wenig Lust, von ihm noch einmal zusammengeschlagen zu werden. Also gab er seiner Bande das Zeichen zum Rückzug. Als er an Yoba vorbeikam, versuchte er dennoch ihm mit dem Blechmesser unauffällig die Seite aufzuschlitzen.

Aber Yoba war darauf gefasst. Mit einer blitzschnellen Drehung wich er dem heimtückischen Stoß aus.

»Bis zum nächsten Mal, du Kakerlake!«, zischte Kalu. Er ließ das selbst gebastelte Messer unter seinem ausgebleichten T-Shirt verschwinden und trottete mit den anderen davon. Auch der Polizeiwagen setzte sich wieder in Bewegung.

»Hey, es ist vorbei!« Yoba drückte seinen Bruder fest an sich. Chioke zitterte am ganzen Körper. »Du hattest doch nicht etwa Angst?«, versuchte er ihn aufzumuntern.

Chioke schluchzte.

»Mach dir nichts draus«, sagte Yoba. Er schob seinen Bruder ein Stück von sich weg und wischte ihm die Tränen aus dem schmutzigen Gesicht. »Ich hatte auch Angst. Jede Menge sogar. Aber heute scheint unser Glückstag zu sein, meinst du nicht auch? Mutters Geist beschützt uns!«

Chioke biss sich auf die Unterlippe und senkte den Kopf. Er blickte stumm auf seine blutigen Füße.

Der Parkplatz der ausländischen Firma war von einem meterhohen Maschendrahtzaun umgeben. So wie alle Stellplätze in der Stadt. Niemand wäre so verrückt gewesen, sein Auto einfach so am Straßenrand abzustellen. Anthony, der alte Wächter des Firmenparkplatzes, wohnte in einem Bretterverschlag direkt neben der Zufahrt. Sein Bett bestand aus einer ausgebauten Autorückbank, deren Polster mit den Jahren rissig geworden war. Dennoch verging kein Tag, an dem Anthony nicht pünktlich um acht Uhr die Kette löste, das quietschende Tor öffnete und die ersten Firmenangestellten in einer tadellos gebügelten Uniform begrüßte. Viele der Angestellten waren US-Amerikaner. Sie wohnten in den Villenvierteln außerhalb der Stadt und für die gestressten Pendler war Anthonys freundliches Gesicht in der Regel die erste angenehme Erscheinung des Tages.

An diesem Morgen vermochte Anthonys Begrüßung allerdings kaum jemanden aufzuheitern. Zu dem alltäglichen Verkehrschaos gesellte sich die drückende Hitze und der Sand des Harmattan. Die Ausländer fuhren grußlos an ihm vorbei, sprangen aus ihren Wagen und retteten sich in den Schutz des klimatisierten Firmengebäudes. Anthony taten diese Menschen leid. Die meisten Weißen kannte er nun schon lange und ihm kam es so vor, als würde Afrika ihre bleichen Gesichter nicht nur röter, sondern auch härter machen.

Als der alte Parkplatzwächter Yoba und seinen Bruder die Straße entlanglaufen sah, winkte er ihnen schon von weitem zu.

»Ihr kommt spät!«, rief er.

»Tut mir leid!« Yoba schnappte atemlos nach Luft. »Aber wir konnten nicht eher. Wir waren frühstücken.«

»Das ist gut«, freute sich Anthony. »Was gab's denn?«

»Onugbo-Suppe«, platzte es aus Chioke heraus und er streichelte seinen gefüllten Bauch.

»Er redet ja doch!« Der weißhaarige Greis kniff Yobas kleinen Bruder in die Wange. »Ich habe dir ja gesagt: Wenn du fest daran glaubst, kannst du den Fluch besiegen. Irgendwann wirst du wieder sprechen konnen. So wie dein Bruder.«

Dass Yoba und Chioke seit ihrer Ankunft in der Stadt nicht verhungert waren, lag vor allem an Anthony. Der alte Mann hatte sie beim Aufbrechen eines Autos erwischt und wider Erwarten nicht die Polizei gerufen oder einfach Selbstjustiz geübt. Vielmehr hatte er den hungernden Brüdern ein Angebot unterbreitet: Wenn sie ihm bei seinen Pflichten zur Hand gingen, würde er ihnen im Gegenzug erlauben auf »seinem« Parkplatz einen Autowaschservice anzubieten. Yoba hatte natürlich sofort eingeschlagen. Seither konnten die Angestellten ihr Auto während der Arbeitszeit für ein bisschen Kleingeld putzen lassen.

Anthony schmunzelte. »Für euer Geschäft sehe ich allerdings schwarz«, sagte er zu Yoba. Er wies auf den restlos belegten Parkplatz. »Ihr seid zu spät. Die Weißen sitzen bereits alle in ihren Büros.«

»Dann warten wir eben auf die Langschläfer«, meinte Yoba gut gelaunt. »Wer weiß, was noch passiert. Heute ist nämlich unser Glückstag. Das spüre ich in meinem großen Zeh!«

Anthony lachte. Es hörte sich an wie das Krächzen eines sterbenden Hahns. »Da könntest du sogar Recht haben. Siehst du den Mercedes dort?«

»Den schwarzen da?«, fragte Yoba sofort.

Anthony nickte ehrfurchtsvoll. »Das ist der neue Wagen vom Direktor. Er hat mich gebeten ihn putzen zu lassen. Und dafür hat er mir das hier gegeben!«

Anthony winkte mit fünf druckfrischen Dollarscheinen. Als Yoba mit leuchtenden Augen danach greifen wollte, ließ der zahnlose Greis sie mit einer erstaunlichen Geschwindigkeit verschwinden. »Erst die Arbeit, dann der Lohn, junger Mann!«, schmunzelte er.

Yoba eilte in den Pförtnerverschlag, zog den Eimer hinter einem Haufen Gerümpel hervor und füllte ihn an dem rostigen Wasserhahn. Anthonys Reich bestand nur aus einem einzigen Raum, dennoch verfügte es über fließendes Wasser. Der alte Parkplatzwächter kannte Gott und die Welt, und einem seiner vielen Bekannten war es gelungen, eine in der Nähe verlaufende Wasserleitung anzuzapfen. Jetzt drehte man einfach den quietschenden Hahn auf und das Wasser floss heraus. Meistens zumindest. Trotzdem staunte Yoba jedes Mal aufs Neue. Bei ihm zu Hause im Dorf konnten sich nicht einmal die wohlhabenden Familien solch einen Luxus leisten. Da gab es einen Brunnen für alle.

Yoba drehte den Wasserhahn wieder zu. Er zog einen Stofffetzen unter dem Waschbecken hervor, der einmal ein Hemd gewesen sein musste, und schleppte den schwappenden Eimer nach draußen.

»Macht bloß keine Kratzer in den Lack!«, ermahnte ihn Anthony besorgt. »Sonst verliere ich meine Arbeit. Und dann habt ihr auch keine mehr, vergesst das nicht!«

»Keine Sorge, Großvater! Wir sind Profis!« Yoba zwinkerte seinem Bruder zu. »Stimmt's?«

»Profis!«, nickte Chioke.

Dann trottete er Yoba mit dem gebührenden Ernst hinterher. Die nagelneue Mercedes-Limousine stand auf dem Direktorenparkplatz neben dem gläsernen Firmenportal. Noch nie hatte Yoba ein so vollkommenes Auto gesehen. Ehrfürchtig strich er über den schwarzen, staubbedeckten Lack des Kotflügels. Wo derart perfekte Maschinen gebaut wurden, mussten auch die Menschen perfekt sein. Daran bestand für Yoba nicht der geringste Zweifel. Er linste durch die getönten Scheiben in das Innere des Wagens. Bestimmt besaß sein Onkel Abeche in Europa nicht nur ein Haus aus Steinen, sondern auch so ein kostbares Auto.

4.

»Und du bist dir wirklich sicher?« Big Eagle schnellte mit katzenhafter Geschmeidigkeit aus seinem überdimensionalen Korbsessel und ging wütend vor seinem Schreibtisch auf und ab. Die gelb-braun getüpfelte Hyäne, die sich vor dem Mahagonitisch auf einem Antilopenfell rekelte, spitzte die Ohren und kaute unruhig auf ihrem locker sitzenden Maulkorb herum. Hyänen galten in Nigerias Gangsterkreisen neuerdings als der letzte Schrei. Sie waren nicht nur weitaus kräftiger als ein Kampfhund und mindestens so intelligent, sondern auch um ein Vielfaches gefährlicher. Ihre Bisskraft stand der eines Löwen in nichts nach.

»Es gibt keinen Zweifel«, sagte Tupac tonlos. »Seine Freundin hat ihn verpfiffen. Sie hatte Angst, wir könnten uns an ihr und ihrer Familie rächen.«

Tupac hatte die Ärmel seines Kampfanzuges hochgekrempelt. Sein pockennarbiges Gesicht verriet keinerlei Regung. Big Eagle und er hatten schon im Dschungel des Deltas zusammen gekämpft. Jetzt war er eine Art Leibwächter und die rechte Hand des ehemaligen Milizenführers.

»Das glaube ich einfach nicht!«, brüllte Big Eagle. Er trug einen cremefarbenen Seidenanzug, italienische Slipper und an seinem Handgelenk baumelte eine goldene Rolex. »Ich habe ihn von der Straße geholt. Er war wie ein Sohn für mich. Ich habe ihm vertraut!«

Er trat auf den Voodoo-Priester zu, der bislang stumm in der Ecke gestanden hatte, und drohte mit erhobenem Zeigefinger. »Shit! Wozu bezahle ich dich eigentlich? Hä? Kannst du mir das sagen?«

Der Priester gab keine Antwort. Er war in ein bodenlanges, himmelblaues Gewand gekleidet und um seinen Hals hingen etliche magische Amulette. Sie verschwanden fast gänzlich unter seinen dicken, bis zur Hüfte reichenden Dreadlocks.

»Verrat kann man nicht prophezeien«, erklärte er in einem gleichgültigen Ton. »Die Geister beschäftigen sich nicht mit Lügen.«

Big Eagle wollte etwas erwidern, griff dann aber wutschnaubend nach einem der auf dem Tisch aufgereihten Handys und schleuderte es gegen die Wand, wo es mit einem lauten Knall zersprang.

»Wie viel?«, fragte er mit eisiger Stimme.

»Keine Ahnung.« Tupac sah verlegen auf die blank polierten Kappen seiner Springerstiefel und knetete seine tätowierten Fingerknöchel.

»Wie viel, verdammt noch mal!?«, schrie Big Eagle.

»Die Kleine sagt, sie weiß es nicht.« Tupac fühlte sich sichtlich unwohl.

»Dann schnapp dir ein paar von den Jungs und bring sie zum Reden!«, zischte Big Eagle. »Ich will wissen, wie viel Geld mir das Schwein gestohlen hat.«

Er ging in die Hocke und kraulte der Hyäne die borstige Rückenmähne. Sie schlug nervös mit ihrem buschigen Schwanz, hielt aber ansonsten still.

»Meine Königin«, flüsterte Big Eagle, während er die Hyäne zärtlich zwischen den Augen streichelte. »Holt mir gefälligst mein Geld zurück!«, befahl er schließlich mit lauter Stimme, ohne seinen Blick von der Hyäne abzuwenden.

»Das ist nicht so einfach«, erwiderte Tupac. »Die Kleine sagt, er habe die Blood Axes für ihren Schutz bezahlt und sich in einer ihrer Absteigen am Bahnhof verkrochen. Wir kommen nicht an ihn heran, ohne einen neuen Krieg zu riskieren.«

»Dann müssen wir eben vorsichtig sein!«, entschied Big Eagle. »Findet jemanden, der nicht zur Bruderschaft gehört. Egal wie: Ich will seinen Kopf!«

Die Hyäne fletschte hinter dem Maulkorb die Zähne. Mit ihren Kiefern konnte sie ohne weiteres einen Flusspferdknochen zermalmen.

Auf dem nur wenige Häuserblocks entfernten Parkplatz begutachtete Yoba mit Stolz seine Arbeit. Obwohl die Sonne hinter einem Dunstschleier verborgen war, konnte er sein Spiegelbild in dem frisch polierten Lack des Mercedes sehen. Nur sein Bruder schien mit ihrem gemeinsamen Werk mal wieder nicht zufrieden zu sein. Er lief in einem fort um den funkelnden Wagen herum und suchte mit ernstem Gesicht nach einem Staubkorn, das ihm vielleicht entgangen war. Das machte er immer. Wahrscheinlich lag das an seinem Problem im Kopf.

»Wir sind fertig!«, rief Yoba dem alten Parkplatzwächter zu. Anthony hatte es sich im Schatten seines Verschlages auf einem Stuhl bequem gemacht. Dort würde er, abgesehen von einigen gelegentlichen Kontrollgängen über den Parkplatz, den Rest des Tages damit verbringen, dem Straßengewimmel auf der anderen Seite des Maschendrahtzauns zuzusehen.

Yoba goss das schmutzige Wasser aus und schickte Chioke los, damit er den Eimer an seinen Platz zurückbrachte. Danach ließ er sich erwartungsvoll neben Anthony nieder. Auf der anderen Seite des Zauns strömten die Passanten und Autos wie eine führerlose, nie endende Antilopenherde an ihnen vorüber.

»Wir sind fertig!«, erklärte Yoba feierlich und hielt die Hand auf.

Anthony nickte und zückte die Dollarnoten. Zwei der Scheine gab er Chioke, Yoba erhielt drei.

Ehrfürchtig hielt er die grünen Scheine zwischen seinen abgekauten Fingernägeln. Er hatte noch nie einen richtigen Dollarschein besessen und jetzt besaß er gleich drei davon!

»Da … Danke!«, stotterte er.

Auch sein Bruder war hin und weg. Er versuchte sogar durch das bedruckte Papier hindurchzusehen.

»Nun wedel damit nicht so in der Gegend herum!«, schalt Yoba ihn. Gleichzeitig blickte er sich rasch um. Erleichtert stellte er fest, dass ihnen niemand auf der Straße Beachtung schenkte.

Yoba faltete seinen Anteil sorgfältig zusammen und steckte die Scheine in seine Unterhose. »Wenn du willst, nehme ich dein Geld und pass darauf auf«, sagte er zu Chioke.

Doch der warf energisch den Kopf hin und her und presste die Banknoten erschrocken an sich.

»He, das war ja nur ein Vorschlag!«, beruhigte Yoba ihn. »Behalte sie einfach, okay?« Plötzlich stutzte er. »Was will der denn von uns?«

Aus dem Gewühl der Straße löste sich ein barfüßiger Junge. Er war ungefähr in Chiokes Alter und sein linker Fuß war verkrüppelt.

»Was willst du?«, fragte Yoba, als der Junge vor ihnen stehen blieb.

»Du sollst zu Big E kommen«, antwortete der Knirps, ohne Anthony eines Blickes zu würdigen.

Yoba wurde sofort hellhörig. Wenn Big Eagle eigens einen

Boten zu ihm schickte, musste es wichtig sein. Wie die meisten Jungs im Viertel hatten er und Chioke für Big E bereits kleinere Jobs erledigt. Anthony wusste natürlich nichts davon.

Bislang war es stets gleich abgelaufen: Yoba hatte von einem Mittelsmann ein mit braunem Ölpapier umwickeltes Päckchen in Empfang genommen und es zusammen mit Chioke an der angegebenen Adresse abgeliefert. Danach hatte er seine Belohnung kassiert und keine weiteren Fragen gestellt. Der Inhalt der Pakete hatte ihn nie interessiert. Was zählte, war allein die Tatsache, dass er und sein Bruder nach einem dieser Aufträge mindestens eine Woche lang nicht hungern mussten.

»Was will Big E denn von uns?«, wollte Yoba wissen. Er hoffte, Anthony würde jetzt keine neugierigen Fragen stellen.

»Was weiß ich, was Big E von dir will.« Der Botenjunge stand vor ihnen und popelte in der Nase. »Ich hab's dir gesagt – also schuldest du mir was.«

Mit diesen Worten drehte er sich um und hinkte davon. Kurz darauf war sein krauser Haarschopf im Gewühl der Passanten untergetaucht.

»Du solltest nicht hingehen.« Anthony hatte die Unterhaltung mit stummem Missfallen verfolgt. »Big Eagle ist ein Ungeheuer.«

»Ach, Großvater«, lachte Yoba bitter. »Mit Ungeheuern haben wir Erfahrung. Frag Chi-Chi!«

Sein kleiner Bruder schien mal wieder ganz in seiner eigenen Welt versunken zu sein. Er starrte mit unbewegter Miene auf die andere Straßenseite, wo ein störrischer, mit Stoffballen überladener Esel die Fahrbahn blockierte und von seinem Besitzer mit wüsten Stockschlägen malträtiert wurde.

»Ich muss gehen«, entschied Yoba. »Sonst schaffen wir es

nie zu meinem Onkel nach Europa. Oder soll ich etwa ewig Autos putzen?«

»Was ist so schlimm daran?«, entgegnete Anthony. »Sieh mich an: Ich bin kein Gangster und ich habe jeden Tag zu essen und einen Platz zum Schlafen.« Er deutete auf seinen undichten Bretterverschlag.

»Aber du bist alt!«, protestierte Yoba. »Chi-Chi und ich sind jung! Wir haben unser ganzes Leben noch vor uns, verstehst du? Ich will nicht den Rest meiner Tage an meinen leeren Bauch denken. Außerdem will ich mir endlich kaufen, was ich will. Sieh dir nur Chi-Chis Füße an! Woher soll ich das Geld für Schuhe nehmen? Mit Autowaschen werden wir ja nicht mal richtig satt!«

Anthony schwieg. Heutzutage schienen die jungen Leute immer gleich nach den Sternen zu greifen. Sie sehnten sich nach einem Leben, das er nicht kannte. Dennoch ließ er nicht locker.

»Du darfst die Hoffnung nicht aufgeben!«, flehte er Yoba an. »Diese Gangster machen dich vielleicht reich. Das weiß ich nicht. Aber ich weiß ganz sicher, dass sie dich und deinen Bruder ins Unglück stürzen werden!«

»Keine Sorge!«, wiegelte Yoba ab. »Ich werde schon aufpassen.« Der alte Greis war ihm längst ans Herz gewachsen. Er erinnerte ihn an seinen eigenen, blinden Großvater. Er hatte bis zuletzt jeden Tag auf dem Dorfplatz gesessen und seine Geschichten zum Besten gegeben.

»Ich halte mich aus allen gefährlichen Sachen raus«, versicherte Yoba ihm. »Das Einzige, was ich will, ist ein bisschen Geld verdienen.«

Er schlüpfte in seine Plastikschlappen und erhob sich. Auf

der anderen Straßenseite lieferte sich der Eselbesitzer mittlerweile eine handfeste Auseinandersetzung mit einem Lastwagenfahrer. Ein Stau hatte sich gebildet und weitere Fahrer waren ausgestiegen, die sich nun lautstark in den Streit einmischten.

Yoba verdrehte die Augen. »Abgesehen davon ertrage ich das alles nicht mehr! Der ganze Gestank und Lärm, der Sand, das ewige Kämpfen. Ich habe die Nase voll!«

»Kämpfen muss man überall«, entgegnete Anthony. »Glaub mir, da kenne ich mich aus.« Er klang resigniert.

»Aber es gibt Orte, da bekommt man wenigstens eine Chance!«, hielt Yoba trotzig dagegen.

Er gab seinem Bruder einen Stups. Chioke stand ebenfalls auf und trottete wie eine leblose Puppe hinter ihm her.

Jeder wusste, wo Big Eagle wohnte. Er kontrollierte das gesamte Gebiet von der Market Road bis hinauf zum Bahnhof. Drogen, Prostitution oder gefälschte Medikamente – Big E und seine Bruderschaft, die Black Eagles, hielten die Fäden fest in der Hand. Darüber hinaus kontrollierten sie auch die legalen Geschäfte. Alle Geschäftsleute, ganz gleich ob Firmenchef, Ladenbesitzer oder einfache Marktfrau, mussten für ihren »persönlichen Schutz« einen gewissen Anteil von ihrem Umsatz an die Bruderschaft abführen. Die einzige Ausnahme bildeten die Autofahrer und Taxiunternehmer. Ihr Schutzgeld wanderte in die Taschen der schlecht bezahlten Polizei.

Die Mittagshitze lastete schwer auf den Brüdern, als sie in die ruhige Sackgasse einbogen, an deren Ende sich Big Eagles zweistöckige Villa befand. Sie war von einer weiß getünchten

Mauer umgeben, deren Krone mit Stacheldraht und einbetonierten, farbigen Glasscherben bestückt war.

Die Zufahrt wurde von zwei bewaffneten Gangmitgliedern mit verspiegelten Sonnenbrillen bewacht. Sie fläzten sich im Schatten einer Akazie auf zwei Plastikstühlen und lauschten gebannt einer Fußballübertragung, die aus einem Transistorradio plärrte.

»Was wollt ihr hier?«, fragte einer der beiden Wächter ungeduldig. Die beiden jungen Männer trugen Goldketten, und ihre weit ausgeschnittenen Muskelshirts boten einen freien Ausblick auf ihre hantelgestählten Oberarme samt dem Gangzeichen: fünf absichtlich herbeigeführte Narben, die sich deutlich von der schwarzen Haut abhoben und die Flügel eines Adlers symbolisieren sollten. Das war das Zeichen der Black Eagles.

Yoba bemühte sich möglichst lässig zu wirken. Er deutete auf sich und Chioke. »Big E will uns sehen. Also lasst uns gefälligst durch!«

Der Gangster musterte die beiden Straßenjungen und balancierte dabei seine Kalaschnikow gelangweilt in den Händen. »Habt ihr Geld?«

»Lass die Jungs in Ruhe«, meinte sein Kumpel beiläufig, während er das Fußballspiel im Radio verfolgte. »Die haben nichts.«

»Kommt her!« Der Wächter mit dem Maschinengewehr winkte die Brüder zu sich in den Schatten. Als Yoba und Chioke vor ihm standen, tastete er sie ab. Plötzlich hellte sich sein Gesicht auf.

»Na, wer sagt's denn!« Mit einem breiten Grinsen zog er Chioke den Lohn fürs Autowaschen aus der Hosentasche. »Sogar richtige Dollars!«

Chi-Chis Mund klappte auf. Er wollte protestieren, aber Yoba hielt ihn zurück. Dann war er selbst an der Reihe. Schnell hatte der Gangster das Notizbüchlein in seinem Hosenbund gefunden. Die Dollarscheine in seiner Unterhose hingegen entgingen seinen gierigen Händen.

»Wo ist dein Geld?«, wollte der Gangster wissen. Er nickte in Chiokes Richtung. »Wenn er welches hat, musst du auch welches haben. Du siehst kräftiger aus als er. Also?«

»Ich hab meins schon ausgegeben!«, log Yoba. »Fürs Essen.«

»Und was ist das?« Der Gangster blätterte durch die unbeschriebenen Seiten des Notizbuches. Außer dem zusammengefalteten Zettel mit dem Wohnort von Onkel Abeche entdeckte er nichts. Enttäuscht warf er Buch und Zettel auf die Straße. Chiokes Dollarscheine steckte er ein. Dann stieß er einen Pfiff aus, woraufhin ein weiteres bewaffnetes Gangmitglied auftauchte. Der Mann musste auf der anderen Seite der Mauer gewartet haben. Nachdem Yoba sein Büchlein und den Zettel hastig aufgeklaubt hatte, führte der dritte Gangster ihn und Chioke durch den Garten zur Villa.

5.

Der Kies des Weges knirschte unter Yobas ausgetretenen Plastikschlappen. Der Geruch im Garten verschlug ihm den Atem. Überall blühten Blumen und bunte Sträucher und auf den haushohen Palmen zwitscherten Vögel. Eine Oase der Ruhe inmitten der rastlosen, stinkenden Großstadt. Selbst die Hitze und der beißende Sand in der Luft schienen vor der mit Glasscherben und Stacheldraht bewehrten Mauer haltzumachen. Yoba fühlte sich wie ein König. Nur wenige hatten Zugang zu diesem Paradies und ab jetzt gehörten er und sein Bruder offenbar dazu. Vielleicht bekam er nun endlich die Chance, auf die er gewartet hatte!

Wenn er in die Gang aufgenommen würde, wäre er mit einem Schlag alle Sorgen los. Er hätte immer genügend Geld, und was das Wichtigste war: Er konnte Chi-Chi besser beschützen. So wie er es seiner Mutter versprochen hatte. Wenn er erst das Zeichen der Bruderschaft am Oberarm trug, würde es keiner mehr wagen, seinen Bruder herumzuschubsen.

Chioke schien von der unwirklichen Pracht des Gartens ebenso beeindruckt. Staunend trottete er hinter dem Gangster und Yoba her. Als sie an dem türkisblau leuchtenden Swimmingpool vorbeikamen, blieb er wie gebannt stehen. Er wollte gerade auf die Knie sinken, um das glitzernde Wasser zu berühren, aber Yoba hielt ihn zurück.

»Lass das!«, zischte er. Gleichzeitig zog er seinen Bruder schnell wieder auf die Füße.

Der Gangster führte sie auf die Terrasse und befahl ihnen dort zu warten. Dann verschwand er durch die Terrassentür ins Innere des Hauses. Yoba blickte sich um. Neben der Kiesauffahrt war ein Gärtner damit beschäftigt, ein Blumenbeet zu bewässern. In dem feinen Sprühnebel vor seinem Schlauch brach sich das Sonnenlicht und schuf einen zarten Regenbogen.

»Bist du aufgeregt?«, fragte Yoba seinen Bruder.

Chi-Chi reagierte nicht. Die intensive Farbe des glasklaren Swimmingpools hatte ihn in seinen Bann gezogen. Yoba selbst war furchtbar nervös. Er hatte einen ganz trockenen Mund.

»Wenn wir es richtig anstellen, gibt uns Big E vielleicht einen festen Job«, versuchte er sich Mut zu machen. Er legte den Arm um seinen Bruder. »Vielleicht sogar hier im Garten. Na, wie fändest du das? Dann können wir bestimmt mal in dem Pool schwimmen. So wie früher im Fluss, als Mama noch da war.«

Chioke drehte den Kopf und sah seinen großen Bruder stumm an. Bevor Yoba etwas sagen konnte, kam ein übergewichtiger Streifenpolizist aus dem Haus. Es war der gleiche, der sie zufällig vor der Bande aus der Azikiwe Road gerettet hatte. Ohne sie eines Blickes zu würdigen, rauschte er an ihnen vorbei. Kurz darauf wurde die Terrassentür erneut aufgeschoben und der Gangster, der sie hergeführt hatte, streckte den Kopf heraus.

»Kommt mit!«, herrschte er die Jungen an.

Yoba und Chioke gehorchten und folgten ihm zögernd ins Haus. Kaum hatte sich die Glastür hinter ihnen geschlossen, traf sie die Kälte der Klimaanlage wie ein Schlag. Yoba fröstelte. Der elegant eingerichtete Raum, in dem sie sich nun befanden, war riesig. Sein Boden bestand aus Marmor und am Ende führte eine goldene Treppe in das nächste Stockwerk. In der Mitte des Raumes, direkt unter dem pompösen Kristallkronleuchter, stand ein Schreibtisch aus glänzendem Mahagoniholz. Auf ihm lagen Geldbündel, daneben summte ein aufgeklappter Laptop.

Big Eagle saß in einem gewaltigen Korbsessel hinter dem Schreibtisch. Er telefonierte mit einem der Handys, die er wie kleine Soldaten fein säuberlich in einer Reihe vor sich aufgestellt hatte. Immer wieder schnippte er einen unsichtbaren Fussel von seinem cremefarbenen Anzug. Tupac, seine rechte

Hand, stand neben dem Tisch und zählte das Geld. Sobald er mit einem Bündel fertig war, legte er es auf einen Stapel und nahm das nächste. Yoba verschlug es die Sprache. Mit so vielen Dollars konnte man die ganze Stadt kaufen!

Erst jetzt bemerkte Yoba die Hyäne unter dem Tisch. Sie musterte Chioke und ihn, als wären die beiden ihre nächste Mahlzeit. Yoba hatte keine Angst vor Tieren, aber er nahm sich vor, der Bestie besser nicht zu nahe zu kommen. Maulkorb hin oder her. Zu seiner Überraschung schien die Anwesenheit der Hyäne seinen sonst so ängstlichen Bruder überhaupt nicht zu stören. Yoba hatte eher den Eindruck, als wolle er jeden Moment auf die Bestie zugehen und sie streicheln. Doch dann stand mit einem Mal ein Voodoo-Priester neben ihnen.

Yoba konnte sich nicht erklären, wo der unheimliche Mann hergekommen war. Chioke geriet sofort in Panik. Er zitterte und seine Augenlider begannen zu flattern. Der Voodoo-Priester sah Chioke wortlos an. Dann griff er nach seiner Halskette und fuchtelte Chioke mit einem Amulett aus Federn und Schlangenknochen vor dem Gesicht herum. Gleichzeitig murmelte er etwas Unverständliches. Chioke erstarrte. Er rollte die Augen, so dass nur noch das Weiße seiner Augäpfel zu sehen war. Anschließend sank er auf die Marmorfliesen nieder, wo er sich mit zuckenden Gliedern herumwälzte. Der Priester wandte sich mit einem verächtlichen Lachen von ihm ab.

»Was soll das?« Big Eagles schneidende Stimme hallte durch den Raum. Der Gangsterboss hatte sein Telefongespräch beendet.

Yoba griff Chioke unter die Arme und zog ihn eilig hoch. Aus dem Mundwinkel seines Bruders floss Speichel und sein Atem ging stoßweise.

»Ist der krank, oder was?« Angewidert blickte Big Eagle über den Rand seiner Sonnenbrille hinweg zu ihnen herüber. Auch Tupac hatte mit dem Zählen aufgehört und starrte Chioke an.

»Mein Bruder ist nicht krank!«, versicherte Yoba hastig. Chi-Chi hing wie ein nasser Sack in seinen Armen. »Er …«, Yoba holte tief Luft und deutete in Richtung des Priesters. »Er hat nur Angst vor Männern wie ihm da. Sonst nichts! Ich regele das schon!«

Yoba schleifte seinen Bruder nach draußen auf die Terrasse und lehnte ihn gegen einen Pflanzenkübel. »Du wartest hier auf mich!«, sagte er entschieden. »Ich bin gleich zurück! Also rühr dich bloß nicht von der Stelle!«

Yoba ließ seinen Bruder nur ungern allein, aber wenigstens atmete er wieder normal. Sein Brustkorb hob und senkte sich in einem gleichmäßigen Rhythmus. Auch das gruselige Augenflackern hatte aufgehört.

»Tut mir leid«, entschuldigte sich Yoba, als er in das Haus zurückkehrte. »Aber mein Bruder hat Schlimmes erlebt. Das kommt nicht wieder vor.«

Der Priester stieß ein spitzes Lachen aus. Yoba versuchte ihn zu ignorieren.

»Kommen wir zur Sache!«, entschied Big Eagle ungeduldig. Er bedeutete Yoba näher zu treten. Als er bemerkte, dass der Junge wegen der Hyäne unter dem Tisch zögerte, lächelte er ihn freundlich an. »Keine Angst, sie hat heute schon gefrühstückt!«

Yoba nahm allen Mut zusammen und trat näher. Das viele Geld auf dem Tisch zog seinen Blick magisch an. Für den Bruchteil einer Sekunde überlegte er, ob er sich nicht das Geld schnappen und einfach weglaufen sollte. Rennen konnte er schon immer gut. In seinem Dorf war niemand schneller als er gewesen.

»Das ist der Bursche, von dem ich dir erzählt habe«, erklärte Tupac, ohne dass er gefragt wurde. Er legte das letzte gezählte Geldbündel auf den Stapel. »Sein Bruder ist ein Schwachkopf, aber er hier scheint ganz brauchbar zu sein. Bis jetzt hat er uns jedenfalls gute Dienste geleistet.«

»Mein Bruder ist kein Schwachkopf!«, protestierte Yoba. Anschließend blickte er verlegen auf seine schmutzigen Füße. Die dösende Hyäne unter dem Tisch beäugte ihn durch ihre halb geschlossenen Lider. Er zwang sich die Anwesenheit der Bestie, so gut es ging, zu vergessen.

»Wie heißt du?« Big Eagle musterte ihn von Kopf bis Fuß.

»Yobachi.«

»Und wie alt bist du?«

»Fast siebzehn.«

»Was hast du da? Ist das etwa ein Messer?« Big Eagle zeigte auf die kaum sichtbare Beule, die sich unter Yobas fleckigem T-Shirt abzeichnete.

Yoba schüttelte den Kopf. Er zog das Notizbuch aus dem Hosenbund und reichte es dem Gangsterboss. Big Eagle betrachtete es von allen Seiten. Neugierig faltete er den Zettel auseinander, der zwischen den Seiten steckte.

»Da … da wohnt mein Onkel«, stotterte Yoba. »Ich habe den Zettel nur, damit ich den Ort nicht vergesse.«

Der Gangsterboss faltete den Zettel wieder zusammen, legte ihn zwischen die Seiten und gab Yoba das Büchlein zurück. »Du kannst lesen und schreiben?« Er schien überrascht.

»Ja, Sir!«, versicherte Yoba eifrig. »Ich bin fast fünf Jahre zur Schule gegangen!«

»Hast du das gehört?«, sagte Big Eagle zu seinem Leibwächter. »Sogar dieser Bauernjunge kann lesen. Es wird langsam Zeit, dass du es auch endlich mal lernst, meinst du nicht?«

Big Eagle lachte lauthals über seinen eigenen Witz. Dabei stupste er immer wieder seine Sonnenbrille mit dem Zeigefinger die Nase hoch. Tupac sagte nichts, aber wie sich an seinem pockennarbigen Gesicht ablesen ließ, war dieses Thema sein wunder Punkt.

»Also, Spaß beiseite!«, keuchte Big Eagle, nachdem er sich wieder beruhigt hatte. »Kommen wir zum Geschäft.«

Yoba hätte zu gerne seine Augen gesehen, aber das Einzige, was er in den Gläsern der Sonnenbrille sah, war sein eigenes Spiegelbild.

»Gefällt dir die Uhr?«, wollte der Gangsterboss wissen. Ihm war nicht entgangen, dass Yoba immer wieder auf die funkelnde Rolex an seinem Handgelenk schielte.

Yoba schluckte und nickte. Für so eine Uhr würde er alles tun!

»Und wie gedenkst du dir so eine Uhr zu verdienen?«, fuhr Big Eagle fort. »Mit Autowaschen etwa? Oder Betteln?«

Yoba sah beschämt auf seine kaputten Plastikschlappen.

»Ich möchte ein Black Eagle werden«, sagte er kleinlaut. »Und mein Bruder auch.«

»Hoho, nicht so schnell!«, bremste Big Eagle ihn. »So einfach ist das nicht. Die Bruderschaft ist eine Elite! Bei uns kann nicht jeder mitmachen. Das Zeichen des Adlers muss man sich erst verdienen!«

»Ich bin bereit!«, platzte es aus Yoba heraus. »Bitte, Sir! Ich werde Sie bestimmt nicht enttäuschen!«

Der Gangsterboss warf seinem Leibwächter einen fragenden Blick zu, aber Tupac verzog keine Miene. Erst jetzt fiel Yoba auf, dass der Voodoo-Priester verschwunden war. Hoffentlich ließ er seinen Bruder in Ruhe.

»Also schön!«, entschied Big E nach einer Weile. »Wenn du wirklich ein Black Eagle werden willst, musst du beweisen, dass du auch das Zeug dazu hast. Das verstehst du doch, oder?«

»Was soll ich tun?«, fragte Yoba. Sein Herz schlug ihm vor Aufregung bis zum Hals.

»Also, wir haben da ein kleines Problem«, begann Big Eagle, während er die Schublade seines Schreibtisches aufzog. »Und du kannst es für uns aus der Welt schaffen.«

Er zog einen Gegenstand aus der Schublade und legte ihn oben auf die Geldbündel. Yoba spürte, wie ihm die aufsteigende Angst die Kehle zuschnürte.

Der Lauf der Pistole zielte genau auf seinen Bauch.

6.

»Das nervt!« Julian drosch wütend auf die Tastatur seines Laptops ein. Zu spät, seine Spielfigur wurde mal wieder in tausend Stücke geschossen. Entnervt klappte er den Computer zu und sah aus dem Autofenster. Die Landstraße wand sich durch die karge Hügellandschaft, nur hin und wieder säumte ein einsamer Olivenbaum den Weg. Julian hasste Oliven. Und noch mehr hasste er Sizilien.

»Warum können wir nicht in der Nähe vom Flughafen bleiben?«, nölte er auf der Rückbank. Dieser gemeinsame Familienurlaub war schon jetzt eine einzige Katastrophe.

»Das frage ich mich auch«, murrte sein Vater, während er im Schritttempo ein Schlagloch umkurvte. »Sie hätten uns wenigstens ein Auto mit Navi geben können.«

Julians Mutter fuhr mit dem Zeigefinger über die Straßenkarte, die ausgebreitet auf ihren Knien lag. »Wir haben doch die Karte von der Tankstelle«, murmelte sie. »Wir finden den Weg schon.«

»Aber der Typ vom Autoverleih hat gesagt, mit der Abkürzung dauert es bis Capo-Dingsbums höchstens eine halbe Stunde!«, meldete sich Julians jüngere Schwester zu Wort. »Und ich dachte, das Hotel liegt am Meer. Ich seh hier überhaupt kein Meer. Hier gibt's doch nur Schafe und vertrocknete Bäume!«

Frederike hockte neben ihrem Bruder auf der Rückbank und tippte auf ihrem Handy herum. Wie immer versteckte sie sich und ihre Zahnspange hinter einem Vorhang aus dunkelblonden Haaren.

»Vielleicht liegt das Meer ja in der anderen Richtung«, lästerte Julian. Wenn es so etwas wie SMS-Sucht gab, dann war seine

Schwester ganz sicher ein Junkie. »Oder die Hotelfotos im Internet waren ein Fake. Würde mich nicht wundern. Wahrscheinlich liegt das Hotel direkt neben einer Müllkippe.«

Seine Mutter stieß einen ihrer unübertroffenen Weltklasse-Seufzer aus und drehte sich nach hinten: »Die Ferienanlage hat die besten Bewertungen in ganz Sizilien! Also reißt euch zusammen und wartet einfach ab! Wir haben uns vorgenommen gemeinsam einen schönen Urlaub zu verbringen und das werden wir auch!«

Ihre zusammengezogenen Augenbrauen ließen keine Widerrede zu. Dabei hätte Julian schreien können. Während seine Kumpels auf den legendären Partys am Baggersee ihren Spaß hatten, war er dazu verdammt, sich mit seinen Eltern zu Tode zu langweilen. Und garantiert würde Katja wieder mit dem Typen aus der Oberstufe rummachen.

»Nicht einmal eine anständige Klimaanlage hat diese Schrottkiste!«, schimpfte sein Vater.

Er drehte die Klimaanlage hoch, woraufhin seine Mutter sie sofort wieder nach unten regulierte. Sie vertrat die Ansicht, zu viel kalte Luft schade dem freien Fluss der Körperenergie.

»Da an der Kreuzung müssen wir links!« Seine Mutter deutete durch die staubige Windschutzscheibe. »Wenn die Karte stimmt, müsste man gleich das Meer sehen!«

Julians Vater folgte der Anweisung mit einem vernehmbaren Grunzen, aber vom Meer fehlte weiterhin jede Spur. Stattdessen durchquerten sie ein Dorf mit weiß getünchten Häusern. Abgesehen von den streunenden Hunden und den schwarz verhüllten Frauen, die ihnen misstrauische Blicke zuwarfen, schien die abschüssige Dorfstraße in der flimmernden Mittagshitze wie ausgestorben.

Julian fuhr sich durch seine dunkelblonden Haare. »Mann, hier sieht es echt aus wie in einem Mafiafilm!«, stellte er fest.

»Du solltest dich schämen!«, schalt ihn seine Mutter. Sie sah ihn im Rückspiegel an. »Sizilien besteht nicht nur aus der Mafia. So etwas nennt man ein Klischee. Eigentlich müsstest du alt genug sein, um das zu wissen!«

Frederike hörte auf zu tippen. »Cool! Übernachten wir wirklich in einem Mafiahotel?« Sie hob den Kopf. »Ich wollte schon immer von einem richtigen Gangster entjungfert werden!«

»Was!?« Ihr Vater drehte sich kurz um, dann stieg er mit beiden Füßen auf die Bremse. »Scheiße!«

Ein Hund überquerte in aller Seelenruhe die Dorfstraße.

Julians Mutter legte seinem Vater die Hand auf den Oberschenkel. »Klaus, du hast mir doch versprochen die Arbeit zu vergessen und dich zu entspannen!« Anschließend erschien ihr Kopf wieder zwischen den Vordersitzen. »Und ihr da hinten gebt endlich Ruhe! Wir sind hier, um uns zu erholen! Also tut mir den Gefallen und erholt euch gefälligst!«

Julian verkniff sich jeden weiteren Kommentar. Es hatte sowieso keinen Sinn. Mit oder ohne Meer – dieser ganze Urlaub war völlig bescheuert.

Nach einer weiteren Stunde Irrfahrt durch das sizilianische Hinterland fanden seine Eltern endlich die Ferienanlage. Das »Palm Beach Resort« lag versteckt in einer malerischen Bucht und gehörte eindeutig zu den besseren Familienhotels. Die einzelnen Gebäude lagen in einem weitläufigen, gepflegten Garten und der hoteleigene, mit akkuraten Sonnenschirmreihen gespickte Strand strahlte vor dem Hintergrund des azurblauen Meeres in einem makellosen Weiß.

Sein Vater parkte den Wagen, und als sie die klimatisierte Hotellobby betraten, eilte sofort der Empfangschef auf sie zu.

»Signorina! Signore! Buongiorno!«, begrüßte er die neu eingetroffenen Gäste. Er verbeugte sich artig und führte Julians Eltern an einen modern gestylten Tresen aus poliertem Walnussholz.

»Dürfte ich Ihre Namen erfahren, Signore?« Er sah auf den Bildschirm des Hotelcomputers.

»Wegmann. Klaus Wegmann.«

»Mit Familie«, fügte Julians Mutter hinzu.

»Ah, Dottore Wegmann!« Der Empfangschef scrollte den Bildschirm herunter, bis er den gesuchten Eintrag gefunden hatte. »Wir haben Sie drei Stunden früher erwartet.« Er drehte sich um und nahm einen der bunten Zimmerschlüssel vom Haken. »Wir hätten Sie auch vom Flughafen abholen können. Unseren Gästen steht ein kostenloser Shuttleservice zur Verfügung. Und einen Wagen hätten Sie ebenfalls bei uns im Hotel mieten können. Das wäre sogar günstiger gewesen.«

Julians Vater warf seiner Frau einen Blick zu, den sie geflissentlich übersah. Der Empfangschef winkte einen uniformierten Pagen herbei und teilte ihm die Zimmernummer mit. Dann übergab er Julians Vater den Zimmerschlüssel mit einem geübten Lächeln. »Signore! Willkommen im Paradies!«

7.

Yoba hatte Schwierigkeiten, dem hinkenden Jungen zu folgen. Trotz seiner Behinderung bewegte sich der Bursche erstaunlich flink durch die Menschenmenge. Schon bald hatten sie die Kathedrale erreicht. Sie ließen sie links liegen und überquerten den Platz vor dem Bahnhof. Endlich blieb der Junge vor einer Bar stehen. Auf der Hauswand neben dem Eingang prangte gut sichtbar das Graffito einer schwarzen Axt. Die Blood Axes waren die erbitterten Feinde der Black Eagles und ausnahmsweise war Yoba froh, dass er das Adlerzeichen noch nicht auf dem Arm trug.

Der Junge deutete auf eines der Fenster im ersten Stock über der Bar. »Er ist da oben!«, sagte er. »Und denk dran: Jetzt schuldest du mir schon zwei Gefallen!«

Die Rotzfäden liefen ihm aus der Nase, aber das schien ihn nicht sonderlich zu kümmern. Stattdessen machte er kurzerhand wieder kehrt und trat den Rückweg an. Yoba blickte ihm nach und fühlte sich inmitten der vielen Menschen plötzlich elendig allein. Die geladene Pistole in seinem Hosenbund war höllisch schwer und er musste aufpassen, dass ihr Gewicht ihm nicht auf offener Straße die Hose herunterzog. Er versuchte möglichst unauffällig zu wirken. Sein Puls raste und ihm wurde schlecht. Er sollte da hochgehen, den Verräter erschießen und das Geld, das er bei ihm fand, zurückbringen. Mehr hatte ihm Big Eagle nicht gesagt. Aber sie hatten Chioke zur Sicherheit dabehalten. Nur für den Fall, dass er auf die Idee käme, mit dem Geld abzuhauen.

Yoba warf einen Blick zu dem Fenster hinauf. Jemand hatte es von innen mit einem Tuch zugehängt. Sobald es dunkel wurde, würde er einfach da raufgehen und es tun. Also suchte er sich einen Platz, von dem aus er den Eingang der Bar und das Fenster gut im Blick hatte. Anschließend machte er es sich neben dem Müllcontainer bequem, um auf die Dunkelheit zu warten. Als ein Fahrrad-Grillwagen an ihm vorbeirollte, kam ihm eine Idee. Er lief hinter dem Wagen her und opferte schweren Herzens einen seiner kostbaren Dollars, um eine Handvoll gegrillte Suya-Spieße zu kaufen. Der alte Mann betrachtete die Dollarnote misstrauisch von allen Seiten. Offenbar hielt er das Geld für falsch.

»Hast du keine Naira?«

Yoba hatte es eilig. »Nun mach schon, Großvater! Der Schein ist echt.«

»Aber den kann ich nicht wechseln!«

»Dann behalt den Rest, okay?« Yoba verwünschte jetzt schon den Tag, an dem er beschlossen hatte ein Black Eagle zu werden.

Der glatzköpfige alte Mann betrachtete Yoba, als sei er von allen guten Geistern verlassen. Dann steckte er den Dollarschein ein und stieg von seinem Fahrrad. Mit einem Stück Karton fachte er die Glut in seinem Grillkasten an, dann legte er die mit gemahlenen Erdnüssen und Gewürzen marinierten Fleischspieße auf den selbst gebauten Drahtgrill. Das Fett tropfte in die Glut und verbrannte mit einem köstlichen Zischen. Yoba lief das Wasser im Mund zusammen. Als der alte Mann ihm die fertigen Spieße in ein Stück Zeitung gewickelt aushändigte, war er für einen kurzen Moment versucht diesen Leckerbissen sofort in sich hineinzustopfen. Immerhin hatte er seit Adaekes Bitterblatt-Suppe nichts mehr gegessen.

Aber Yoba beherrschte sich. Eine quälende Stunde lang saß er neben dem Müllcontainer, verteidigte die verführerisch duftenden Suya-Spieße gegen die Fliegen und wartete. Die Sonne versank hinter den Blechdächern, doch die Hitze und der umherwehende Sand blieben. Das Gewühl auf den Straßen, das ständige Hupen und unaufhörliche Knattern der Mopeds wurde langsam weniger. Yoba dachte an den Swimmingpool und an Onkel Abeche. Er wollte nicht zum Mörder werden. Aber er konnte auch nicht einfach abhauen. Chi-Chi war schließlich in der Hand der Gang.

In der hereinbrechenden Dunkelheit schlenderte Yoba wie zufällig über die Straße und betrat mit wackeligen Knien die Bar. Am Tresen hockten nur wenige Leute und tranken Bier. Aus einer Box unter der Decke wummerte ein Hip-Hop-Beat von 9ice. Als sich Yoba unauffällig Richtung Treppe bewegen wollte, versperrte ihm ein kleinwüchsiger Mann den Weg. Er trug einen knallgelben Trainingsanzug.

»Halt!«, blaffte der Zwerg. »Was hast du hier zu suchen?« Die Tätowierung auf seinem Handrücken wies ihn als Mitglied der Blood Axes aus.

»Ich … ich bringe nur Essen«, stotterte Yoba, während er ihm das Zeitungspaket hinhielt. »Der Mann aus dem ersten Stock hat aus dem Fenster gerufen. Ich soll ihm ein paar Suya bringen.«

»Zeig her!« Der Gangster wickelte das vor Fett triefende Zeitungspapier auseinander.

Yoba betete zu seinen Ahnen, dass ihn der Zwerg nicht durchsuchte und die Pistole in seinem Hosenbund fand. Zum Glück war er jedoch lediglich an den verführerisch duftenden

Fleischspießen interessiert. Wie selbstverständlich griff er sich die Hälfte, den Rest gab er Yoba zurück.

»Wenn du in zwei Minuten nicht wieder da bist, komme ich dich suchen«, sagte er und biss in einen der immer noch lauwarmen Spieße.

»Hey, Ike!«, rief ein Mann am Tresen dem Zwerg zu. »Wenn du weiterhin so viel frisst, wächst du noch in den Himmel!«

Hinter Yoba brachen die Männer in Gelächter aus. Wie in Trance stieg er die Treppe in den ersten Stock hinauf. Sein Herz schlug ihm bis zum Hals. Im Flur roch es nach Urin, draußen im Innenhof fauchten zwei streitende Katzen. Während seiner Wartezeit vor dem Haus hatte er genug Zeit gehabt, um sich zu überlegen, wo das Zimmer des Verräters lag. Es musste die zweite Tür auf der rechten Seite sein. Als er davorstand, atmete er mehrmals tief durch, um sein pochendes Herz zu beruhigen. Erst danach klopfte er an die Tür. Nichts geschah. Yoba klopfte erneut. Diesmal antwortete ihm eine tiefe Stimme.

»Was ist?«

»Ich bringe was zu essen!«

»Ich habe nichts bestellt. Verschwinde!«

»Ike schickt mich!«

Stille. Yoba hörte das Blut in seinen Ohren rauschen. Plötzlich drehte sich der Schlüssel und die Tür öffnete sich. Sie quietschte leise. Yoba griff mit der Rechten hinter seinen Rücken und legte seine Hand um den kalten Pistolengriff. Im Türspalt erschien das Gesicht eines etwa dreißigjährigen, gut aussehenden Mannes in einem bunten Hemd. Misstrauisch musterte er den Straßenjungen, aber als er das fettige Zeitungspapier in Yobas Linken bemerkte, hellte sich seine Miene auf.

»Mit schönen Grüßen von unten!«, log Yoba.

Offenbar hatte der Mann ebenso großen Hunger wie er, denn er ließ alle Vorsicht fahren und trat auf den Flur hinaus. Auf diesen Moment hatte Yoba gewartet. Er ließ das Essenspaket fallen, zog blitzschnell die Pistole und richtete sie auf den Kopf des Mannes. Gleichzeitig drängte er ihn zurück in das Zimmer.

»Wo ist Big Eagles Geld?«, zischte er und kickte mit der Ferse die Tür zu.

Gleichzeitig zielte er auf das Gesicht des viel größeren Mannes. Der Lauf der Pistole zitterte. Yoba war irritiert. Er hatte erwartet, dass der Dieb im Angesicht des Todes um sein Leben betteln würde, aber der Verräter ließ sich einfach auf die Pritsche sinken. Sie war neben einem Stuhl das einzige Möbelstück in dem Zimmer.

»Sie hat mich also verraten«, sagte der Mann bitter.

»Das interessiert mich nicht!«, blaffte Yoba. »Wo ist das Geld?«

Er war extrem nervös. Die Sache war schwer genug und jetzt lief sie auch noch anders als geplant. Er hatte nie wirklich vorgehabt den Mann zu erschießen. Aber er musste Big E unbedingt das Geld bringen. Er hoffte, der Gangsterboss würde sich damit zufriedengeben und Chioke gehenlassen.

»Unter dem Bett«, antwortete der Mann gleichgültig. Dann sah er Yoba an. »Verknall dich niemals in eine Frau, Kleiner! Egal wie sehr sie vorgibt dich zu lieben!«

»Geh da rüber!«, befahl Yoba. Er durfte jetzt nicht die Nerven verlieren. Mit vorgehaltener Waffe dirigierte er den Mann von der Pritsche weg. Anschließend zwang er ihn sich auf den Stuhl neben dem Fenster zu setzen. Dabei ließ er ihn keine Sekunde aus den Augen. Blitzschnell zog er die Tasche unter dem Bett hervor und warf einen kurzen Blick auf den Inhalt. Sie war randvoll mit Geldbündeln und obenauf lagen zwei Flugtickets.

»Ist das alles?« Yoba drückte den Lauf der Pistole gegen die Stirn des Mannes, der nicht halb so viel Angst zu haben schien wie er selbst.

»Das ist alles, was noch da ist«, erwiderte er müde. »Die Tickets gab es schließlich nicht umsonst.« Er sah unter dem Lauf der Pistole hindurch aus dem Fenster. »Heute Abend wollten wir zum Flughafen. Wir hätten es fast geschafft.«

»Hör auf zu quatschen!«, herrschte ihn Yoba an, aber der Gangster fuhr ungerührt fort.

»Wie alt bist du?«, wollte er wissen.

»Alt genug!«, blaffte Yoba zurück.

Sein Gegenüber lächelte versonnen. »Ich war auch so ein junger Kerl wie du, als mich Big E zu seinem Ziehsohn gemacht hat. Weißt du das? Ich dachte, ich hätte das große Los gezogen.« Er lachte bitter. »Und jetzt schickt er ein Kind, um mich zu töten!«

»Du hast ihn verraten!«, erwiderte Yoba kalt.

»Ich habe mir nur hin und wieder ein bisschen von den Einnahmen abgezweigt. Mary und ich wollten ein anderes Leben. Wir wollten frei sein und eine Familie gründen. Jetzt muss sie wieder auf der Straße arbeiten. Nennst du das etwa Verrat?«

Der Mann wirkte gefasst. So, als habe er sich bereits mit seinem Tod abgefunden.

»Und, was wirst du jetzt tun?«, fragte er.

»Big E das Geld zurückbringen«, erwiderte Yoba. »Alles andere interessiert mich nicht.«

Er griff nach der Tasche und öffnete das Fenster. »Auf jeden Fall bin ich kein Mörder!«, sagte er.

Dann sprang er hinaus. Er landete auf einem mit Autoreifen beschwerten Bretterdach, rutschte herunter und rannte davon.

8.

Die Hyäne grub ihre Zähne tief in das Antilopenfleisch. Sie riss ein Stück heraus und verschlang es mit einem zufriedenen Schmatzen. Schwärme von Stechmücken umhüllten die überall im Garten der Villa verteilten Lampen. Big Eagle saß in seinem Designeranzug auf der hell erleuchteten Terrasse und sah der Hyäne gebannt beim Fressen zu. Die Wildheit dieser Kreatur faszinierte ihn ebenso wie ihr Mut und ihr unbändiger Wille zu überleben. Er selbst hatte mit zwölf Jahren seinen ersten Menschen getötet. Es war ein Bauer gewesen und er kannte nicht mal seinen Namen. Dennoch hatte er das Gesicht bis heute nicht vergessen. Der Milizchef hatte ihn vor den Augen der Männer dazu gezwungen. Als Rache dafür hatte Big Eagle ihm Jahre später die Kniescheiben zerschossen und ihn in der Wildnis verrecken lassen. Bei dem Gedanken, dass sein Peiniger womöglich ein Opfer der Hyänen geworden war, huschte ein Lächeln über Big Eagles Gesicht. Er nahm ein weiteres Stück Antilopenfleisch aus der blutverschmierten Plastikwanne und warf es auf die Terrasse. Die angekettete Hyäne schnappte reflexartig zu.

»Glaubst du, der Junge schafft es?«, fragte er seinen Leibwächter.

»Auf jeden Fall brauchen wir einen neuen Buchhalter«, brummte Tupac. Er fläzte mit Springerstiefeln in einem Liegestuhl am Swimmingpool und schlürfte einen Cocktail.

Big Eagle griff erneut in die Wanne, wobei er peinlich genau darauf achtete, seinen Anzug nicht zu beschmutzen. »Ich hoffe nur, der Junge kommt nicht auf dumme Gedanken und bringt mir mein Geld zurück!«

»Wir haben seinen Bruder, den Krüppel«, meinte Tupac ruhig. »Der Junge hängt an ihm.«

»Hoffentlich täuschst du dich nicht! Ich an seiner Stelle würde die Chance nutzen. Es ist eine Menge Cash.«

Tupac schlug nach einem Moskito auf seinem Arm. In den Abendstunden waren die Biester eine Qual. »Vielleicht sollten wir den Jungen am Leben lassen. Wir können neue Leute gebrauchen.«

Big Eagle schüttelte energisch den Kopf. »Wenn er es schafft, werden die Blood Axes seinen Kopf wollen. Er hat jemanden getötet, der unter ihrem Schutz stand. Und noch dazu auf ihrem Gebiet. Das wird ihnen nicht gefallen.« Er warf seinem Leibwächter einen vielsagenden Blick zu. »Wir müssen den Jungen und seinen Idioten-Bruder loswerden. Je schneller, desto besser.«

»Was soll ich tun?«, fragte Tupac.

Big Eagle machte eine wegwerfende Handbewegung. »Das überlasse ich dir.«

Tupac saugte mit dem Strohhalm geräuschvoll den Boden seines fast leeren Cocktailglases ab. Sofort erschien ein Diener. Tupac stellte das Glas auf das Tablett. »Schade drum«, meinte er zu seinem Boss. »Wir könnten wirklich frisches Blut gebrauchen.«

Plötzlich hörte die Hyäne auf zu fressen und hob ruckartig den Kopf. Die Kette um ihren Hals klirrte. Tupac war sofort hellwach, entspannte sich aber sogleich wieder. Yoba kam in Begleitung des Voodoo-Priesters den beleuchteten Kiesweg entlang.

Die Wachen am Tor hatten ihn passieren lassen, aber auf dem Weg durch den Garten war er dem unheimlichen Mann begegnet. Er hatte urplötzlich vor ihm gestanden und seine Pupillen waren ganz weiß gewesen. Yoba hatte sich vor Schreck fast in die Hose gemacht.

Jetzt hielt ihn der Voodoo-Priester mit eisernem Griff fest und dirigierte ihn um den beleuchteten Swimmingpool herum. Die Amulette um seinen Hals klapperten bei jedem Schritt.

»Wenn man vom Teufel spricht!«, sagte Big Eagle, als Yoba und der Priester vor ihm standen. »Und? Wo ist mein Geld?«

»Hier!« Yoba warf die schwarze Leinentasche auf den Gartentisch. Die Pistole legte er vorsichtig daneben.

Er hoffte inständig, Big Eagle würde sich mit dem Geld zufriedengeben und seinen Bruder freilassen. Dass er es nicht fertiggebracht hatte, einen wehrlosen Mann zu erschießen, würde er ihm später beibringen. Während des ganzen Rückwegs hatte er fieberhaft über eine Ausrede für sein Versagen nachgedacht. Vielleicht war es am besten, er würde einfach behaupten, als er abdrücken wollte, seien plötzlich Leute gekommen und er hätte fliehen müssen.

»Hat dich jemand gesehen?«, fragte Big Eagle.

»Glaub nicht«, antwortete Yoba. »Bin durchs Fenster raus.«

»Gut gemacht, Junge!« Big Eagle klopfte ihm auf die Schulter. Dann zog er ungeduldig den Reißverschluss der prall gefüllten Tasche auf. Er nahm die beiden Flugtickets heraus und las sie.

»Sie wollten nach Amsterdam«, stellte er nüchtern fest. Er warf die Tickets zurück in die Tasche. »Offenbar hat die Schlampe doch die Wahrheit gesagt.«

Big Eagle baute sich drohend vor Yoba auf. »Ist das wirklich alles?«, fragte er mit eisiger Stimme und mit Blick auf die offene Geldtasche.

»Das schwöre ich!«, erwiderte Yoba hastig. »Beim Leben meiner Mutter! Es fehlt nicht ein einziger Schein!«

Davor hatte er sich von Anfang an gefürchtet. Er konnte nur hoffen, dass Big Eagle nicht auf irgendwelche Gedanken kam.

»Wo … wo ist mein Bruder?«, stotterte Yoba.

»Keine Sorge, Junge, dem geht es gut«, entgegnete Tupac. »Er ist in der Küche.«

Er gab dem im Hintergrund wartenden Diener, einem tattrigen Opa, einen Wink, um Chioke holen zu lassen. Kaum war er schlurfend im Haus verschwunden, begann an der Toreinfahrt ein Tumult. Kurz darauf kam Mama Kambina zusammen mit ihrer Tochter den Kiesweg entlanggestampft. Die beiden Torwachen liefen ihr fluchend hinterher.

»Sie ließ sich nicht aufhalten!«, riefen die Gangster schon von weitem. »Wir haben alles versucht!« Dann schlichen sie reumütig zurück auf ihren Posten.

»Was willst du hier?«, erkundigte sich Big Eagle, nachdem sich die Köchin schnaubend und mit bebendem Busen vor ihm aufgebaut hatte. Er war über die späte Ruhestörung sichtlich verärgert.

Yoba hingegen war wie vom Donner gerührt. Adaeke würdigte ihn keines Blickes. Stattdessen vergrub sie ihre Finger in den Stoff ihres knöchellangen Kleides und starrte zu Boden.

»Ich hoffe, du bist gekommen, um deine Schulden zu bezahlen«, schnauzte Big Eagle ihre Mutter an.

»Nein, Sir!«

»Was willst du dann hier?«

»Einen Aufschub.«

»Wie stellst du dir das vor, altes Weib?« Big Eagle sah Mama Kambina so entgeistert an, als habe sie ihm gerade einen Heiratsantrag gemacht. »Alle zahlen, und zwar pünktlich. Deine Suppenküche läuft gut, also will ich meinen Anteil.«

»Aber die vielen Operationen für meine Tochter!«, flehte Mama Kambina. Sie sank auf die Knie und streckte die Hände in den Himmel. »Bitte, Sir! Ihr seid ein großer und mächtiger Mann. Seid gnädig! Jesus wird Euch für Eure Großzügigkeit belohnen! Ich werde für Euch beten!«

»Das kannst du dir sparen!«, meldete sich der Voodoo-Priester mit frostiger Stimme zu Wort. »Dein Jesus ist ein erbärmlicher Schwächling!« Er berührte ein Amulett um seinen Hals. »Hier drin wohnt die wahre Macht, Weib! Du weißt das! Du bist Afrikanerin!«

Mama Kambina wurde bleich. Sie hatte den Priester bislang nicht bemerkt. Nun sah sie den Magier angsterfüllt an und verstummte.

»Du solltest dein Geld nicht an die Ärzte verschwenden, alte Frau.« Big Eagle trat näher an Adaeke heran. »Deine Tochter ist nichts mehr wert. Nicht mit dem Bein. Da draußen gibt es Tausende junger Frauen, die richtig laufen und für ihr Essen arbeiten können.«

Er legte den Finger unter Adaekes Kinn und zwang ihren

Kopf in die Höhe. »Obwohl, wenn ich mir die Kleine so anschaue – sie ist wirklich hübsch geworden. Was meinst du?«, fragte er seinen Leibwächter. »Vielleicht sollten wir den Jungs mal wieder eine kleine Belohnung zukommen lassen?«

Mama Kambina rutschte auf Knien über die Terrassenfliesen. Sie umklammerte Big Eagles Beine, wobei ihre kunstvoll aufgetürmte Kopfbedeckung verrutschte. »Bitte! Seid gnädig!«, flehte sie unter Tränen. »Nicht meine Tochter! Bitte! Sie ist alles, was ich habe!«

Big Eagle schüttelte sie ab wie ein lästiges Insekt.

»Geh weg, Alte!«, schimpfte er. »Weißt du überhaupt, was so ein Anzug kostet?« Wütend suchte er auf seinen cremefarbenen Hosenbeinen nach einem Fleck. »Schaff mir diese Hexe vom Leib«, befahl er Tupac. »Und dann schnapp dir die Kleine. Wenn du sie nicht selbst willst, gib sie den Jungs!«

Jetzt brach Mama Kambina endgültig zusammen. Wimmernd wälzte sie sich auf dem kostbaren Terrassenboden. Als Big Eagle sich ungerührt abwenden wollte, ging Adaeke plötzlich mit ihren Fäusten auf ihn los.

»Du Ungeheuer!«, schrie sie immer wieder. Dabei schlug und kratzte sie den völlig perplexen Gangsterboss. Tupac schoss aus seiner Liege hoch und versuchte das Mädchen zu packen, doch Adaeke wich seinem Zugriff aus. Sie geriet ins Straucheln und fiel hin. Direkt vor das blutige Maul der angeketteten Hyäne.

Die Bestie sprang blitzschnell auf ihre stämmigen Hinterbeine und fletschte die Zähne. Yoba reagierte, ohne nachzudenken. Er riss die geladene Pistole vom Gartentisch, zielte und drückte ab. Das Krachen des Schusses ließ das Zirpen der nächtlichen Grillen schlagartig verstummen. Die Hyäne brach tot zusammen. Für einen winzigen Moment schien die Welt stillzustehen. Alle starrten auf das tote Tier.

»Mach schon! Schnapp ihn dir!«, befahl Big Eagle seinem Leibwächter.

Tupac erwachte aus seiner Trance, doch Yoba hob sofort die Waffe und drückte erneut ab. Der am Bein getroffene Tupac ging mit einem Schmerzensschrei in die Knie. Dann zielte Yoba mit zittriger Hand auf Big Eagle.

Der Gangsterboss hob abwehrend die Hände, gleichzeitig bewegte er sich rückwärts. Diese Mischung aus Erstaunen über die eigene Macht und nackter Angst, die er in den Augen des Straßenjungen sehen konnte, war ihm Warnung genug. Als ehemaliger Milizenführer wusste er nur zu gut, wie unberechenbar ein Jugendlicher mit einer Waffe war.

Als die durch die Schüsse alarmierten Torwachen herbeigestürmt kamen, hielt Big Eagle sie zurück: »Halt! Bleibt, wo ihr seid!«, befahl er. Dabei ließ er den Jungen mit der Pistole nicht aus den Augen.

Seine Leute blieben unschlüssig auf der anderen Seite des Swimmingpools stehen. Auch Yoba wusste nicht, was er jetzt tun sollte. Abwechselnd zielte er mit der Pistole auf Big Eagle und seinen verletzten Leibwächter. Gleichzeitig kämpfte er gegen die Übelkeit an. Bestimmt würde er sich gleich übergeben müssen.

»Alles in Ordnung?«, erkundigte er sich bei Adaeke, während sie mühsam wieder auf die Beine kam.

Sie strich sich mit fahrigen Händen ihr Kleid glatt und nickte. Erst jetzt entdeckte Yoba seinen Bruder. Chioke stand wie angewurzelt neben dem tattrigen alten Diener in der Terrassentür. »Komm her!«, rief er ihm zu.

Sein Bruder setzte sich wie ein Roboter in Bewegung. Yoba überlegte fieberhaft, wie sie jetzt mit heiler Haut aus der Sache herauskommen konnten. Mit der Waffe in seiner Hand, taten plötzlich alle, was er sagte. Der mächtige Big Eagle kuschte vor ihm und selbst der unheimliche Voodoo-Priester hatte seine Überheblichkeit eingebüßt. Yoba verspürte große Lust, ihm noch ein bisschen mehr Angst einzujagen.

»Und?«, holte ihn Big Eagle in die Realität zurück. »Was hast du jetzt vor?« Er nickte in Richtung der toten Hyäne. »Du weißt: Dafür werde ich dich töten!«

»Ach, ja?«, sagte Yoba in einem Ton, der ihn selbst erschreckte. »Vielleicht sollte ich *dich* töten!«

Er zielte dem Gangsterboss genau zwischen die Augen. Plötzlich zitterten seine Hände nicht mehr, sie waren ganz ruhig. Auch die Übelkeit war wie weggeblasen. Stattdessen fühlte er sich, als würde er schweben.

»Geht alle da rein!« Yoba deutete mit der Pistole auf das Gartenhaus. Es war so groß wie eine Garage und hatte vergitterte Fenster. »Ihr auch!«, schrie Yoba die Torwachen an, die immer noch wie angewurzelt hinter dem Swimmingpool standen. »Macht schon! Sonst knalle ich euren Boss ab! Und helft eurem Kumpel da!«

Tupac funkelte ihn an, als wolle er sich trotz seines zerschossenen Oberschenkels auf ihn stürzen. Big Eagle und die anderen Gangmitglieder zögerten, aber angesichts des aufgeputschten Jungen mit der Waffe hielten sie es am Ende doch für ratsam, seinen Anweisungen Folge zu leisten. Sie halfen dem stöhnenden Tupac hoch, dann ließen sie sich zusammen mit dem Diener und dem Voodoo-Priester in das Gartenhaus sperren.

»Ich werde dich finden!«, zischte Big Eagle, bevor die Tür hinter ihm ins Schloss fiel. »Und wenn du dich am anderen Ende der Welt versteckst!«

Yoba drehte den Schlüssel mit der linken Hand um, zog ihn ab und warf ihn in den Pool. Er überlegte kurz, dann warf er die Pistole ebenfalls ins Wasser. Ihm war speiübel. Soeben hatte er den größten Fehler seines kurzen Lebens begangen. Eigentlich waren er und Chi-Chi schon jetzt so gut wie tot. Diese Erkenntnis traf ihn wie der Tritt eines Elefanten. Er sank in die Knie und übergab sich auf den perfekt getrimmten Rasen.

Plötzlich legte jemand von hinten seine Hand auf Yobas Schulter. Es war sein Bruder, der ernst auf ihn hinabblickte. Neben ihm stand Adaeke.

»Geht es wieder?«, erkundigte sie sich.

Yoba wischte sich über den Mund und versuchte ein Lächeln. Es gelang nicht wirklich.

»Du und Chi-Chi, ihr müsst aus der Stadt verschwinden«, sagte Adaeke. »Und zwar schnell!«

»Ja, haut bloß ab!«, schimpfte ihre Mutter. Sie raffte ihre Röcke zusammen und erhob sich umständlich vom Boden, auf dem sie bis zu diesem Moment gekauert hatte. Kaum war der Voodoo-Priester eingesperrt, erwachte sie wieder zu vollem Leben. »Ihr nichtsnutzigen Diebe!«, krakeelte sie. »Ihr bringt nur Unheil! Jesus, womit habe ich das nur verdient!« Sie schlug die Hände über dem Kopf zusammen.

»Sei endlich still!«, herrschte Adaeke sie an. Ihrer Mutter blieb der Mund offen stehen. Noch nie hatte ihre Tochter so mit ihr geredet.

Adaeke wandte sich an Yoba. »Hör nicht auf sie! Ich bin dir sehr dankbar für deine Hilfe, aber jetzt müsst ihr gehen!«

»Ich weiß.« Yoba zitterte nun am ganzen Körper. Trotz der schwülen Tropennacht. »Wartest du auf mich?«

Adaeke sah ihn nachdenklich an. Schließlich nickte sie. Yobas Herz machte einen Hüpfer und am liebsten hätte er Adaeke vor Glück umarmt. Aber das gehörte sich nicht. Sie waren weder verlobt noch verheiratet. Seiner toten Mutter hätte das bestimmt nicht gefallen.

»Ich werde dich holen!«, keuchte Yoba stattdessen. Er nahm die Geldtasche vom Tisch und ergriff die Hand seines Bruders. »Versprochen!«

Dann lief er mit Chioke über den Kiesweg zum Tor.

9.

Die Nacht machte die Stadt zu einem finsteren Labyrinth. Nur wenige Hauptstraßen waren beleuchtet, und dies auch nur, wenn gerade kein Stromausfall herrschte. Dennoch drängten die Menschen aus ihren Wohnungen, in denen sie sich den Tag über vor der Hitze und dem Sandsturm verkrochen hatten. Taschenlampen tanzten wie Glühwürmchen durch die Dunkelheit, überall hörte man Stimmen. Da viele Bewohner ohne Licht auf den Straßen unterwegs waren, musste man stets auf der Hut sein. Sonst stieß man im Dunkeln mit einem der wildfremden Schatten zusammen.

Zum Glück war Yoba lange genug in der Stadt, um sich blind zurechtzufinden. Chioke lief dicht hinter ihm. In Yobas Kopf ging es drunter und drüber. Er hatte nicht nur die Hyäne getötet und den pockennarbigen Riesen angeschossen – er hatte den mächtigsten Gangsterboss der Stadt, den Herrscher über Leben und Tod, bedroht und bestohlen. Und das vor den Augen seiner eigenen Leute! Yobas Magen krampfte sich während des Laufens zusammen. Was er getan hatte, war glatter Selbstmord gewesen.

Der Trageriemen der schweren Geldtasche scheuerte bei jedem Schritt an seinem Hals. Plötzlich blieb er abrupt stehen. Vor ihm zeichneten sich menschliche Umrisse in der Dunkelheit ab. Es waren mindestens vier. Sie unterhielten sich flüsternd. Eine Zigarette glühte in der Nacht. Yoba stieß seinen Bruder an, dann wechselten sie lautlos die Straßenseite.

Chioke folgte ihm, als sei er durch ein unsichtbares Band mit ihm verbunden. Manchmal beneidete Yoba seinen kleinen Bruder. Chi-Chi schien nie zu begreifen, was um ihn herum geschah. Manchmal fragte sich Yoba, ob es nicht besser war, ihn in seiner Welt zu belassen. Vielleicht wollte sein Bruder gar nicht geheilt werden. Vielleicht war er da, wo er jetzt war, ja viel glücklicher als in der richtigen Welt. Yoba konnte das gut verstehen.

Endlich hatten sie ihr Ziel erreicht. Normalerweise brannte an einem Pfahl in der Mitte des Parkplatzes eine Lampe, aber jetzt war sie erloschen. Offenbar herrschte im Viertel mal wieder Stromausfall. Yoba rüttelte an dem mit einer schweren Kette abgesperrten Tor des Zauns und lauschte. Aus dem Bretterverschlag auf der anderen Seite drang Anthonys Schnarchen. Als sich die Scheinwerfer eines Autos näherten, zog Yoba seinen Bruder schnell hinter einen Betonklotz in Deckung.

»Na los!«, flüsterte Yoba, nachdem der Wagen vorüber war. »Du zuerst!«

Er formte mit den Händen eine Räuberleiter und half seinem Bruder über den Zaun. Anschließend kletterte er ebenfalls hinüber. Kaum hatte er wieder Boden unter den Füßen, stürmte er in den Bretterverschlag.

»Anthony!« Der Parkplatzwächter lag friedlich schnarchend auf seiner ausgebauten Rückbank. Yoba rüttelte ihn, aber nichts schien den alten Mann aufwecken zu können.

Er entzündete eine Kerze und versuchte es noch einmal. »Anthony! Wach auf! Du musst uns helfen!«

Endlich hatte er Erfolg. Der alte Mann richtete sich mühsam auf und rieb sich die Augen. »Was … was ist passiert?«, lallte er. Sein fadenscheiniger Pyjama schien ebenso in die Jahre gekommen zu sein wie er selbst.

»Du musst uns helfen!«, erklärte Yoba. »Chi-Chi und ich müssen sofort aus der Stadt verschwinden!«

»Ist die Polizei hinter euch her?« Anthony war mit einem Mal hellwach.

»Viel schlimmer!«, erwiderte Yoba. »Big Eagle.«

Der alte Parkplatzwächter öffnete den Mund, als wolle er sagen, ich habe dich ja gewarnt, aber dann schwieg er doch.

»Er wollte Adaeke wehtun!«, erklärte Yoba verzweifelt. »Ich musste etwas unternehmen, verstehst du? Sie hätten zugesehen, wie die Hyäne sie auffrisst!«

Er hatte Tränen in den Augen. Anthony berührte ihn mit seinen knochigen Fingern.

»Und jetzt will er mich töten!«, fuhr Yoba leise fort. »Und Chi-Chi auch. Deshalb müssen wir uns verstecken.«

»Und wo?«, fragte Anthony. »Big Eagle gehört fast die ganze Stadt.«

»In Europa, bei meinem Onkel!« Yoba wischte sich eine

Träne aus dem Augenwinkel. Er zog den Reißverschluss der Tasche auf und griff hinein. »Sieh nur, Geld haben wir genug! Alles Dollars!«

Beim Anblick der Geldbündel verfinsterte sich das Antlitz des alten Mannes endgültig. »Das ist Blutgeld«, sagte er. »Damit will ich nichts zu tun haben. Außerdem ist es Diebstahl.«

Anthony stand mühsam von seinem Bett auf und spähte durch einen Bretterspalt nach draußen. Auf der Straße fuhr ein Moped ohne Licht vorbei. Im Dunkel der Nacht war der Fahrer nicht zu erkennen.

»Bitte, Anthony!«, drängte Yoba. »Du bist der Einzige, der uns helfen kann! Du kennst doch jeden in der Stadt! Bestimmt weißt du auch, wer uns nach Europa bringen kann! Bitte!«

»Europa ist weit.« Der alte Mann ließ sich müde zurück auf seine wackelige Autobank sinken. »Viele sterben auf dem Weg durch die Wüste. Oder auf dem großen Meer.«

»Aber nicht alle!«, widersprach Yoba. »Mein Onkel hat es zum Beispiel geschafft!«

»Und woher weißt du das? Hast du jemals von ihm gehört?«

»Bestimmt arbeitet er viel«, behauptete Yoba. »Damit er schneller reich wird und bald zurückkommen kann.«

In Europa hatte niemand Zeit, weil alle mit dem Reichwerden beschäftigt waren. Das wusste doch jeder.

»Ich werde auch viel arbeiten, wenn ich bei den Weißen bin.« Yoba zog die Nase hoch. »Sobald ich genug verdient habe, werde ich einen Arzt bezahlen, damit er Chi-Chi gesund macht. Und wenn er geheilt ist, schicke ich ihn auf die beste Schule, die es gibt. Damit er auch lesen lernt.«

Der alte Parkplatzwächter forderte Chioke mit einem Wink dazu auf, neben ihm Platz zu nehmen. Yobas Bruder gehorchte und der alte Mann strich ihm über das verfilzte Haar. Dabei sah er nachdenklich in die brennende Kerze.

»Mit dem vielen Geld in der Tasche werdet ihr nicht weit kommen«, sagte Anthony nach einer Weile. »Da draußen gibt es viele schlechte Menschen. Sie werden euch die Kehle durchschneiden, das Geld nehmen und eure Leichen in den Straßengraben werfen.«

»Ich kann auf Chi-Chi und mich aufpassen!«, versicherte Yoba eilig. »Außerdem ist es immer noch besser, als Big E in die Hände zu fallen!«

Anthony starrte weiter in die Kerzenflamme. Im flackernden Licht glichen die Falten seiner Haut tiefen Gräben.

»Bitte!« Yoba knetete ungeduldig seine Finger. »Wenn du uns nicht hilfst, sind wir verloren!«

Anthony drehte den Kopf und sah Yoba mit traurigen Augen an. »Warum kehrt ihr nicht einfach in euer Dorf zu eurem Vater zurück?«, fragte er.

»Weil wir nicht nach Hause zurückkönnen«, entgegnete Yoba. »Ich habe dir erzählt, was passiert ist. Sieh dir Chi-Chi doch an!«

Sein Bruder hatte sich mittlerweile auf der Autobank zusammengerollt.

»Wir können nicht zurück«, sagte Yoba leise. »Das weißt du genauso gut wie ich.«

Anthony tätschelte Chiokes Kopf. Er schien eingeschlafen zu sein.

»Na los! Steh nicht so faul rum!«, brummte er Yoba an. »Hilf mir lieber hoch!«

Yoba gehorchte. Nachdem Anthony seine Uniform angezogen hatte, wandte er sich zum Gehen.

»Ihr rührt euch nicht von der Stelle!«, schärfte er Yoba mit erhobenem Zeigefinger ein. »Verstanden? In der Zwischenzeit werde ich sehen, was ich tun kann.«

Der alte Mann stieß einen resignierten Seufzer aus und verließ kopfschüttelnd den Bretterverschlag. Yoba legte eine löchrige Decke über seinen schlafenden Bruder, um ihn vor den umhersurrenden Moskitos zu schützen. Dann hockte er sich neben ihn auf die gestampfte Erde, zog die Tasche mit dem Geld zwischen seine Knie und blies die Kerze aus. Er lauschte. Alles war still, die zwanghaft geschäftige Stadt schien für die wenigen Stunden, die noch bis zum Sonnenaufgang blieben, tatsächlich in eine Art Schlaf gefallen zu sein.

Die Stille und die Warterei machten Yoba müde. Seine Lider wurden immer schwerer, aber er zwang sich wach zu bleiben. Solange sein Bruder und er in der Stadt waren, war ihr Leben keinen Naira wert. Gleichzeitig gesellte sich zu seiner Angst allmählich ein gewisses Hochgefühl. Heute Morgen noch hatten Chi-Chi und er um ihr Essen betteln müssen – jetzt waren sie plötzlich so reich wie ein Drogenbaron! In Zukunft konnten sie essen, was immer sie wollten. Und nicht nur das: Sie konnten sogar zu Onkel Abeche nach Europa reisen. Ganz gleich was es kostete, jetzt verfügten sie über genug Dollars, um die teure Reise zu bezahlen. Sein Entschluss stand bereits fest: Ob es Anthony passte oder nicht – Chioke und er würden nach Europa gehen.

Yoba drückte die Leinentasche mit dem Geld ganz fest an sich. Als er das kleine Notizbuch in seinem Hosenbund spürte, kam ihm eine Idee. Er tastete nach Anthonys Einwegfeuerzeug und zündete die Kerze wieder an. Anschließend holte er den

Bleistiftstummel, mit dem der alte Parkplatzwächter gelegentlich die Kennzeichen notierte, damit sich kein Unbefugter einschlich. Danach saß er einfach nur da, sah in die Flamme der Kerze und überlegte, wie er anfangen sollte.

Er hatte noch nie ein Tagebuch geführt, aber jetzt, wo die große Reise wie durch ein Wunder unmittelbar bevorstand, war er entschlossen alles aufzuschreiben. Von Anfang an. Falls er in der Wüste oder auf dem Meer umkam, würde Chioke wenigstens eine Erinnerung an ihn haben. Vielleicht konnte er ja eines Tages ihre Geschichte selbst lesen.

Yobas Gedanken wanderten zu Adaeke. Hoffentlich ließ Big Eagle sie so lange in Ruhe, bis er in Europa angekommen war und sie mit dem Flugzeug nachholen konnte. Wenn er den Erwachsenen dort klarmachte, wie sehr er sie liebte, würden sie Adaeke bestimmt erlauben mit dem Flugzeug zu ihm zu kommen. Danach würden sie heiraten und ganz viele glückliche Kinder haben. Yoba lächelte. Wenn er die Augen schloss, konnte er das Meer beinahe riechen. Er selbst hatte es noch nie gesehen, aber sein Großvater hatte viele Geschichten darüber erzählt. So wusste er zum Beispiel, dass das Wasser salzig war und man es nicht trinken konnte, was ihm seltsam vorkam. Trotzdem musste das Meer einfach wunderbar sein. Immerhin wartete auf der anderen Seite ein besseres Leben auf ihn und seinen Bruder. Yoba kaute versonnen auf dem Bleistiftstummel herum. Dann wischte er ihn an seinem Hosenbein ab und schrieb den ersten Satz in das kleine Buch.

10.

Die malerische Bucht lag Julian zu Füßen. Er thronte auf den Klippen und blickte auf das azurblaue Meer hinaus. Unter ihm tobte das Strandleben. Aus der Höhe betrachtet erinnerten Julian die zwischen den perfekten Liegestuhl- und Sonnenschirmreihen umherwuselnden Menschen an winzige Comicfiguren.

Übergewichtige Männer mit roter Glatze und überquellendem Bauch, deren spindeldürre Beine in albernen Badehosen steckten, Zellulitismütter in zu engen Bikinis, dazu quäkende Kinder mit grellbuntem Schwimmgerät jeglicher Art – Julian verabscheute diese quietschende Ferienfröhlichkeit. Besonders nervig fand er das Jaulen der Jet-Skis. Wie aggressive Stechmücken jagten sie unermüdlich vor dem Strand auf und ab. Plötzlich fiel von hinten ein Schatten auf ihn.

»Scusi, ist hier noch frei?«

Julian drehte sich um und blinzelte gegen die Sonne. Das fremde Mädchen hatte ein Badetuch mit Pinguinen um die Hüften geschlungen, ihre nassen Haare fielen in Strähnen bis auf die Träger ihres roten Bikinioberteils. Sie musste zwischen den Klippen schwimmen gewesen sein, denn sie hatte Gänsehaut auf ihren nassen, braun gebrannten Armen.

»Äh … klar!«, stammelte Julian. Die Unbekannte sah wirklich umwerfend gut aus.

Sie ließ sich neben ihm auf den Klippen nieder, beugte ihren Oberkörper zur Seite und wrang ihre nassen Haare aus.

»Das ist mein Lieblingsplatz«, erklärte sie unbekümmert. »Ich komme jeden Nachmittag nach dem Schwimmen hier hoch. Bist du neu im Hotel?«

Sie wickelte das Handtuch von ihren Hüften und begann ihre

pechschwarzen Haare trocken zu rubbeln. Julian bemühte sich um die angebrachte Lässigkeit.

»Bin gestern angekommen«, erklärte er. »Mit meinen Eltern. Die braten irgendwo da unten vor sich hin.« Er deutete verächtlich hinunter zum Strand.

»Dir gefällt es hier nicht?«

»Na ja, das Meer ist ganz okay.« Julian wünschte sich, ihm wäre etwas Besseres eingefallen. Aber seine Zunge klebte ihm wie Kaugummi am Gaumen und in seinem Kopf herrschte gähnende Leere.

Das Mädchen lachte. Julian atmete tief durch.

»Ich heiße übrigens Julian«, stieß er schließlich hervor.

»Und ich Adria!«, nuschelte sie durch das Frotteetuch vor ihrem Gesicht.

»Wie das Meer?«, fragte er und bereute es schon im nächsten Augenblick.

»Wie – das – Meer«, wiederholte Adria. Dem Ton nach zu urteilen hing ihr diese Frage zum Hals heraus. »Mein Vater ist der Geschäftsführer des Hotels. Wenn ich Schulferien habe, besuche ich ihn.«

»Dann bist du ja Italienerin!«, stellte Julian überrascht fest. Er wunderte sich über ihr perfektes Deutsch. Man konnte sogar einen rheinländischen Akzent heraushören.

»Nur zur Hälfte«, erklärte Adria. Sie tauchte unter dem Handtuch auf und kämmte mit den Fingern durch ihre Haare. »Mein Vater ist Italiener. Sizilianer, um genau zu sein. Er wurde in einem Kaff nicht weit von hier geboren. Aber ich lebe bei meiner Mutter in Köln. Und du? Wo lebst du?« Sie rollte das Badetuch zusammen und setzte sich darauf.

»In Hamburg«, erwiderte Julian. Dann verstummte er. Er hätte gerne tausend Sachen gesagt, aber stattdessen glotzte er schweigend auf das Meer hinaus.

»Irgendwo dahinten liegt die Sahara!«, stellte Adria nach einer Weile fest. Sie deutete auf den gewölbten Horizont. »Immer wenn ich hier oben bin, stelle ich mir vor, wie es da drüben wohl aussieht.« Neugierig drehte sie sich zu Julian. »Warst du mal in Afrika?«

»Nö.« Julian zuckte mit den Schultern. »Wüsste nicht, was ich da soll.«

»Du bist schon ein komischer Vogel«, bemerkte Adria kopfschüttelnd. »Also, mich würde das interessieren.«

»Wahrscheinlich sieht es da drüben nicht viel anders aus als hier«, meinte Julian. Er versuchte zu retten, was zu retten war. »Bestimmt ist es ganz okay da.«

»Gehst du noch zur Schule?«, wollte sie nun wissen.

»Ja. Aber nicht mehr lange.«

»Echt?« Adria war überrascht. »Bist du schon fertig?«

Julian grinste. »So kann man es auch nennen. Wahrscheinlich fliege ich nach den Ferien.«

»Im Ernst? Weshalb denn?«

»Weil ich eine Schüssel mit Haschkeksen auf den Tisch im Lehrerzimmer gestellt habe. Mit den besten Grüßen der ganzen Klasse.«

Adria sah ihn mit großen Augen an, plötzlich prustete sie los. »Das ist allerdings ein Grund!«, kicherte sie, nachdem sie sich wieder beruhigt hatte. »Gratis-Kekse! Ich wette, die Schüssel war in fünf Minuten leer gefuttert!«

»In einer!«

»Und was willst du jetzt machen?«

»Keine Ahnung.« Julian entdeckte ein einsames Fischerboot

in der Weite des Meeres. Es war nur ein winziger Punkt. »Auf Schule habe ich jedenfalls keinen Bock mehr«, sagte er. »Vielleicht werde ich Musiker. Ich spiele Gitarre. Ziemlich gut sogar.«

Plötzlich hörten er und Adria zwischen den Felsen ein genervtes Stöhnen. Julians Schwester kam auf allen vieren den steilen Felspfad hinaufgekraxelt. Sie trug ihren blauen Lieblingsbadeanzug und ihre Haut hatte bereits einen nicht zu übersehenden Rotstich.

»Oh, Mann! Da bist du ja endlich!«, keuchte sie, als sie Julian entdeckte. »Wir suchen dich die ganze Zeit. Papa wollte sich mit dir zum Tauchkurs anmelden, schon vergessen?« Während sie sprach, scannte sie Adria blitzschnell von den Zehen bis zu den Haarspitzen.

»Buongiorno!«, sagte Adria mit einem freundlichen Lächeln. Sie hielt ihre Hand schützend über die Augen, um Frederike besser gegen die Sonne sehen zu können. Hinter ihrem Rücken gab Julian seiner Schwester hektische Zeichen, sie solle wieder verschwinden. Aber Frederike dachte gar nicht daran.

»Also, was ist jetzt?«, wollte sie von ihrem Bruder wissen. »Papa ist schon sauer und Mama macht einen auf enttäuscht. Ich hab keinen Bock auf Stress! Klar?«

»Jetzt mach nicht so einen Aufstand!«, blaffte Julian sie an. »Ich komme ja gleich!«

Frederike rührte sich nicht vom Fleck.

»Zwei Minuten!«, zischte Julian. »Okay?«

Seine Schwester zögerte. »Wehe, ich hab den ganzen Weg umsonst gemacht!«

Sie drehte sich um und begann den Abstieg zum Strand. Nachdem ihr dunkelblonder Pferdeschwanz zwischen den Klippen verschwunden war, atmete Julian erleichtert auf. Familienurlaub war wirklich der reinste Horror.

»Dein Vater und du, taucht ihr immer zusammen?«, nahm Adria das Gespräch wieder auf. »Das finde ich super. Meiner hat nie Zeit für so was.«

»Es ist das erste Mal«, brummte Julian. Der peinliche Auftritt seiner Schwester schlug ihm schwer aufs Gemüt. »Mein Alter hat Angst vor Wasser.«

Adria sah ihn erstaunt an. »Aber warum geht er dann tauchen?«

Julian beobachtete eine in der Brandung fischende Möwe.

»Das ist eine komplizierte Geschichte«, sagte er endlich. Als sich Adria mit seiner Erklärung nicht zufriedengab, seufzte er: »Also gut, wenn du es unbedingt wissen willst: Er tut es wegen mir.«

11.

Der alte Parkplatzwächter führte Yoba und seinen Bruder durch dunkle Hinterhöfe und verwinkelte Gassen der schlafenden Stadt. Sie hatten es eilig. Am nächtlichen Himmel kündigte sich bereits der neue Tag an, aber ein Taxi zu nehmen wäre zu riskant gewesen. Die Taxifahrer würden die Ersten sein, bei denen sich die Black Eagles nach ihnen erkundigen würden, und spätestens bis Mittag würde jede Marktfrau und jedes Schulkind ihre Personenbeschreibung haben. Daran zweifelte Yoba keine Sekunde. Obwohl die Stadt im morgendlichen Zwielicht wie ausgestorben wirkte, blickte er immer wieder nervös zurück. Näherte sich ein einsames Moped oder ein anderes Motorengeräusch, zuckte er unwillkürlich zusammen und drückte die Tasche mit dem Geld fester an sich.

Als es hell wurde, erreichten sie endlich ihr Ziel am Stadtrand. Das eingezäunte Treibstofflager bestand aus mehreren in die Erde eingelassenen Kesseln. Dazwischen verliefen armdicke Rohre, knallrot lackierte Ventile glänzten im Licht der aufgehenden Sonne. Schon aus der Ferne schlug ihnen der scharfe Benzingeruch entgegen. Anthony wechselte ein paar Worte mit dem Wächter, danach durften sie passieren. Er führte Yoba und seinen Bruder schnurstracks zu einem zerbeulten Tanklaster. Wie der pralle Schlauch vermuten ließ, wurde er soeben betankt.

»Wir sind da!«, sagte Anthony zu einem Paar Beinen, das unter dem Motorblock des Tanklasters hervorlugte und in einer geflickten Latzhose steckte. Ein Mann mit grauen Schläfen kroch unter dem Laster hervor. In der einen Hand hielt er einen Schraubenschlüssel, mit der anderen zog er ein Tuch aus der Gesäßtasche. Er wischte sich damit über die Stirn und sah die beiden Jungen wortlos an. Sein vogelähnliches Gesicht war voller Getriebeöl.

»Das ist Osondu«, stellte Anthony ihn vor. »Er nimmt euch mit nach Kano.« Dann wandte er sich an seinen Freund. »Der Große heißt Yoba und sein Bruder Chioke. Ich hoffe, du bringst sie heil zu ihrer Tante.«

Anthony zahlte den vereinbarten Preis mit dem Geld, das Yoba ihm zuvor gegeben hatte. Der Fahrer steckte die Scheine schlecht gelaunt ein.

»Ich tue das nur wegen meinem Jungen«, grummelte er. »Ich bin kein Busunternehmen. Damit das mal klar ist!«

Chioke stand da, als ginge ihn das Ganze nichts an. Mit einem merkwürdigen Lächeln beobachtete er die Spatzen, die sich auf dem Dach des Lasters und im Sand zwischen den Benzinlachen tummelten.

Osondu beäugte ihn misstrauisch. »Was ist denn mit dem los? Ist der verrückt?«

»Nein, nein!«, entgegnete Yoba rasch. »Der ist ganz harmlos. Mein Bruder hat sich nur den Kopf gestoßen. Manchmal weiß er einfach nicht, wo er gerade ist. Aber es wird schon besser!«

Der Mann betrachtete Chioke mit skeptischer Miene. Schließlich spuckte er in den Sand. »In drei Minuten fahren wir ab!«

Dann kroch er mit dem Schraubenschlüssel wieder unter den Laster, um seine Arbeit fortzusetzen. Anthony zog die Brüder ein paar Schritte zur Seite.

»Was hast du ihm über uns erzählt?«, wollte Yoba von ihm wissen. »Wir haben keine Tante.«

»Hör zu!« Anthony senkte seine Stimme. »Osondu glaubt, dass mich eure Mutter gebeten hat euch zu ihrer Schwester zu bringen. Das Fahrtgeld stammt angeblich von ihr. Osondu braucht es für Medikamente, weil sein Sohn krank ist.«

»Was hat er denn?«, wollte Yoba wissen.

»Das weiß ich nicht!«, erwiderte Anthony wirsch. »Niemand darf von eurem Geld erfahren, hast du mich verstanden?«

»Keine Bange!«, beruhigte Yoba ihn. »Ich habe nicht alles mitgenommen.«

Mit einem verschwörerischen Grinsen hielt er eine Plastiktüte hoch. Darin befand sich lediglich eine runde Blechdose, randvoll mit Dollarscheinen.

»Den Rest habe ich bei dir gelassen«, fuhr Yoba fort. »In dem Polster von deinem Bett, um genau zu sein. Die Dose habe ich bei dir ausgeliehen.«

»Du hast was!?« Der Greis war entsetzt.

»Ich habe das meiste von dem Geld dagelassen, damit du Adaeke und ihrer Mutter helfen kannst. Und falls uns unterwegs was passiert. Für die Fahrt habe ich genug. Wenn wir unseren Onkel gefunden haben, kannst du uns den Rest ja schicken.«

Anthony hatte es die Sprache verschlagen. »Das hättest du mir sagen müssen!«, schimpfte er leise und warf einen ängstlichen Blick über die Schulter. Im Schatten des Benzintanks standen zwei Männer in Overalls und rauchten. Über ihren Köpfen hing ein handgemaltes Schild mit einer durchgestrichenen Zigarette.

Plötzlich packte Yoba den Greis an den Arm. »Anthony, bitte versprich mir, dass du Adaeke beschützt!«

»Ich bin ein alter Mann«, wehrte Anthony ab. »Wie soll das gehen?«

Aber Yoba ließ nicht locker. »Bitte!«, flehte er. »Sie braucht ja nichts davon zu wissen. Ich meine, woher das Geld kommt. Versprichst du es?«

Der alte Mann schwieg. Als er zögernd nickte, atmete Yoba erleichtert auf. »Wartet hier auf mich!«, sagte er und rannte davon.

Draußen vor dem Zaun des Treibstofflagers schlenderten zwei Jungs in blitzsauberen Schuluniformen vorbei. Wahrscheinlich wohnten sie in den Villen entlang der Ausfallstraße. Yoba verließ das Gelände und fing die beiden Schuljungen ab. Er drückte ihnen etwas in die Hand, woraufhin einer der Jungen seine Turnschuhe auszog. Triumphierend kam Yoba zurück.

»Die sind für dich!«, sagte er zu Chioke und hielt ihm die Schuhe hin. Es waren weiße Adidas. »Wie du siehst, halte ich meine Versprechen! Komm, probier sie gleich mal an!«

Chioke ließ sich auf den Boden plumpsen. Mit strahlendem Gesicht sah er dabei zu, wie Yoba ihm die Schuhe überstreifte.

»Was hast du getan?«, flüsterte Anthony, während Yoba seinem Bruder die Schnürsenkel zuband.

»Was schon? Ich habe einem der Schnösel seine Schuhe abgekauft.«

»Wie viel hast du ihm gegeben?«

»Hundert Dollar.«

»Bist du verrückt!?«, schalt ihn Anthony. »Das ist viel zu viel. Dieses verfluchte Geld wird euch noch umbringen!«

»Besser das Geld als was anderes!«, erklärte Yoba lächelnd. Dann stand er auf und half seinem Bruder auf die Beine. »Und, wie fühlt es sich an?«

Chioke blickte ehrfürchtig auf die blitzsauberen weißen Schuhe an seinen nackten Füßen. Sie mussten fast neu sein.

»Adidas … gut«, gluckste er. »Sehr gut!«

Yoba wuschelte ihm lachend durchs Haar.

»Ich fahre jetzt!«, schrie Osondu, während er hinter das Steuer seines startklaren Tanklasters kletterte.

Der Zuleitungsschlauch lag abgekoppelt im Sand und die beiden Arbeiter hatten ihre Zigaretten ausgedrückt. Nun mühten sie sich wortreich damit ab, den riesigen Schlauch wieder auf die dafür vorgesehene Rolle zu wickeln.

Als Yoba mit seinem Bruder zu dem Tanklaster gehen wollte, hielt ihn Anthony zurück. »Ich flehe dich an: Der Weg durch die große Wüste und über das Meer ist gefährlich. Bleib mit deinem Bruder in Kano! Das ist sicherer! Vielleicht kannst du dort mit dem Geld ein Geschäft aufmachen.«

»Wir werden sehen«, wich Yoba aus. Er war fest entschlossen die Chance zu nutzen und nach Europa zu gehen. Trotzdem wollte er den alten Mann nicht enttäuschen.

Anthony ahnte natürlich, dass seine Ermahnungen ungehört bleiben würden. »Dann nimm wenigstens das hier!«, sagte er mit schwerem Herzen und holte ein Gri-Gri hervor. Der Talisman bestand aus aufgereihten, brüchigen Holzperlen, zwischen denen drei ziemlich zerrupfte Federn befestigt waren. Von welchem Vogel sie stammten, konnte Yoba nicht sagen. Aber er wusste, wie mächtig so ein Fetisch sein konnte. Ob man nun daran glaubte oder nicht.

Anthony legte ihm die Kette um den Hals. »Das Gri-Gri gehörte meiner Frau. Es hat sie immer beschützt«, raunte er und versteckte das Amulett unter Yobas schmuddeligem T-Shirt. »Du darfst es niemals verlieren!«

»Versprochen«, erwiderte Yoba gerührt. »Ich werde es immer bei mir tragen. So lange, bis wir uns wiedersehen.«

Dass ihm der Abschied von dem Greis so schwerfiel, hätte er nie vermutet. Yoba nahm sich fest vor, Anthony ein Geschenk mitzubringen, wenn er aus Europa zu Besuch kam. Das machten viele Auswanderer. Das Geräusch des Anlassers riss ihn aus seinen Gedanken. Es folgte ein Knall, die Spatzen stoben erschrocken auseinander und eine Rußwolke quoll aus dem Auspuff des schrottreifen Tanklasters.

»Seid ihr endlich so weit?«, schrie Osondu aus dem Fahrerfenster. »Zeit ist Geld!«

Er ließ den absterbenden Motor immer wieder aufheulen, was den Tanklaster endgültig in eine stinkende Wolke aus Abgasen hüllte.

»Wir kommen!«, rief Yoba.

Chioke und er umarmten Anthony ein letztes Mal, dann nahm Yoba die Hand seines Bruders und eilte mit ihm zu dem wartenden Laster. Nachdem sie auf den Beifahrersitz geklettert waren, legte Osondu den ersten Gang ein und fuhr mit einem Ruck los. Draußen an der Zufahrt zu dem Tanklager wartete Anthony. Als sie im Schritttempo an ihm vorbeirollten, beugte sich Yoba aus dem kaputten Beifahrerfenster.

»Danke!«, rief er seinem Freund zu. »Das vergesse ich dir nie! Und kümmere dich um Adaeke, solange ich weg bin!«

Der alte Mann hob die Hand und antwortete nicht. Als der qualmende Tanklaster auf die Straße eingebogen war, die aus der Stadt führte, blickte er ihm lange nach. Dann winkte er sich ein Mopedtaxi heran, um zu seinem Parkplatz zurückzukehren. Zum ersten Mal in all den Jahren würde er das Tor nicht pünktlich aufschließen.

12.

Der Tanklaster quälte sich durch den morgendlichen Verkehr. Schon jetzt brannte die Sonne unerbittlich vom wolkenlosen Himmel und in dem zerbeulten Fahrerhaus herrschte bereits eine Temperatur wie in einem Ofen. Osondus Laune wurde immer schlechter. Seit er hinter dem Steuer Platz genommen hatte, schimpfte und fluchte er auf jeden, der es wagte, sich seinem dahinkriechenden Tanklaster auch nur zu nähern. Ob es sich dabei um Mopedfahrer, Fußgänger oder Autos handelte, war ihm gleichgültig. Aber sein Gezeter tat Yobas guter Stimmung keinen Abbruch. Im Gegenteil. Je weiter sie sich von Big E und der Gang entfernten, desto besser fühlte er sich, und als sie die Stadtgrenze endlich hinter sich gelassen hatten, kam es ihm so vor, als beginne ein neues Leben. Neben ihm schaute sein Bruder begeistert aus dem offenen Fenster. Yoba knuffte ihn in die Seite.

»Die Aussicht aus dem Laster ist klasse, findest du nicht?«

Sein Bruder nickte eifrig, ohne seinen Blick von dem Treiben entlang der asphaltierten Landstraße abzuwenden. Yoba lachte. Am Fahrbahnrand kam ein imposanter Kapokbaum in Sicht. Unter seiner ausladenden Krone boten schrumpelige, alte Bäuerinnen in farbenprächtigen Gewändern Mangos und selbst gebackene Hirseplätzchen feil. Yoba fiel ein, dass er seit Stunden nichts gegessen hatte, aber eigenartigerweise verspürte er nicht den geringsten Hunger. Wahrscheinlich lag das an der Aufregung. Immerhin wurde man nicht alle Tage als neuer Mensch geboren.

»Ab jetzt können wir alles vergessen!«, flüsterte Yoba seinem Bruder ins Ohr. »Wir fangen ganz neu an!«

Osondu lehnte sich aus dem Fahrerfenster und brüllte einen Hirten an, der ein abgemagertes Rind über die Straße trieb. Der Jugendliche antwortete mit einer obszönen Geste. Kurz darauf kamen sie an eine Straßensperre. Mit Beton ausgegossene Ölfässer verengten die Fahrbahn und vor einer windschiefen Baracke schwitzten bewaffnete Soldaten in der Sonne. Osondu lenkte den Tanklaster behutsam an den Straßenrand und stieg aus. Den Motor ließ er laufen.

»Hallo, Osondu!«, begrüßte ihn einer der jungen Soldaten. »Wie laufen die Geschäfte?«

»Wenn ihr Halsabschneider nicht wärt, würde ich nicht klagen«, knurrte Osondu, während er die Tür des Lasters hinter sich zuschlug.

»Bist du allein unterwegs?« Der Soldat klang überrascht.

»Kalu hat frei«, brummte Osondu. »Seine Tochter heiratet nächstes Wochenende.«

Missmutig stapfte er an den Soldaten vorbei und verschwand in der Baracke. Der Soldat, der ihn angesprochen hatte, näherte sich dem Tanklaster. Er war höchstens zwei Jahre älter als Yoba. Die viel zu große Uniform schlotterte um seinen hageren Körper und die Maschinenpistole wirkte in seinen Händen riesig. Er schlich langsam um den Lastwagen herum. Yoba hielt den Atem an. Als der Soldat auf der Beifahrerseite war, schwang er sich auf das Trittbrett.

»Wer seid ihr?«, schnauzte er Chioke durch das offene Fenster an.

»Wir fahren nur mit!«, entgegnete Yoba an Stelle seines Bruders.

»Und was ist da drin?« Der Soldat deutete auf die Tüte zwischen Yobas Füßen.

Yoba wurde heiß und kalt zugleich. Wenn der neugierige Kerl einen Blick in die Tüte warf, würde er die Dose mit dem Geld finden. In dem Fall war ihre Flucht zu Ende, ehe sie überhaupt begonnen hatte. Yoba überlegte verzweifelt, was er antworten könnte, ohne die Gier des jungen Mannes zu wecken, da kam im letzten Moment Osondu aus der Baracke. Der Soldat sprang vom Trittbrett.

»Sind das deine?« Er zeigte mit der Maschinenpistole hinauf zu Chioke und Yoba.

»Gott behüte!«, wehrte Osondu empört ab. »Ich tue einem Freund von mir nur einen Gefallen und nehme sie mit. Sie wollen nach Kano zu ihrer Tante.«

»Hey!«, brüllte der Soldat von der anderen Seite der Straßensperre. »Sollen wir etwa alles alleine machen? Beweg deinen fetten Arsch!«

Der andere Soldat kontrollierte gerade die Papiere eines überfüllten Kleinbusses, während ein anderer Uniformierter die Insassen zum Aussteigen zwang. In der Gegenrichtung hatte sich bereits eine Schlange aus Lastwagen gebildet. Die Bauern aus der Umgebung drängten mit ihren Produkten in die Stadt, um sie dort auf den Märkten zu verkaufen.

»Großmaul!«, murmelte der Soldat, dann wandte er sich an Osondu. »Du verlierst Öl«, meinte er beiläufig.

Unter dem laufenden Motor des Tanklasters hatte sich innerhalb weniger Minuten eine schimmernde Öllache gebildet.

»Ich weiß«, antwortete Osondu. »Es ist das Getriebe. Mal wieder. Aber mit Gottes Hilfe wird es schon halten. Gibt es was Neues?«

Der Soldat schulterte seine Maschinenpistole. »Oben im Norden zünden sie sich mal wieder gegenseitig die Kirchen und Moscheen an. Also sieh dich vor. Allein letzte Woche gab es auf deiner Strecke drei Überfälle.«

Der Soldat gesellte sich lustlos zu seinen Kameraden. Osondu spuckte in den roten Sand und kletterte wieder hinter das Steuer. Kaum hatten sie die Straßensperre hinter sich gelassen, prügelte er plötzlich auf das abgewetzte Lenkrad ein.

»Diese Banditen!«, tobte er. »Dreihundert Naira! Dabei sind wir noch nicht einmal aus der Stadt!«

Natürlich wusste Yoba, dass die Soldaten im ganzen Land nach Belieben Wegzölle erhoben. Wer kein Geld hatte, musste zumindest den Offizieren ein Geschenk machen. Die zweite Regel lautete: Widersetze dich niemals! Sonst wurde es nur noch teurer. Außerdem konnte falscher Mut schnell nach hinten losgehen, denn nicht wenige der jungen Soldaten waren betrunken oder mit Drogen vollgepumpt. Und auf einen toten »Terroristen« mehr oder weniger kam es in diesem Land nicht an.

Angesichts Osondus Laune beschloss Yoba lieber den Mund zu halten und die Fahrt zu genießen. Noch war die Vegetation entlang der Straße tropisch grün und üppig. Sie kamen an ärmlichen Dörfern und kleinen, namenlosen Städten vorbei, dann durchquerten sie wieder riesige Erdnussfelder und Kakaoplantagen oder sie fuhren durch einen luftigen Wald aus Ölpalmen. Chioke konnte sich gar nicht sattsehen. Immer wieder deutete er aufgeregt aus dem Fenster. Mal war es ein riesiger, blühender Akazienbaum, mal ein ausgeschlachtetes und von Pflanzen überwuchertes Autowrack, das seine Begeisterung weckte.

Osondu hatte für diese Dinge keinen Blick. Er saß schwitzend hinter dem Lenkrad und stierte in Erwartung des nächsten Schlaglochs angestrengt nach vorn. In der Hitze wölbte sich der Asphalt, an manchen Stellen bildete er sogar Blasen. Gleichzeitig wurden sie unentwegt von hupenden Autos und überladenen Minibussen bedrängt, die den langsamen Tanklaster in waghalsigen Manövern überholten. Wenn dies der Fall war, revanchierte sich Osondu, indem er wie ein Verrückter auf die Hupe drückte und wilde Flüche aus dem Fenster brüllte.

So verging der halbe Tag wie im Flug. Allmählich öffnete sich die Landschaft und die tropische Vegetation wich zunehmend der weiten Savanne. Schon bald reichten die hohen Gräser bis zum Horizont. Abwechslung boten lediglich die Affenbrot- und Tamarindenbäume, die vereinzelt zwischen dem gelben Gras in den wolkenlosen Himmel ragten. Irgendwie machte dieser Teil Nigerias auf Yoba einen leeren Eindruck. Im Süden, aus dem er kam, gab es hingegen mehr Menschen, als gut war.

Yoba war erstaunt, wie wenig er sein Heimatland eigentlich kannte. Trotzdem wünschte er sich allmählich, Osondu würde endlich eine Pause einlegen. In dem Fahrerhaus war es brütend heiß, woran nicht nur die Mittagssonne schuld war, sondern auch der kochende Motor unmittelbar unter ihren Sitzen. Aber Anthonys Freund dachte gar nicht daran anzuhalten. Chioke war mittlerweile eingeschlafen. Lange hatte er sich dagegen gewehrt, um ja nichts zu verpassen, aber am Ende hatten die aufregenden letzten vierundzwanzig Stunden doch noch ihren Tribut gefordert. Jetzt schlief er wie ein Stein und lehnte mit offenem Mund an Yobas Schulter. Bei jeder Bewegung des Lasters schaukelte sein Kopf hin und her, doch das weckte ihn ebenso wenig auf wie das Gehupe und Gefluche ihres Fahrers.

»Darf ich dich etwas fragen?«, erkundigte sich Yoba bei Osondu. Allmählich war er das Schweigen leid. Seit ihrer Abfahrt in Aba vor vielen Stunden hatte der Mann so getan, als seien Chioke und er Luft.

Die Antwort bestand aus einem undefinierbaren Brummen, was Yoba als Ja wertete.

»Seit wann kennst du Anthony?«, wollte er wissen.

Osondu schaltete einen Gang herunter und schielte in den Außenspiegel. Yoba versuchte es erneut. »Kennt ihr euch schon lange?«

Osondu schwieg weiter. Schließlich antwortete er doch. »Er war mein Gruppenführer im Unabhängigkeitskampf.«

»Ihr habt zusammen die Engländer vertrieben?«, entfuhr es Yoba. In der Schule hatte er viel über diese Zeit gehört. Der Unabhängigkeitstag wurde immer groß gefeiert.

Zum ersten Mal zeigte sich auf Osondus Gesicht so etwas wie ein Lächeln. »Damals war ich jünger als du! Anthony hat sich um mich gekümmert.« Die Erinnerung schien seine schlechte Laune etwas zu mildern. »Und wie mir scheint, hat sich der alte Sturkopf nicht geändert«, fügte er mit einem schnellen Seitenblick auf die beiden Straßenjungen neben ihm hinzu.

Yoba war begeistert. »Aber dann seid Anthony und du ja Helden!«, stellte er fest.

Mit einem Mal erschien ihm der grauhaarige, miesepetrige Mann hinter dem Steuer in einem vollkommen anderen Licht.

»Helden!?« Osondu lachte bitter. »Das ist wirklich lange her!«

»Aber ihr habt uns befreit!«, entgegnete Yoba feierlich. »Ohne euch gäbe es unser Land nicht!«

»Ach ja?«, Osondu spuckte aus dem Fenster in den heißen Fahrtwind. »Schönes Land, wo alle abhauen wollen.«

»Wie meinst du das?«

»Na, wie wohl?«, blaffte Osondu. »Jeder will weg. Und ich kann das auch verstehen. Das Leben wird von Jahr zu Jahr schwieriger.« Er schüttelte den Kopf. »Dreihundert Naira!«, murmelte er fassungslos.

»Aber warum bleibst du dann hier?« Yoba legte Chiokes heruntergerutschten Kopf vorsichtig zurück an seine Schulter. »Ich meine, wenn alle weggehen, warum gehst du dann nicht auch?«

»Und was wird aus meiner Familie, wenn ich weggehe?« Osondu machte eine ärgerliche Handbewegung. »Nein, noch gebe ich nicht auf. Alles, was ich besitze, steckt in diesem Tanklaster, und solange mein Freund hier noch einen Meter schafft, bleibe ich.« Beinahe zärtlich strich er über das Lenkrad.

»Ist Tankerfahren denn ein gutes Geschäft?«, bohrte Yoba.

»Früher war es besser«, sagte Osondu, ohne ihn anzusehen. »Da gab es Aufträge und es liefen auch nicht so viele Verrückte mit Waffen herum.« Er schaltete einen Gang hoch und das Getriebe machte ein bedenkliches Geräusch. »Manchmal habe ich das Gefühl, alles war umsonst«, flüsterte er. »Früher gab es wenigstens noch Hoffnung.«

13.

»Guten Morgen, du Schlafmütze!« Julians Vater stand mit seiner Badetasche neben dem Hotelbett und rüttelte gut gelaunt an der Schulter seines Sohnes. Julian zog sich reflexartig die Decke über den Kopf.

»Na los, raus mit dir!« Sein Vater schüttelte ihn erneut. »Bevor wir zusammen tauchen gehen, sollten wir anständig frühstücken.«

»Mann, was für ein Stress!«, stöhnte Julian und quälte sich aus dem Bett. Er fühlte sich wie gerädert. Die Mücken und das Brummen der Klimaanlage hatten ihn letzte Nacht fast um den Verstand gebracht. »Du kannst ja schon mal vorgehen«, versuchte er seinen Vater loszuwerden. »Wir treffen uns dann unten beim Frühstück.«

»Könnt ihr nicht etwas leiser sein!«, nölte Frederike und vergrub ihr Gesicht in den Kissen. Sie teilte sich mit ihrem Bruder das Zimmer. »Mann, ich dachte, wir machen Urlaub!«

Ihr Vater wechselte in den Flüsterton. »Wir sind gleich weg, Prinzessin. Schlaf einfach weiter!«

»Aber es ist viel zu früh!«, beschwerte sich Julian, nachdem er einen Blick auf sein Handy geworfen hatte.

»Der Kurs fängt um acht an«, flüsterte sein Vater. »Treffpunkt am Strand bei der Tauchschule. Also leg einen Zahn zu! Ich gehe schon mal runter!«

Mit diesen Worten verließ er auf Zehenspitzen das Zimmer.

Julian tapste ins Bad und kramte schlaftrunken seine Badesachen zusammen. Nur die Aussicht auf einen Tauchkurs hatte ihn dazu bewogen, sich am Ende doch noch zu diesem unsäglichen Spießerurlaub überreden zu lassen. Tauchen sei ein echter

Kick, hatte sein Kumpel Alex felsenfest behauptet. Hoffentlich hatte er keinen Scheiß geredet.

Er schlüpfte in seine ausgeleierten Badeshorts und streifte sein Lieblings-T-Shirt mit dem fetten *No-Way!*-Aufdruck über. Dann schnappte er sich eins von den ausliegenden Hotelhandtüchern. Derart ausgerüstet machte er sich auf den Weg zur Tauchschule am Ende des Hotelstrands. Auf ein Frühstück inmitten verkaterter Erwachsener mit Niveacreme auf den verbrannten Nasen konnte er verzichten. Sein Vater würde schon merken, wenn er nicht auftauchte.

Bis zum Beginn des Tauchkurses hatten sich außer Julian noch weitere Touristen an der hoteleigenen Tauchschule eingefunden. Sein Vater verspätete sich natürlich, was aber niemandem sonderlich auffiel. Der sizilianische Tauchlehrer hieß Giuseppe und auf Julian machte er den Eindruck, als habe er die Nacht zuvor in der Disco verbracht. Unrasiert und mit dicken Augenringen schloss er das Gebäude auf und führte die Kursteilnehmer in einen frisch getünchten Unterrichtsraum. Er ließ ein paar seiner Standardwitze los, dann begann er mit seiner ersten Lektion. Nachdem er ihnen die unter Wasser geltenden Sicherheitsregeln eingeschärft hatte, erläuterte er anhand einer Schautafel die technische Ausrüstung: Anzug, Finimeter, Pressluftflasche mit erster Stufe, Inflator ... Julian kam die Liste endlos vor. Während sein Vater sich eifrig Notizen machte, langweilte er sich allmählich zu Tode. Eigentlich wollte er nur tauchen und jetzt kam er sich vor wie in der Schule. Dabei waren doch Ferien!

»Wegen mir brauchst du dir das nicht anzutun«, raunte er seinem Vater zu.

Sein Vater kritzelte ungerührt auf seinem Klemmbrett herum.

Am Rand zeichnete er sogar kleine Geräteskizzen. Ingenieur bleibt eben Ingenieur, dachte sich Julian im Stillen.

»Du machst das doch nur, weil Mama es gut findet, wenn wir mal was zusammen unternehmen«, begann er erneut.

»Na und?« Sein Vater hob den Kopf und lauschte aufmerksam den Ausführungen des Tauchlehrers. Zur allgemeinen Anschauung hielt Giuseppe ein Finimeter in die Höhe. Die Skala informierte den Taucher über den Inhalt seiner Pressluftflasche.

Julian ließ nicht locker. »Aber du hast doch schon beim Schnorcheln Angst zu ertrinken. Und in Aufzügen kriegst du Platzangst.«

»Das lass mal meine Sorge sein«, erwiderte sein Vater.

Julian wurde das Gefühl nicht los, sein Vater zog das Ganze nur durch, um vor ihm nicht als Feigling dazustehen. In Wahrheit litt er Höllenqualen. Seine Mutter hatte ihn in eine wirklich unangenehme Lage manövriert.

Als die Theorie abgehakt war, begann der praktische Teil. Unter großem Tohuwabohu legten sie ihre Ausrüstung an und dann ging es endlich an den Strand.

Giuseppe führte seine Schüler wie eine Schar Entenküken ins seichte Wasser und wie alle anderen watschelte sein Vater mit den Flossen an den Füßen hinterher. Aber dann passierte es doch. Kaum umspülten die ersten Wellen seine Knöchel, wurde er ohnmächtig.

Julian riss sich die Maske vom Kopf und kniete sich mit der Pressluftflasche auf dem Rücken neben seinen Vater. Giuseppe war sofort bei ihnen.

»Was ist mit ihm?«, fragte er, während er Julian dabei half, seinen Vater zurück auf den Strand zu ziehen.

»Nichts«, entgegnete Julian. »Nur Angst vor dem Wasser.«

Giuseppe nahm seinem Vater die Taucherbrille ab und verpasste ihm eine saftige Ohrfeige.

Julians Vater riss erschrocken die Augen auf. »Was … was ist passiert?« Sein Gesicht war kreidebleich. Die anderen Kursteilnehmer standen in voller Tauchermontur um sie herum und begafften seinen Vater wie einen gestrandeten Wal.

»Du hattest nur einen Blackout!«, klärte ihn Julian erleichtert auf. »Kein Grund zur Panik.«

Sein Vater holte mehrmals tief Luft. Allmählich kehrte seine Gesichtsfarbe zurück.

»Hören Sie«, sagte Giuseppe zu ihm. »Es wäre vielleicht besser, Sie würden sich die Fische vom Glasboden-Boot aus ansehen. Ich kann Sie unmöglich mit unter Wasser nehmen. Das verstehen Sie doch, oder?«

Julians Vater nickte benommen. Sichtlich erleichtert begann er damit, sich der sperrigen Pressluftflaschen zu entledigen.

»Mach dir nichts draus!« Julian half seinem Vater beim Ablegen der Flaschen. »Du hast es wenigstens versucht.«

Sein Vater versuchte ein Lächeln. »Du kannst mir ja nachher erzählen, wie's gewesen ist.«

»Mach ich!«, versprach Julian. »Kommst du allein klar?«

»Ja, jetzt zisch schon ab!«, befahl ihm sein Vater. »Bevor deine Mutter mitbekommt, dass du allein tauchen gehst.«

Julian ließ sich nicht zweimal bitten. Er erhob sich mit Mühe aus der Hocke. Die Flaschen auf seinem Rücken waren ätzend schwer und die Flossen an seinen Füßen machten das Gehen auch nicht leichter. Als er sich wieder zu den anderen gesellen wollte, rief ihm sein Vater hinterher: »Ich habe deiner Mutter geschworen auf dich aufzupassen. Also unternimm bitte keine Extratouren!«

»Entspann dich, Papa! Wenn ich einen Haifisch sehe, füttere ich ihn mit einem Keks.«

»Julian, ich meine es ernst! Versprich mir, dass du dich einmal in deinem Leben an die Regeln hältst!«

»Schon kapiert«, rief Julian zurück. Er setzte die Taucherbrille auf und begab sich zurück zu den übrigen Kursteilnehmern.

Nur zehn Minuten später wusste Julian, dass sein Kumpel Alex ausnahmsweise mal die Wahrheit gesagt hatte. Tauchen war wirklich der Hammer! Unter der Wasseroberfläche atmen zu können war einfach genial. Er hörte nur seinen eigenen Atem und sein vor Aufregung pochendes Herz.

Nachdem sich alle auf dem Meeresgrund versammelt hatten, erkundigte sich Giuseppe per Handzeichen nach dem Befinden seiner Schüler. Alle antworteten mit dem Okay-Zeichen. Dann schwammen sie los.

Julian konnte sich gar nicht sattsehen. Obwohl sie nur etwa drei Meter unter der Wasseroberfläche waren, fühlte er sich wie auf einem anderen Planeten. Die von den Wellen an der Oberfläche gebrochenen Sonnenstrahlen huschten in einem stetigen Rhythmus über den Meeresgrund. Bizarre Krebse, bunte Fischschwärme, sogar eine kleine, blau-weiß geringelte Muräne konnte Julian zwischen den Unterwasserfelsen entdecken. Das war mit Abstand das beste Vater-Sohn-Ding aller Zeiten. Auch ohne Vater.

Während die Gruppe sich noch im flacheren Wasser aufhielt, schwamm Julian neugierig zu der Felskante, hinter der es steil nach unten ging. Sofort spürte er den eisigen Griff der Tiefe und paddelte hastig zurück, um sich der Gruppe wieder anzuschließen. Aber die schien gerade hinter einem der Felsen verschwunden zu sein. Er griff nach dem Finimeter, das an seiner Seite baumelte. Der Zeiger auf der runden Skala war noch weit vom roten Bereich entfernt. Seine Pressluftflasche war halb voll. Also beschloss er die Klippen auf eigene Faust zu erkunden. Irgendwo würde er schon auf Giuseppe und den Kurs stoßen. Plötzlich erregte etwas Dunkles seine Aufmerksamkeit. Es klemmte etwas tiefer unter einem mit Algen und Seeigeln überwucherten Gesteinsbrocken.

Julian ließ etwas Luft aus der Tauchweste und sackte nach unten. Neugierig paddelte er näher an das rätselhafte Objekt heran. Der Felsen hielt es am Meeresgrund gefangen und es schaukelte in der Unterwasserbrandung sanft hin und her. Als Julian nahe genug herangetaucht war, stieg die nackte Angst in ihm auf. Es war die Leiche eines dunkelhäutigen Mannes.

Julian ruderte panisch zurück, wobei ihm der Lungenautomat aus dem Mund glitt. Er schluckte Salzwasser und schoss, so schnell er konnte, zurück an die Wasseroberfläche, wo er sich die Maske vom Kopf riss und die Lunge aus dem Leib hustete. Etwas entfernt standen Giuseppe und die übrigen Kursteilnehmer im hüfthohen Wasser. Sie hatten wohl mittlerweile bemerkt, dass er fehlte. Julian versuchte ihnen etwas zuzurufen, aber der Husten zerriss ihm den Hals und er spuckte erneut Salzwasser. Am Strand brieten die Feriengäste in ihren Strandliegen. Zu ihren Füßen bauten Kinder Sandburgen und auf dem Beachvolleyball-Feld tobte ein hart umkämpftes Match. Niemand schien Notiz von Julian zu nehmen. Dafür kam Giuseppe nun eilig herangepaddelt.

»Wo warst du?«, wollte er von Julian wissen. Er konnte seinen Zorn nur mit Mühe im Zaum halten. »Die Gruppe muss immer zusammenbleiben! Verdammt noch mal, ich trage die Verantwortung für euch!«

Statt einer Antwort hustete Julian erneut. Zusammen schwammen sie zurück zum Strand. Kaum hatte Giuseppe ihm die Pressluftflaschen abgenommen, wurde Julian speiübel. Er drehte sich zur Seite und übergab sich in den Sand. Erst jetzt hoben sich in den Strandliegen die ersten Köpfe und starrten neugierig zu ihm herüber.

»Da … da ist eine Leiche im Wasser«, brachte Julian schließlich heraus. Seine Kehle brannte wie Feuer. »Zw … zwischen den Felsen. Ein Schwarzer.«

»Ein Schwarzer?« Plötzlich war Giuseppes Zorn wie weggeblasen. Er klang besorgt.

Julian nickte.

»Verdammt!«, fluchte Giuseppe. »Nicht schon wieder! Du rührst dich nicht von der Stelle!«, befahl er Julian. Danach watete er zurück ins Meer. Als ihm das Wasser bis zur Brust reichte, setzte er seine Brille auf und tauchte mit einem Flossenschlag ab.

Julian blieb einfach am Strand sitzen. Er war viel zu durcheinander, um einen klaren Gedanken zu fassen. Dann stach ihm ein in der Brandung schwimmender Gegenstand ins Auge. Das merkwürdige Ding wurde von den Wellen beharrlich an den flachen Strand geworfen und vom ablaufenden Wasser wieder mit zurückgerissen, als wolle ihn das Meer nicht freigeben. Julian kroch darauf zu und fischte das merkwürdige Ding aus der schäumenden Gischt. Zu seiner Überraschung handelte es sich um ein kleines, in mehrere Lagen Klarsichtfolie gewickeltes Notizbuch.

14.

Yoba kauerte mit angezogenen Beinen auf dem Beifahrersitz und schrieb in sein kleines Tagebuch. Die Straße ringelte sich wie eine schwarze Schlange über die ausgedörrte Hochebene. Seit Stunden krochen sie nun schon über das endlose Plateau. Zu Yobas Linken versank die glühende Sonne allmählich hinter den kargen Bergen. Die Schatten des Tanklasters und der wenigen Bäume wurden bereits länger und länger. Bald würde es dunkel werden und er hoffte inständig, Osondu würde einen weiteren Pausenstopp einlegen. Yobas dreckiges T-Shirt klebte an seinem Körper und mittlerweile kam er fast um vor Durst. Zum ersten Mal seit Beginn ihrer Reise in den Norden verspürte er ein leichtes Unbehagen. Wenn es jetzt schon so unerträglich heiß und trocken war, wie mochte es dann erst in der großen Wüste werden?

Nachdem sie am Mittag an einer Tankstelle eine Pause eingelegt und etwas gegessen hatten, war Yoba auf dem Beifahrersitz eingenickt. Dabei war ihm Adaeke im Traum erschienen. Sie hatte ihr bestes Kopftuch getragen und ihm vom Rand des Fußballfeldes aus zugejubelt, weil er ein Tor geschossen hatte. Dann waren Adaeke, sein Bruder und er mit einem silbernen Auto ohne Dach durch eine Stadt gefahren. Die Leute hatten ihnen freundlich zugewinkt, und wie Yoba verwundert festgestellt hatte, gab es nirgendwo hohe Mauern oder vergitterte Fenster. Leider hatte ihn ein Schlagloch genau in diesem Moment unsanft in die Wirklichkeit zurückgeholt.

Auch jetzt machte die unebene Straße das Schreiben fast unmöglich. Yoba klappte verärgert sein Buch zu. Dann streckte er seine schmerzenden Glieder.

»Was kritzelst du da eigentlich die ganze Zeit?«, fragte Osondu. Er stützte sich mit den Ellbogen auf das Lenkrad und blickte mit müden Augen auf die kurvenreiche Straße. Seit ihrem letzten Stopp an der Tankstelle waren Stunden vergangen und er hatte nicht ein einziges Wort von sich gegeben.

»Ich führe Tagebuch«, entgegnete Yoba stolz. »Das mache ich für meinen Bruder. Für die Zeit, wenn er wieder gesund ist und lesen gelernt hat.«

Chioke schlief mittlerweile zusammengerollt im Fußraum. Er hatte den Kopf auf seine neuen Turnschuhe gebettet und lächelte im Schlaf.

Osondu beäugte Yoba argwöhnisch von der Seite. Allmählich beschlich ihn der Verdacht, dass mit den beiden Jungen, die Anthony ihm aufgehalst hatte, etwas nicht in Ordnung war. Niemand in Afrika verschwendete seine Zeit mit Tagebuchschreiben.

»Darf ich dich mal was fragen?«, erkundigte sich Yoba, während er die letzte Maniokteigkugel in sich hineinstopfte. Leider hatte er an der Tankstelle nicht mehr davon kaufen können. »Du bist doch Lastwagenfahrer und kommst viel rum«, nuschelte er mit vollem Mund.

»Hm«, machte Osondu. Die abschüssige Straße erforderte seine ganze Konzentration. Seit geraumer Zeit ging es nur noch in steilen Serpentinen bergab.

»Warst du auch mal am Meer?«, wollte Yoba wissen.

»An welchem Meer?«, knurrte Osondu. Die Bremsen rochen bereits verdächtig nach verbranntem Gummi.

»Am Mittelmeer.« Yoba sah Osondu gespannt an. »Das Meer zwischen Afrika und Europa. Warst du mal da?«

»Kann schon sein.«

Yoba richtete sich auf. »Und?«, platzte es aus ihm heraus. »Wie sieht es aus? Ist es schön?«

»Wieso willst du das wissen?«

»Ach, nur so«, wiegelte Yoba ab, als er Osondus misstrauischen Seitenblick bemerkte. »Wenn ich erwachsen bin und Arbeit habe, fahre ich vielleicht mal hin und gucke es mir an«, erklärte er. Besser, er war auf der Hut.

Osondu bremste und lenkte den Tanklaster mit Schweißperlen auf der Stirn um die nächste abschüssige Kurve.

»Es ist besser, man bekommt das Meer erst gar nicht zu Gesicht«, sagte er nach einer Weile. »Es kostet zu viele das Leben.«

Plötzlich drang ein ohrenbetäubender Lärm aus dem Motorraum zu ihnen herauf. Der bis zum Rand gefüllte Tanklaster geriet ins Schlingern. Er schrammte mit der Außenhülle an der Felswand entlang, Funken sprühten und nur mit größter Mühe brachte Osondu das Ungetüm zum Stehen.

Er umfasste den Schaltknüppel mit beiden Fäusten und versuchte ihn zu bewegen. Vergeblich. Osondu stellte den Motor ab und stieg aus. Dann robbte er mit der Taschenlampe unter den Tanklaster. Nach wenigen Minuten kam er wieder hervorgekrochen.

»Und, ist es sehr schlimm?«, fragte Yoba vorsichtig.

Osondu knipste die Taschenlampe aus, ließ sich an den Vorderreifen gelehnt auf den Boden sinken und verbarg sein Gesicht.

»Das Getriebe ist kaputt«, sagte er irgendwann mit tränenerstickter Stimme. »Ich kann euch nicht bis nach Kano bringen.«

»Dann warten wir eben, bis jemand ein neues Getriebe

bringt«, erwiderte Yoba und deutete aufgeregt den Berg hinauf. »Sieh nur!«, rief er. »Da kommt doch schon Hilfe! Ein Laster!«

Über ihnen am Berghang tastete sich ein mit Ziegen beladener Lastwagen die kurvenreiche Straße herab.

»Für Hilfe ist es zu spät.« Osondu wischte sich mit der Handfläche übers Gesicht. Er hatte sich wieder gefasst. »Ich habe kein Geld für die Reparatur.«

»Und was ist mit dem Öl, das du geladen hast?«

»Wenn ich es nicht rechtzeitig abliefere, muss ich Strafe zahlen. Für jede einzelne Stunde. Aber das ist jetzt auch schon egal. So oder so – ich bin am Ende. Ihr müsst sehen, wie ihr ohne mich weiterkommt.«

Yoba schwieg. Ihm wurde klar, dass mit dem Getriebe auch die Existenz des Mannes zerbrochen war. Der Tanklaster hatte Osondu und seine Familie ernährt. Jetzt stand er vor dem Nichts. Nachdenklich beobachtete Yoba den näher kommenden Laster. Er war nur noch eine Kurve über ihnen. Man konnte bereits seine quietschenden Bremsen hören.

»Wie weit ist es denn noch bis Kano?«, fragte er.

»Morgen früh wären wir da gewesen«, entgegnete Osondu müde.

Yoba kletterte zurück in den Tanklaster, holte die unter dem Sitz versteckte Gelddose hervor und entnahm ihr eine Handvoll Dollarscheine.

Währenddessen kroch draußen der Ziegenlaster mit qualmenden Bremsen an ihnen vorbei. Der Fahrer lehnte sich aus dem Fenster und grüßte Osondu.

»Allah sei mit dir, mein Freund!«, rief er. »Hast du ein Problem? Soll ich dir jemanden aus der Stadt schicken?«

»Nein«, winkte Osondu zurück. »Damit werde ich alleine fertig.«

Dann war der Laster auch schon vorbei. Yoba durfte keine Zeit verlieren.

»Das ist für die Reparatur!«, sagte er und drückte Osondu schnell die fünfhundert Dollar in die Hand, die er aus der Dose abgezählt hatte. »Und damit dein kranker Sohn wieder gesund wird!«

Osondu starrte auf das viele Geld in seinen Fingern. »Aber … woher …?«

»Nimm es einfach und frag nicht!«, sagte Yoba. Er packte Chioke am Arm und zog ihn hinter sich her. »Und grüß Anthony von uns!«, rief er über die Schulter.

Dann rannte er mit seinem Bruder hinter dem langsam und vorsichtig fahrenden Viehtransporter her. Schon in der nächsten Kurve hatten sie ihn eingeholt. Ohne dass der Fahrer etwas davon bemerkte, kletterten sie an den Metallstangen hoch und schlüpften zwischen die Ziegen. Die meckerten zwar über die zweibeinigen Eindringlinge, aber nach einiger Zeit hatten sie sich an die merkwürdigen Gäste gewöhnt und dösten weiter vor sich hin. Wenn dieser elende Gestank nicht gewesen wäre, hätte es fast gemütlich sein können, fand Yoba und machte es sich mit seinem Bruder im Stroh bequem.

Zu seiner Freude sollte Osondu Recht behalten. Nachdem sie die Berge endlich hinter sich gelassen hatten, war es nicht mehr weit bis Kano. Trotzdem war es bereits tiefste Nacht, als sie das Ortsschild passierten und in die Stadt einfuhren. Der Viehlaster rumpelte durch ein endloses Meer aus geduckten Lehmbauten. Es brannten kaum Lichter. Yoba kletterte auf die Metallbrüstung und sog die Luft ein. Kano war mindestens dreimal so groß wie Aba. Und es roch auch ganz anders. Ihm wurde mulmig zu Mute. Fremde Städte waren gefährlich. Besonders bei Nacht. Mit Unbehagen dachte er daran, wie Chioke und er nach Aba gekommen waren. Es hatte Wochen gedauert, bis sie sich ausgekannt hatten. Als der Ziegenlaster von der Hauptstraße in eine unasphaltierte Seitenstraße einbog, fällte er eine Entscheidung.

»Komm, wir steigen ab!«, sagte er. Er half Chioke auf die Brüstung, und als der Laster wegen einem Krater in der unbefestigten Straße bremsen musste, sprangen sie ab. Nachdem sie sich wieder aufgerappelt und den Staub abgeklopft hatten, blickte sich Yoba um. Außer ein paar abgemagerten, streunenden Hunden war niemand auf der Straße. Alles lag im Dunkeln.

»Besser, wir suchen uns einen Platz und warten, bis es hell wird!«, flüsterte er Chioke zu. Sein Bruder schien ihn verstanden zu haben, denn er zeigte auf das Gerippe eines ausgeschlachteten Autos. Seine Umrisse zeichneten sich deutlich gegen die helleren Lehmwände der Häuser ab.

»Gute Idee!«, lobte Yoba seinen Bruder. In diesem Augenblick hallte eine megafonverstärkte Stimme durch die schlafende Stadt. Chioke klammerte sich erschrocken an seinen Bruder.

»Das ist nur der Muezzin. Er ruft zum Morgengebet«, beruhigte Yoba ihn. »Das ist normal. Hier im Norden sind alle Leute Moslems. Sie beten zu Allah.«

Dass er sich ein wenig mit dem Islam auskannte, verdankte Yoba seinem Freund Akim. Akim war vom Stamm der Haussa und Moslem. In der Schule hatten sie immer nebeneinandergesessen. Im Nigerdelta, aus dem Yoba kam, waren Moslems selten. Die Mehrzahl in seinem Heimatdorf waren Christen gewesen. So wie er selbst. Allerdings verehrten fast alle hinter dem Rücken des Pfarrers die alten Ibo-Götter wie Ala, die mächtige Erdgöttin, oder den Himmelgott Chi. So gingen sie auf Nummer sicher. Auf der einen Seite besuchten sie jeden Sonntag brav die Kirche, auf der anderen beteten sie heimlich zu den afrikanischen Göttern.

Kaum war der fremdartige Singsang des Muezzins verklungen, verließen die ersten Gläubigen ihre Häuser. Wie Schlafwandler strebten sie zur nahe gelegenen Moschee. Yoba bestaunte die fremdartige Szenerie. Bereits jetzt war ihre Flucht nach Europa ein einziges Abenteuer. Noch bereute er nichts. Und was sollte schon passieren? Big Eagles Dollars machten sie reich und Reichen passierte bekanntlich nie etwas. Sie konnten jedes Problem mit Geld regeln.

Yoba hatte keinen blassen Schimmer, wohin man als Nächstes fahren musste, wenn man nach Europa wollte. Er wollte bis Sonnenaufgang warten und sich dann durchfragen, aber vorher würde er sich um ein Frühstück und Kleidung kümmern müssen. Die Sachen, die sein Bruder und er am Leib trugen, waren schon in Aba kaputt und dreckig gewesen. Nach der Fahrt auf dem Ziegenlaster verströmten sie darüber hinaus einen unerträglichen Gestank.

Yoba spähte in das ausgeschlachtete Auto, nur für den Fall, dass sich Ratten darin befanden. Dann krabbelte er zögernd hinein. Zu seinem Entsetzen fühlte er im Inneren etwas Weiches. Es knurrte.

Yoba sprang erschrocken zurück, gleichzeitig riss er seinen Bruder von dem Autowrack weg. Aus dem Schrotthaufen zwängte sich eine schemenhafte Gestalt ins Freie.

»Wer ist da?«, schrie die Kreatur. Sie reckte den Kopf wie ein Tier, das Witterung aufnimmt.

Yoba presste instinktiv die Tüte mit der Gelddose an seinen Körper. Im Mondlicht konnte er erkennen, dass die Haut des Bettlers über und über mit Geschwüren bedeckt war. Aber noch mehr erschreckten ihn seine leblosen Augen. Der Mann war blind.

15.

Der blinde Bettler drehte sich im Kreis. Er spürte die Anwesenheit der Jungen, wusste aber nicht, wo sie sich befanden.

»Wer … wer ist da?«, stammelte er auf Haussa, der Sprache, die hier im Norden gesprochen wurde. Als ihm niemand antwortete, versuchte er es auf Englisch. »Bitte … Bitte tut mir nichts!«, flehte er.

Yoba schluckte. Er hatte ihn schon beim ersten Mal verstanden, denn sein muslimischer Freund Akim hatte ihm etwas Haussa beigebracht.

»Wir wollen dir nichts tun!«, antwortete er. »Wir wollten uns nur ein wenig ausruhen.«

Offenbar war das Autowrack das Zuhause des Blinden und Yoba konnte sich gut ausmalen, welche grausamen Spiele die Kinder aus der Nachbarschaft mit dem wehrlosen Mann trieben.

»Das Auto ist besetzt!«, blaffte der Blinde. Er schnupperte in Yobas Richtung und rümpfte die Nase. »Ihr stinkt nach Ziege! Wie viel seid ihr?«

»Nur mein Bruder und ich«, erwiderte Yoba. »Wir sind gerade erst angekommen. Genau genommen sind wir auf der Durchreise.«

Der Mann schien zu spüren, dass die Jungen keine unmittelbare Gefahr darstellten, und entspannte sich. »Und wohin geht die Reise, wenn man fragen darf?«

»Italien!«, antwortete Chioke wie aus der Pistole geschossen.

Yoba sah ihn verblüfft an. Woher sein Bruder das Ziel ihrer Reise kannte, war ihm ein Rätsel. Der Blinde brach hingegen in ein eigentümliches Gegacker aus.

»Italien!«, krächzte er. »Geht da bloß nicht hin!«

»Warst du etwa mal da?«, fragte Yoba.

»Sogar zweimal!« Der Bettler machte eine wegwerfende Handbewegung. »Beim ersten Mal haben sie mich nur abgeschoben, beim zweiten Mal fast ein halbes Jahr eingesperrt.«

Dass einige Auswanderer wieder zurückgeschickt wurden und andere nicht, wusste jeder. Die genauen Gründe dafür waren aber schleierhaft. Wahrscheinlich hatten einige zu wenig Geld gehabt, um dic weißen Polizisten zu bestechen.

»Wenn du schon mal in Italien warst, weißt du sicher, wie man da hinkommt.« Yoba versuchte sich seine Aufregung so wenig wie möglich anmerken zu lassen. »Ist es von hier aus noch sehr weit?«

Statt zu antworten, kratzte sich der Bettler ausgiebig an seinem verschorften Unterarm. »Habt ihr etwas zu essen?«, fragte er plötzlich. »Ich habe schon ewig nichts mehr gegessen.«

Yoba überlegte nicht lange. »Hör zu«, schlug er vor. »Sobald es hell genug ist, besorge ich uns etwas zum Frühstück.

Und du erzählst uns, wie man nach Europa kommt. Einverstanden?«

Der Bettler horchte auf. »Habt ihr denn Geld?«

»Lass das nur unsere Sorge sein!«, entgegnete Yoba schnell. »Also, was ist? Gilt die Abmachung?«

Der Blinde nickte in ihre Richtung. »Mit vollem Bauch erzähle ich euch alles, was ihr hören wollt!«, kicherte er.

Yoba sah die dunkle Straße entlang. Nicht weit von ihnen entfernt entdeckte er eine einfache Garküche, in der bereits Licht brannte. Anscheinend war der Koch trotz der frühen Morgenstunde schon bei der Arbeit und mit ein wenig Glück konnte er ihm etwas abschwatzen.

»Du passt auf ihn auf!«, sagte er zu Chioke. »Ich bin gleich zurück!«

Fassungslos beobachtete Yoba, wie sein Bruder den blinden Bettler daraufhin an die Hand nahm und behutsam zurück zum Autowrack führte. Chioke schien keinerlei Ekel vor dem Blinden mit dem grässlichen Hautausschlag zu empfinden.

Wenig später kehrte Yoba mit dem Essen zurück. Der noch verschlafene Koch hatte ihn erst verscheuchen wollen, aber dann hatte Yoba ihm einen seiner Dollarscheine unter die Nase gehalten. Der Mann hatte ihn von allen Seiten geprüft und schließlich ein mageres, kaltes Hühnchen vom Vortag, ein bisschen Maniokteig und eine überreife Melone herausgerückt. Auf dem Markt in Aba hätte Yoba für das gleiche Geld einen ganzen Gemüsestand kaufen können.

Joseph, so hieß der blinde Bettler, stürzte sich auf das zähe Hühnchen, als hätte er noch nie etwas Köstlicheres zwischen die Zähne bekommen. Yoba und Chioke ließen ihm den Vortritt und begnügten sich mit der Melone und der Hälfte des Maniokteigs. An dem mageren Hühnchen war sowieso nicht viel dran.

Voller Ungeduld wartete Yoba, bis der Bettler aufgegessen hatte. Ihm brannten tausend Fragen auf der Zunge. Aber Joseph ließ sich Zeit. Er lutschte endlos auf den bereits blitzblank abgenagten Knochen herum und sein entstelltes Gesicht verriet dabei einen Zustand höchster Verzückung.

Yoba hielt es nicht länger aus. »Jetzt sag schon: Wie weit ist es noch?«, drängte er.

»Wohin?« Joseph leckte sich die Finger.

»Nach Italien natürlich!«, stöhnte Yoba. »Nach Europa!«

»Aha, ihr wollt also nach Europa. Wie alt seid ihr überhaupt?«, fragte er.

»Ich bin fast siebzehn und mein Bruder ist zwölf.« Yoba platzte fast vor Ungeduld. »Also: Wie weit ist es noch?«

»Die Reise nach Europa ist gefährlich«, erwiderte Joseph ausweichend. »Das ist nichts für Kinder. Besser, ihr kehrt zurück in den Süden.«

Yoba war überrascht. »Woher weißt du, dass wir aus dem Süden kommen?«

»Das höre ich an deinem Akzent«, kicherte Joseph. Er klang ein wenig verrückt. »Aber dein Haussa ist wirklich gut. Ich war mal Lehrer, musst du wissen.« Er drehte den Kopf in Chiokes Richtung, der aufmerksam zuhörte. »Ist dein Bruder stumm?«, wollte er wissen.

»Nein«, sagte Yoba ungehalten. »Er redet nur nicht viel. Und jetzt erzähl uns endlich, was du weißt!«

»Langsam, mein junger Freund! Langsam!« Joseph rieb sich seinen Bauch und rülpste. »Aber du hast Recht. Geschäft ist Geschäft. Ich erzähle euch alles, was ich über Europa weiß.«

Wie Yoba erfuhr, war Joseph in seinem früheren Leben Englischlehrer in Liberia gewesen. Als seine Verlobte – ebenfalls eine Lehrerin – zwischen die Fronten des neu entflammenden Bürgerkriegs geriet und vor ihrer Schule erschossen wurde, entschied er sich wie viele seiner Landsleute zur Flucht. Joseph schaffte es bis nach Italien. Bei seinem ersten Aufenthalt arbeitete er einen Sommer lang als Bauarbeiter. Zusammen mit anderen Afrikanern baute er Ferienanlagen und Hotels, aber dann verriet sie ihr sizilianischer Chef an die Behörden, weil er den ausstehenden Lohn nicht zahlen wollte. Drei Tage später waren sie mit dem Flugzeug zurück nach Liberia gebracht worden. Doch Joseph hatte sich von diesem Rückschlag nicht entmutigen lassen. Nachdem er erneut genug Geld beisammenhatte, versuchte er es wieder. Dieses Mal geriet jedoch das ausrangierte Fischerboot, das ihn von Nordafrika aus an die italienische Küste bringen sollte, in einen Sturm.

Yoba hing an Josephs Lippen und verschlang jedes einzelne Wort. »Und wie seid ihr gerettet worden?«, fragte er gespannt.

»Gerettet?« Joseph kicherte. »Ich bin der einzige Überlebende!« Er zeigte mit dem Finger auf seine entstellten Augäpfel. »Hat mich nur meine Augen gekostet. Die Sonne und das Salzwasser haben sie für immer zerstört.« Er schüttelte traurig den Kopf. »Nein, gerettet ist etwas anderes.«

»Und wie bist du dann hierher nach Kano gekommen?«, fragte Yoba. »Ich meine, ohne etwas sehen zu können?«

»Nachdem sie mich in ihrem Krankenhaus behandelt haben, haben sie mich in ein Flugzeug gesetzt und hierher nach Kano geflogen.«

»Aber du kommst doch aus Liberia!«, wunderte sich Yoba. »Wieso schicken sie dich dann nach Nigeria?«

»Schwarz ist eben schwarz«, sagte Joseph traurig. »Ich merke schon, ihr wisst nicht viel über Europa und die Weißen, oder?«

Yoba schwieg betroffen. Als blinder Bettler in einem fremden Land auf der Straße leben zu müssen war ein grausames Schicksal. Der ehemalige Lehrer tat ihm leid.

»Ist das Mittelmeer denn wirklich so gefährlich?«, erkundigte er sich zaghaft.

»Fast so gefährlich wie die Sahara. Die meisten sterben in der Wüste. Sie verschwinden einfach im Sand und keiner sieht sie jemals wieder.«

»Dann nehmen wir eben eine andere Route«, schlug Yoba unbekümmert vor.

»Es gibt keine«, nuschelte Joseph, während er auf einem weiteren Knochen herumlutschte. »Wer von hier aus nach Europa will, muss durch die Wüste. Es ist der einzige Weg. Es sei denn, man nimmt ein Flugzeug. Aber da brauchst du einen Pass und ein gültiges Visum.«

»Dann werden mein Bruder und ich eben durch die Wüste gehen«, beschloss Yoba. »Andere haben es auch geschafft.«

Er tastete heimlich nach dem Gri-Gri, das Anthony ihm zum Abschied um den Hals gehängt hatte. Mit Hilfe des Zauberamuletts und mit dem gestohlenen Geld würden er und Chioke schon heil durch die Wüste kommen.

Langsam erhob sich die Sonne über den mit Stroh gedeckten Lehmhäusern. Die Stadt erwachte und eine stetig wachsende Zahl an Fahrzeugen und Menschen bevölkerte die sandigen

Straßen. Die einheimischen Männer trugen knöchellange, weiße Kittel und weiße Käppchen auf dem Kopf. Frauen sah Yoba fast keine. Was ebenso fehlte, waren die Farben. Es gab keinerlei Grün, alles hatte die Farbe von Sand. Selbst die wenigen Bäume, deren vertrocknete Kronen hin und wieder zwischen den niedrigen Häusern emporragten, waren mit einer ockerfarbenen Sandschicht überzogen.

Yoba fragte sich, wie es erst werden würde, wenn sein Bruder und er noch weiter in den Norden kamen. Er zückte sein Notizbuch und schlug es auf. »Wohin müssen wir fahren, wenn wir die Wüste durchqueren wollen?«, fragte er Joseph.

Der Bettler zögerte, aber Yoba blieb hartnäckig und erinnerte ihn an ihre Vereinbarung. Endlich gab Joseph nach.

»Ihr müsst über die Grenze nach Agadez«, erklärte er widerwillig. »Von dort aus starten die Lastwagen durch die Sahara.«

Yoba notierte sich den Namen der Stadt. »Und wie ist die Grenze? Wird sie streng bewacht?«

»Kommt drauf an, ob ihr etwas habt, was ihr den Soldaten schenken könnt«, erwiderte Joseph. »Wenn ihr nichts habt, lassen sie euch erst gar nicht rüber.«

Das traf sich gut, dachte sich Yoba. Er hatte ohnehin geplant auf dem Markt neue Kleidung und Lebensmittel für die Weiterfahrt zu kaufen. Jetzt würde er eben ein bisschen mehr einkaufen, um die gierigen Grenzsoldaten zufriedenzustellen. Er entlockte Joseph noch weitere Ortsnamen entlang der Route zum Mittelmeer und notierte sie gewissenhaft in seinem Büchlein.

»Warum wollt ihr eigentlich nach Europa?«, fragte Joseph.

Yoba klappte das Büchlein zu. »Weil da unser Onkel lebt.«

»Und wo sind eure Eltern?«

»Die sind tot«, log Yoba. »Deshalb wollen wir ja zu unserem Onkel.«

Joseph horchte interessiert auf. »Ihr habt einen Onkel in Europa? Wartet der auf euch?«

»Nein, das nicht«, gestand Yoba. Er steckte sein Tagebuch wieder weg. »Wir werden ihn überraschen.«

16.

In dem idyllischen Ferienparadies herrschte helle Aufregung. Immer mehr Touristen erhoben sich aus ihren Liegen und drängten neugierig an den Strand. Eine Frau schrie. Die Sicherheitsmänner versuchten die Urlauber zurückzuhalten, während vor dem Hotel bereits die ersten Krankenwagen eintrafen. Julian entledigte sich der Pressluftflasche, pellte sich aus dem Taucheranzug und ließ die Sachen einfach an Ort und Stelle liegen. Das kleine, wasserdicht eingepackte Buch, das er in der Brandung gefunden hatte, nahm er mit.

Am Strand hatte sich inzwischen eine Menschentraube gebildet. Zwei Sanitäter hasteten mit einer Trage atemlos an Julian vorbei. Giuseppe hatte die Leiche vom Meeresgrund hochgeholt, und als die Menschenmasse sich öffnete, um die Sanitäter durchzulassen, sah Julian noch einmal den toten Mann. Das Salzwasser hatte seine schwarze Haut bleich und schwammig werden lassen. Julian wurde erneut speiübel.

Die Sanitäter stellten ihre Trage im Sand ab und bedeckten den Toten mit einer glänzenden Folie. Inzwischen trafen auch die Carabinieri ein. Sie bemühten sich nach Kräften die Schaulustigen vom Ort des Geschehens fernzuhalten. Ein Familienvater in gestreifter Badehose zückte seinen Fotoapparat, aber kaum hatte er die Kamera eingeschaltet, wurde er von einem Carabinieri angeblafft. Der eingeschüchterte Mann ließ den Fotoapparat wieder sinken. Sichtlich empört schloss er sich den übrigen Hotelgästen an, die den Anweisungen der italienischen Polizisten nur widerstrebend Folge leisteten. Plötzlich deutete einer der Carabinieri in Julians Richtung und rief etwas zu ihm herüber.

»Er sagt, dass wir von hier verschwinden sollen«, stellte Adria fest, die mit einem Mal neben Julian aufgetaucht war. Sie trug ein um die Hüfte geschlungenes Batiktuch und ein rotes Bikinioberteil. »Diese armen Menschen!«, sagte sie mit Blick auf die abgedeckte Leiche.

»Woher kommt der Mann?«, wollte Julian wissen, nachdem er aus seiner Erstarrung erwacht war.

»Das ist ein Illegaler«, sagte Adria. »Wahrscheinlich ist draußen auf dem Meer wieder ein Boot mit afrikanischen Flüchtlingen gesunken.«

»Was heißt ›wieder‹? Passiert das etwa öfter?«

»Leider«, seufzte sie traurig. »Und jedes Jahr werden es mehr. Die Boote sind überfüllt und nicht seetauglich. Also sinken sie.«

Julian sah Adria verblüfft an. »Aber das ergibt doch keinen Sinn: Ich gehe doch nicht auf ein Schiff, das ziemlich sicher absäuft!«

»Vielleicht ist es das Risiko ja wert«, erwiderte Adria. »Wenn man nichts zu verlieren hat, kann man auch alles riskieren.« Sie zuckte hilflos mit den Schultern. »Was weiß ich? Lass uns lieber hier weggehen.«

Sie zog Julian in Richtung Poolbar. Julian gehorchte nur zu gerne.

»Hallo, Giovanni!«, begrüßte Adria den betagten Barkeeper. Sie bestellte einen Eiskaffee, Julian entschied sich für eine Cola. Er sehnte sich danach, dass die Bilder in seinem Kopf endlich aufhörten. Ständig sah er das Gesicht des toten Afrikaners vor sich.

»Ist das nicht furchtbar?«, sagte Giovanni zu Adria, während er sich die Zimmernummern notierte. Sein sonnengegerbtes Gesicht spiegelte eine harte Kindheit auf den Feldern Siziliens wider. »Wenn das so weitergeht, können wir hier bald dichtmachen. Die Touristen werden woanders hingehen.«

»So weit wird es schon nicht kommen, Giovanni.« Adria kletterte auf einen der Barhocker. »Du wirst sehen: Urlaub machen die Leute immer!«

Mit einem Mal wurden Stimmen laut. Eine Frau Mitte vierzig und ein Mann in Anzug und Krawatte traten unter das Sonnendach der offenen Bar. Die Frau trug einen knappen, goldfarbenen Badeanzug und schob zwei Zwillinge im Kindergartenalter vor sich her.

»Es ist ungeheuerlich!«, schimpfte die auffallend attraktive Mutter. »Wir wollen Urlaub machen und stattdessen werden meine Kinder traumatisiert!«

Der Mann im Anzug – es handelte sich ohne Zweifel um den Direktor des Hotels – hob beschwörend die Hände. »Bitte, Signora, haben Sie doch Verständnis!«, flehte er die aufgebrachte Frau an. »In weniger als einer Stunde ist alles vorbei. Dann dürfen Ihre Kinder wieder baden und Sandburgen bauen. Glauben Sie mir, heute Abend haben Ihre Kleinen schon wieder alles vergessen.«

»Und wenn nicht?«, zeterte die Mutter. »Ein solcher Anblick kann Kinderseelen zerstören, haben Sie darüber schon einmal nachgedacht?«

»Für Ihre Kinder besteht nicht die geringste Gefahr«, beschwor der Hoteldirektor sie. »Wir haben einen Notfallplan für Dinge dieser Art. Wenn Sie möchten, lasse ich einen Kinderpsychologen aus der Stadt kommen. Er kennt sich mit solchen – äh – Vorfällen bestens aus.«

Die Frau schien nicht wirklich überzeugt. »Nein, danke!«, sagte sie schnippisch. Sie packte die eingeschüchterten Zwillinge. »Kommt! Es ist besser, wir reisen noch heute ab!«

Der gestresste Hoteldirektor tupfte sich mit einem Taschentuch die Stirn. Vor dem Hintergrund des mit halb nackten Urlaubern gefüllten Swimmingpools wirkte er mit Anzug und Krawatte völlig deplatziert.

»Alles klar, Papa?«, rief ihm Adria zu, während der Barkeeper den Eiskaffee auf den Tresen stellte.

»Ja, ja!« Ihr Vater winkte tapfer zurück. Er hatte seine Tochter längst entdeckt. »Bitte tue mir einen Gefallen«, rief er. »Geh nicht an den Strand, ja?« In diesem Moment klingelte sein Handy. »Pronto?«

Adrias Vater hörte kurz zu, danach schrie er etwas auf Italienisch ins Telefon und eilte mit fliegender Krawatte davon.

»Mach dir keine Sorgen!«, rief ihm Adria hinterher. Dann schlürfte sie lautstark ihren Eiskaffee.

Julian hatte seine Cola noch nicht angerührt. Irgendwie fühlte er sich wie im falschen Film. Erst jetzt fiel ihm wieder das wasserdicht verpackte Büchlein ein. Ohne dass es ihm bewusst war, hatte er es die ganze Zeit über in der Hand gehalten. Hastig legte er es auf den Tresen.

»Was ist das?«, fragte Adria. Sie nuckelte an dem Strohhalm ihres Eiskaffees und schielte neugierig auf das nasse Päckchen. »Ist das dein Notizbuch?«

»Das habe ich eben am Strand gefunden.« Julian wischte sich die Hände an seinen Badeshorts ab.

»Denkst du, es gehörte dem Toten?«

»Keine Ahnung.«

»Und was willst du jetzt damit machen?«

Julians Antwort erübrigte sich, denn in dieser Sekunde entdeckte er seine Mutter. Sie schlängelte sich in Begleitung seines Vaters durch die rund um den Pool verteilten Liegestühle und steuerte schnurstracks auf die Bar zu.

»Oh, nein!« Julian verdrehte die Augen.

Seine Mutter war völlig aus dem Häuschen. »Gott sei Dank!«, plärrte sie schon von weitem. »Da bist du ja!«

Sein Vater war hingegen stinksauer. »Der Kerl von der Tauchschule hat gesagt, du wärst einfach weggegangen!«, schimpfte er. »Wir haben dich schon überall gesucht! Hast du denn nicht gehört, was passiert ist?«

»Doch«, erwiderte Julian. »Hab ich.«

»Und dann sitzt du seelenruhig hier herum?«, erregte sich seine Mutter ohne Rücksicht auf Adrias Anwesenheit. »Wir waren krank vor Sorge! Also los, komm jetzt!«

Am liebsten wäre Julian vor Scham im Boden versunken. Aber ihm blieb keine Wahl. Jede Weigerung hätte die peinliche Szene unweigerlich in die Länge gezogen. Also grinste er Adria blöd an, nahm das eingewickelte Buch vom Tresen und folgte seinen Eltern zurück zum Hotel.

Eine Viertelstunde später saß Julian allein auf seinem Zimmer. Seine Schwester war ausgeflogen. Wahrscheinlich hockte sie wieder neben dem Beachvolleyball-Feld und himmelte die großen Jungs an. Julian war das nur recht. Er legte sich in seinen Badeshorts auf das Bett und betrachtete unentschlossen seinen merkwürdigen Fund.

Das eingewickelte Buch war klein und relativ dünn. Und es stank nach Fisch. Die Vorstellung, der Tote vom Strand könnte das in seiner Tasche gehabt haben, jagte Julian einen Schauer über den Rücken. Instinktiv wollte er das Buch wieder loswerden, aber plötzlich entschied er sich doch anders. Einem unbestimmten Impuls folgend wickelte er es Lage für Lage aus seiner durchsichtigen Plastikfolie. Als er es schließlich in den Händen hielt, blätterte er neugierig darin herum. Das Notizbuch war vom Salzwasser weitgehend verschont geblieben, auf seinem grünen Einband prangte das Logo eines bekannten Ölkonzerns. Die Seiten selbst waren über und über mit einer winzigen Schrift vollgekritzelt. Jeder Fitzel Papier war ausgenutzt worden. Julian blätterte zurück auf die erste Seite. Die krakeligen Buchstaben waren nicht leicht zu entziffern, aber wie er schnell feststellte, schrieb der unbekannte Verfasser auf Englisch. Immerhin war Englisch das einzige Schulfach, in dem er nicht versetzungsgefährdet war. Also begann er zu lesen:

Mein Name ist Yobachi und das ist mein Tagebuch. Ich bin sechzehn Jahre alt und komme aus einem Dorf am Ufer des Imo River. Es heißt Asabutu und ist berühmt wegen seiner Kakaobäume. Es ist ein schöner Ort, aber jetzt lebe ich mit meinem Bruder in Aba (das ist eine große Stadt). Es ist nicht schön hier und wir haben nie genug zu essen. Außerdem ist es gefährlich. Darum habe ich heute beschlossen mit meinem Bruder nach Europa zu gehen.

Dort will ich wieder zur Schule und viel Geld verdienen, damit ich einen guten Arzt für meinen Bruder bezahlen kann. Denn mit Chi-Chis Kopf ist etwas nicht in Ordnung. Das war schon so, als er ein kleines Kind war, aber nach der Zeremonie ist es noch viel schlimmer geworden. Manchmal habe ich Angst, Chi-Chi könnte wirklich von einem bösen Geist besessen sein. So wie es mein Vater und die Leute im Dorf behaupten. Aber das will ich nicht. Denn Löwen sind stark, weil sie kämpfen können. Sie besiegen sogar Geister.

17.

Die schwitzende Warteschlange rückte einen Schritt vorwärts. Jetzt waren Yoba und sein Bruder nur noch zehn Meter von der Grenzstation und den kontrollierenden Soldaten entfernt. Die Sonne und die Hitze machten den Wartenden schwer zu schaffen, dennoch war nur gelegentlich ein Murren oder Stöhnen zu hören. Die meisten Grenzgänger waren fliegende Händler, die sich auf der anderen Seite im Niger gute Geschäfte erhofften. Und genau das hatte Yoba erwartet. Es war Teil seines Plans.

Nachdem er Joseph, dem blinden Bettler, etwas Geld geschenkt hatte, war Yoba zusammen mit seinem Bruder auf den größten Markt von Kano marschiert. Dort hatten sie sich mit neuen Hosen und T-Shirts eingekleidet, wobei Yoba sich auch endlich richtige Schuhe gekauft hatte. Sie hatten silberne Streifen und sahen wirklich klasse aus. Seiner Meinung nach waren es die schönsten Turnschuhe in ganz Afrika. Außerdem hatte er für sich und seinen Bruder zwei Fußballtrikots gekauft. Chioke wollte unbedingt ein Lionel-Messi-Trikot vom FC Barcelona haben. Es war blau-rot gestreift und trug die Nummer zehn auf dem Rücken. Er selbst entschied sich für ein blaues Chelsea-Trikot von Didier Drogba.

Danach hatte er einen abseits gelegenen Schuhstand gesucht und noch acht weitere Paar Herrenschuhe verschiedener Größe erstanden. Nicht so teuer wie seine eigenen, aber dennoch von brauchbarer Qualität. Damit war er ein großes Risiko eingegangen, denn natürlich erregten zwei minderjährige Jungen, die mit blitzsauberen Dollarscheinen bezahlten, auf dem Markt gehöriges Aufsehen. Aber Yoba hatte keine Wahl, wenn sein Vorhaben gelingen sollte. Die Schuhe waren Teil seines Plans. Trotzdem war er froh gewesen, als Chioke und er Kano endlich verlassen hatten. Ein zum Taxi umfunktionierter Pick-up hatte sie bis zur Grenze mitgenommen. Gegen gute Bezahlung, versteht sich.

Die neuen Schuhe an seinen Füßen fühlten sich ungewohnt, aber großartig an. Mit ihnen konnte man überall herumlaufen, ohne ständig Angst haben zu müssen, in eine Scherbe oder einen spitzen Stein zu treten.

Endlich kam wieder Bewegung in die Menschenschlange. Yobas Herz machte auch dieses Mal einen Hüpfer. Je näher sie der Grenzstation kamen, desto aufgeregter wurde er. Die junge Mutter vor ihm erhob sich, schleifte ihre mit Erdnüssen gefüllten Jutesäcke ein paar Schritte weiter und ließ sich wieder darauf nieder. Ein schlafendes Baby lugte aus dem Tuch auf ihrem Rücken. Die sengende Sonne schien ihm nichts auszumachen. Chioke starrte die ganze Zeit auf das friedlich schlafende Baby vor ihm. Er lächelte. Ob er wohl ebenso nervös war wie Yoba? Seit dem Abschied von dem blinden Bettler hatte Chioke keinen Ton mehr von sich gegeben.

Plötzlich brach an der Spitze der Schlange ein wüstes Geschrei los. Die Soldaten schleppten einen jungen Mann in die Baracke am Straßenrand. Er wehrte sich heftig. Kurz darauf hörte man einen gellenden Schrei, gefolgt von lähmender Stille. Die Wartenden senkten ihre Köpfe und taten so, als hätten sie nichts von dem Vorfall mitbekommen. Yoba bekam nun doch etwas Angst. Was war mit dem Mann in der Baracke wohl geschehen?

Als sein Bruder und er endlich an der Reihe waren, raste

sein Herz und ihm wurde schlecht. Der hünenhafte Soldat sah argwöhnisch auf sie herab. »Papiere!«, blaffte er.

»Wir … wir haben keine Papiere!«, stotterte Yoba auf Haussa. Hoffentlich ging sein Vorhaben auf.

Der Soldat machte eine ungeduldige Handbewegung. »Verschwindet! Ihr haltet alles auf!«

Dann wandte er sich an den nächsten Erwachsenen. Es handelte sich um einen Mann mit zwei Plastiktüten voller Zigarettenstangen.

»Aber wir müssen über die Grenze«, flehte Yoba den Soldaten an. »Sonst verdienen wir nichts!«

Er zog den Reißverschluss der Leinentasche auf, in der sich die gekauften Schuhe befanden. Wie erwartet erwachte das Interesse des Soldaten sofort. »Die wollen wir drüben verkaufen«, erklärte Yoba scheinheilig. »Erstklassige Ware, direkt vom berühmten Ariaria-Schuhmarkt in Aba.«

Der Soldat griff ungefragt in die Tasche, holte ein Paar schwarze Halbschuhe heraus und hielt sie hoch.

»Hey, Azim, wie findest du die?«, rief er einem der blutjungen Soldaten zu. Er kontrollierte gerade einen mit gebrauchten Generatoren beladenen Lastwagen. »Die sind doch für deine Hochzeit genau das Richtige! Was meinst du?«

»Äh, wenn Sie wollen, können Sie das Paar behalten«, meldete sich Yoba großzügig zu Wort. »Aber Sie müssen uns dafür über die Grenze lassen.«

Der Soldat beachtete ihn gar nicht. Er warf die Schuhe seinem Kollegen zu und griff erneut in die Tasche. Seelenruhig suchte er nach einem weiteren Paar. Yoba versuchte ganz langsam zu atmen und sich nichts anmerken zu lassen. Die dicken Geldpacken, die er seinem Bruder und sich selbst in die neuen

Unterhosen gestopft hatte, piekstem furchtbar. Aus den Augenwinkeln heraus bemerkte er, wie Chioke sich ausgiebig im Schritt kratzte, obwohl er ihm eingeschärft hatte, gerade das nicht zu tun. Zum Glück schöpfte der Soldat keinen Verdacht. Er nahm wohl an, es wären die üblichen Läuse und Flöhe, die seinen Bruder plagten. Woher sollte er auch wissen, dass die beiden Jungen ein Vermögen in ihren Unterhosen trugen.

Als der uniformierte Riese ein Schuhpaar gefunden hatte, das ihm gefiel, erhob er sich und gab der Tasche einen Tritt.

»Verschwindet!«, befahl er. »Na los!«

»Aber …!« Yoba wollte protestieren, weil er der Meinung war, zwei Paar Schuhe seien zu viel. »Zwei Leute – zwei Paar!«, brummte der Soldat und rammte Yoba seinen Zeigefinger in die Brust. »Also haut ab, bevor ich es mir anders überlege!«

Yoba zog den Reißverschluss der Tasche zu, warf sie wütend über seine Schulter und nahm seinen Bruder an die Hand. Bei der Einreise in den Niger wiederholte sich die Prozedur. Allerdings kostete sie der Grenzübertritt diesmal vier Paar Schuhe statt zwei. Trotzdem fühlte sich Yoba großartig, als sie endlich auf der anderen Seite waren. Auch wenn ihn der Verlust der teuer bezahlten Schuhe schmerzte – sein Plan hatte funktioniert. Er hatte sich und seinen Bruder ohne Papiere über die Grenze geschmuggelt. Jetzt betraten sie zum ersten Mal in ihrem Leben ein fremdes Land.

Der erste Eindruck war allerdings ein wenig ernüchternd. Die Grenzstation lag mitten im Niemandsland und auf dieser Seite der Grenze sah es genauso aus wie da, wo sie herkamen. Die ausgedörrte, mit Dornenbüschen gespickte Savanne erstreckte sich, so weit das Auge reichte. Lediglich eine kleine

Ansammlung von armseligen Hütten konnte Yoba in der flirrenden Hitze ausmachen. Sie drückten sich in den Schatten einiger Affenbrotbäume rund um einen Brunnen. Etwas abseits davon entdeckte er ein niedriges, umzäuntes Gebäude aus verputzten Ziegeln. Vor dem Haus parkte ein nagelneuer Militärjeep. Offenbar handelte es sich um die Unterkünfte der Grenzsoldaten.

Yoba dachte an Adaeke und wünschte sich, er hätte sie mitgenommen. Er vermisste sie jetzt schon. Gleichzeitig betete er, dass Big Eagle seinen Zorn nicht an ihr ausließ. Hoffentlich nahm Anthony sein Versprechen ernst und kümmerte sich um sie, während er weg war. Yoba spürte, wie das schlechte Gewissen an ihm nagte. Wenn Adaeke etwas passierte, war es ganz allein seine Schuld.

»Durst«, sagte sein Bruder und riss ihn aus seinen Gedanken.

»Du hast Recht!«, meinte Yoba. »Stärken wir uns erst mal. Danach erkundige ich mich, wie wir von hier aus weiterkommen.«

Er gab Chioke die Wasserflasche, die er in der Schuhtasche verstaut hatte. Nachdem auch Yoba einen Schluck getrunken hatte, schulterte er die Tasche wieder und führte Chioke in den Schatten der Affenbrotbäume.

Wie Yoba schnell herausfand, pendelten altersschwache, japanische Minibusse zwischen der Grenze und der nächsten Stadt. Aber niemand fuhr weiter bis nach Agadez, den Ort, den Yoba in seinem Buch notiert hatte. Wenn man den Angaben des blinden Bettlers Glauben schenken konnte, starteten von dort die Lastwagen durch die Wüste. Er hatte den Namen in seinem Tagebuch extra dick unterstrichen.

Yoba war ein wenig ratlos, doch da kam ihm der Zufall zu Hilfe. Vielleicht lag es aber auch an Anthonys Gri-Gri unter seinem Fußballtrikot.

Als er einen Mann ansprach, der sich am Brunnen Gesicht und Füße wusch, stellte sich heraus, dass es sich um den Fahrer des mit Generatoren beladenen Lkws handelte. Yoba war der halb leere Laster mit der ungewöhnlichen Ladung schon bei der Grenzkontrolle aufgefallen.

Der Fahrer – er war Nigerianer und Moslem – musste vor der Weiterfahrt ein Nickerchen gemacht haben, denn jetzt bereitete er sich mit der Waschung am Brunnen gewissenhaft auf sein Mittagsgebet vor. Er trug ein knöchellanges weißes Gewand und eine ebenfalls weiße Kappe. Seinen Gebetsteppich hatte er auf dem Brunnen abgelegt. Wie Yoba erfuhr, waren die gebrauchten Generatoren für ein Krankenhaus in Agadez bestimmt. Er konnte sein Glück kaum fassen.

Über den Fahrpreis wurden sich Yoba und der Mann nach einigem Gefeilsche schnell einig. Sobald der Fahrer sein Gebet beendet und den Teppich wieder zusammengerollt hatte, kletterten Yoba und Chioke auf den Laster zwischen die festgezurrten Generatoren. Da die gebrauchten Maschinen nur die halbe Ladefläche einnahmen, blieb ihnen reichlich Platz. Zudem waren sie bestens mit Proviant versorgt. Die Zeit vor der Abfahrt hatte ausgereicht, um die Wasserflasche am Brunnen zu füllen und noch etwas zu essen zu kaufen. In dem namenlosen Grenzkaff hatte es sogar ein richtiges Restaurant gegeben, so dass sie jetzt nicht nur über frisches Obst, sondern auch über warme Erdnusssuppe verfügten. Sie schwappte in einem durchsichtigen, zugeknoteten Plastikbeutel verlockend hin und her. Yoba lief das Wasser im Mund zusammen, aber er wollte das Essen lieber für später aufbewahren. Die wenigen Einheimischen, die ihm bislang in diesem fremden Land über den Weg gelaufen waren, hatten allesamt einen extrem abgemagerten Eindruck gemacht. Und wer wusste schon, wann es das nächste Mal etwas zu essen gab.

18.

Die Fahrt nach Agadez dauerte eine gefühlte Ewigkeit. Die asphaltierte Fernstraße führte endlos geradeaus, und je weiter sie nach Norden kamen, desto ausgedörrter und feindseliger wurde die Landschaft. Obwohl die große Wüste noch Hunderte von Kilometern weit entfernt sein musste, konnte Yoba ihren heißen, alles vernichtenden Atem bereits spüren. Die Affenbrotbäume und Trockenwälder verschwanden mehr und mehr. Auch die hohen Gräser wurden mit der Zeit immer spärlicher. Am Ende gab es fast nur noch Dornenbüsche. Die Savanne hörte auf zu existieren und an ihre Stelle trat eine verwitterte Einöde aus Geröll und Sand.

Die in der Sonne flirrende Straße schraubte sich in endlosen Kilometern über eine karge Gebirgskette. Die Hitze auf der offenen Ladefläche war unerträglich, selbst der Fahrtwind des Lasters brachte kaum Erholung. Yoba und Chioke hatten ihre neuen Fußballtrikots ausgezogen und zwischen die Generatoren gespannt, um ein bisschen Schatten zu haben. Wenigstens konnten sie die kratzigen Bündel Geldscheine endlich aus ihren Unterhosen nehmen. Jetzt steckte ihr Reisekapital wieder in der Blechdose, sicher verstaut in der Leinentasche mit den restlichen Schuhen.

Yoba begann sich allmählich Sorgen um Chi-Chi zu machen. Sein Bruder kam ihm seit der Grenze noch komischer vor als sonst. Von der köstlichen Erdnusssuppe hatte er kaum gegessen. Jetzt kauerte er neben den rostigen Generatoren und schaukelte mit seinem nackten Oberkörper zwanghaft vor und zurück. Vielleicht wohnte in ihm ja wirklich ein Geist.

Yoba verwarf den Gedanken sofort wieder. In seinen Augen war Chioke ganz einfach krank. Schließlich hatte er einmal eine Zeitschrift in die Hände bekommen, in der stand, dass man auch im Kopf krank werden konnte. Und wenn dem so war, konnte man Chi-Chis Krankheit auch heilen. Daran glaubte Yoba felsenfest. Sie mussten es nur nach Europa schaffen. Onkel Abeche würde ihm bestimmt helfen seinen Bruder wieder gesund zu bekommen.

Um sich die Zeit zu vertreiben, holte Yoba sein Tagebuch hervor. Er versuchte seine Gedanken aufzuschreiben, aber wegen der unebenen Straße mit den vielen Schlaglöchern gab er sein Vorhaben schnell wieder auf. Stattdessen erhob er sich und reckte seine Glieder. Der heiße Fahrtwind blies ihm ins Gesicht. Dieses fremde Land kam ihm riesig und beinahe menschenleer vor. Ab und zu konnte er in der Ferne eine Oase oder ein Dorf mit einfachen Lehmhütten ausmachen. Manchmal kam ihnen sogar ein anderer Lastwagen oder ein mit Menschen überfüllter Pick-up entgegen. Sonst begegneten sie fast niemandem. Nur die Gazellen, die hin und wieder die endlose, meist schnurgerade Asphaltstraße überquerten, sorgten für ein bisschen Abwechslung in dieser monotonen Einöde.

Bis auf eine kurze Pinkelpause hatten sie bislang keinen Stopp eingelegt, aber Yoba war das ganz recht. Mit jeder Meile kamen sein Bruder und er ihrem Ziel näher. Der Fahrer hatte sich während ihres kurzen Halts als freundlich und umgänglich erwiesen. Er hatte ihnen sogar eine Handvoll getrocknete Datteln aus seinem Proviant geschenkt. Yoba konnte der Versuchung nicht widerstehen und kletterte über die Generatoren hinweg auf das Dach des Führerhauses. Das Blech war von der Sonne so heiß, dass man es kaum anfassen konnte. Sogar durch die Sohlen seiner neuen Schuhe spürte er die Hitze. Als Yoba einen festen Stand hatte, richtete er sich vorsichtig auf und breitete die Arme aus. Es war ein unglaubliches Gefühl. Die zerfurchte, ausgetrocknete Landschaft flog nur so an ihm vorüber. Noch nie hatte er sich so frei gefühlt. Frei wie ein Löwe! Yoba holte tief Luft und schrie sein Glück in den heißen Fahrtwind. Sie waren auf einem guten Weg. Ganz sicher würden sie es bis nach Europa schaffen!

Chiokes Kopf erschien hinter den Generatoren. Er sah Yoba, der mit ausgebreiteten Armen auf dem Führerhaus des Lasters stand und johlte, verständnislos an.

»Los! Komm her!«, forderte er seinen Bruder auf. »Das musst du ausprobieren!«

Chioke zögerte, aber dann kletterte er doch über die Maschinen hinweg zu seinem Bruder auf das Führerhaus. Yoba half ihm dabei, und als sie schließlich aufrecht nebeneinanderstanden und ihnen der heiße Fahrtwind ins Gesicht blies, brüllte er Chioke ins Ohr: »Na, wie findest du das?«

Chioke klammerte sich an seinen Bruder und lächelte. Sein Blick verlor sich irgendwo in der endlosen Ferne. Plötzlich spürten sie unter ihren Füßen ein energisches Klopfen.

»He, was macht ihr da oben?«, rief der Fahrer durch das Blechdach. Er beugte sich aus dem Fenster, um zu sehen, was sich über seinem Kopf abspielte. »Allah! Passt bloß auf, dass ihr nicht runterfallt!«

Yoba und Chioke kletterten zurück auf die Ladefläche. Kurz darauf wurde der Laster langsamer. Mitten in der Einöde versperrten zwei Militärfahrzeuge die Fahrbahn, und als sie näher heranfuhren, zwangen die fremden Soldaten ihren Laster zum Anhalten.

Am Straßenrand stand bereits ein Minibus. Die Fahrgäste knieten in einer Reihe im Sand und hatten die Hände hinter ihren Köpfen verschränkt. Einer der Soldaten schrie auf sie ein und fuchtelte mit einem Stück Gummischlauch in der Luft herum, ein anderer hielt sie mit seiner Maschinenpistole in Schach.

Von der Ladefläche aus konnte Yoba mitverfolgen, wie ihr Fahrer gezwungen wurde auszusteigen und irgendwelche Papiere vorzeigen sollte. Einer der Soldaten behauptete, die Generatoren seien militärisches Gerät und dürften deshalb nur mit einer Sondergenehmigung transportiert werden. Natürlich hatte ihr Fahrer diese Genehmigung nicht, schließlich waren die ausrangierten Generatoren für ein Krankenhaus bestimmt, und so entwickelte sich schnell ein heftiger Streit. Am Ende zahlte ihr Fahrer zähneknirschend die geforderte Summe. Wie viel es war, konnte Yoba nicht erkennen, aber ihm wurde klar, dass es im Niger offenbar auch nicht viel anders zuging als zu Hause in Nigeria. Nur die Uniformen der Soldaten sahen anders aus. Ihre Köpfe waren nach Art der Wüstenbewohner mit meterlangen Tüchern umwickelt. Der Stoff verbarg ihre Gesichter und ließ nur einen Schlitz für die Augen frei.

Als ihr Laster endlich weiterfahren durfte, knieten die Leute aus dem Minibus noch immer am Straßenrand auf der rötlichen Erde. Immer wieder ließ der Soldat den mit Sand gefüllten Gummischlauch auf einen der Unglücklichen hinabsausen. Entweder weigerten sie sich zu zahlen oder sie hatten einfach kein Geld. Yoba fragte sich, wie lange sie wohl schon dieses Martyrium erdulden mussten. Vorsichtshalber küsste er Anthonys Gri-Gri. Hoffentlich brachte ihm die Amulettkette auch weiterhin so viel Glück, denn die Soldaten hatten sich weder für ihn noch für seinen Bruder interessiert. Yoba konnte sich ein Grinsen nicht verkneifen. Manchmal war es ein Segen, Jugendlicher zu sein. Jeder hielt einen für arm. Erleichtert holte er die Gelddose aus ihrem Versteck zwischen den Generatoren und verstaute sie wieder in der Tasche mit den übrig gebliebenen Schuhen.

Sie erreichten Agadez am Ende der Nacht. Es war ein atemberaubender Moment. Nach stundenlanger Fahrt durch die Finsternis und die erbärmliche Kälte sahen sie die Lichter plötzlich vor sich. Aufgeregt rüttelte Yoba seinen Bruder wach.

»Sieh nur!«, flüsterte er. »Wir sind da!«

»Europa?« Chioke rieb sich verschlafen die Augen.

»Nein, noch nicht«, feixte Yoba. »Aber in der Stadt dahinten können wir die Fahrkarten durch die Wüste kaufen. Zumindest hat das der blinde Bettler behauptet.«

Chioke erwiderte nichts. Stattdessen hockte er sich wieder in die Ecke der Ladefläche und schlief weiter. Yoba hingegen war hellwach. Er wusste nicht, ob es daran lag, dass es tagsüber so heiß gewesen war, aber seitdem die Sonne untergegangen war, hatte er nur noch gefroren. Die Nacht war eiskalt und

Yoba wünschte sich endlich von dem Laster herunterzukommen. Aber es dauerte länger, als er gedacht hatte. Als sie die Berge hinabgekrochen waren, wurde es bereits hell.

Die aufgehende Sonne ließ die aus Lehmziegeln erbaute Stadt in einem goldenen Licht erstrahlen. Yoba staunte. Selbst die Moschee mit den zwei Türmen und der große Palast, an dem sie vorbeifuhren, bestanden aus getrockneter, mit Stroh vermischter Erde. Gebäude aus Stein gab es nur wenige, dafür entdeckte Yoba sogar einen kleinen Zoo. Kurz darauf hielt der Lkw an einer ungepflasterten Kreuzung unter einem dornigen Anabaum. Der freundliche Fahrer lehnte sich aus dem Fenster.

»Endstation!«, rief er nach hinten. »Ihr müsst hier aussteigen!«

»Okay!« Yoba warf die Tasche mit den Schuhen von der Ladefläche und sprang hinterher. Anschließend half er seinem Bruder von dem Laster. Kaum waren sie unten, legte der Fahrer den Gang ein und fuhr weiter.

»Vielen Dank!«, schrie Yoba dem Laster hinterher.

Als er bemerkte, wie die unter dem Baum sitzende Männerrunde verwundert zu ihm hinübersah, biss er sich auf die Zunge. Gleichzeitig griff er hastig nach der Tasche auf dem Boden. Es war besser, nicht aufzufallen, immerhin hatten sie jede Menge Geld bei sich. Aber es war bereits zu spät: Mit Unbehagen bemerkte Yoba, wie sich ein Rudel Kinder aus dem Halbschatten einer Lehmmauer löste und zielstrebig auf sie zusteuerte.

Die ausgehungerten Straßenkinder umringten Yoba und Chioke. Ihr Anführer war vielleicht achtzehn Jahre alt, der Jüngste höchstens sieben. Yoba presste sich die Tasche mit dem Geld vor den Bauch. Er war sich der Gefährlichkeit der

Situation nur allzu bewusst. Schließlich hatte er selbst lange genug auf der Straße gelebt und bestimmt ging es in diesem Land nicht viel anders zu als bei ihm zu Hause. Der Hunger war überall gleich.

Der Wortführer der Kinder musterte Yoba mit leblosen Augen. »Wer seid ihr?«, fragte er. Sein nackter Oberkörper war derart mit feinem Staub bedeckt, dass seine schwarze Haut kaum noch zu erkennen war.

Yoba schob sich unauffällig vor seinen Bruder. »Wir sind nur auf der Durchreise«, erklärte er. »Wir verkaufen Schuhe.«

Vielleicht konnte er der Bande ein Geschäft vorschlagen. Sein Puls raste. Er wollte nicht kämpfen.

Der große Junge betrachtete ihn von oben bis unten. Schlagartig wurde sich Yoba seiner neuen Kleidung bewusst. Jetzt bereute er seine Leichtsinnigkeit. Auf die halb nackten, ausgemergelten Kinder mussten Chioke und er wie ein wandelndes Warenhaus wirken. Selbstbedienung inklusive.

Der Anführer des Rudels zupfte dreist an Yobas neuem Fußballtrikot. »Gute Qualität!«, sagte er, während er mit zwei Fingern den Stoff prüfte. Sein Haussa hatte einen ungewohnten Akzent. Yoba hatte Mühe, ihn zu verstehen. Plötzlich zeigte der Junge auf die Leinentasche. Seine blutigen Fingernägel waren bis zum Nagelbett abgekaut.

»Was ist da drin?«, wollte er wissen. In seinen Augen glimmte bereits das Glücksgefühl über einen gelungenen Beutezug.

Yoba umklammerte die Tasche und presste sie an sich. »Nur Schuhe«, sagte er hastig. »Sonst nichts. Ich habe doch gesagt: Wir sind Händler!«

Verzweifelt blickte er sich nach Hilfe um, aber die Erwachsenen im Schatten des Anabaums sahen offenbar keinen Grund, sich einzumischen. Was sich unmittelbar vor ihnen auf der Straße abspielte, kümmerte sie nicht. Die Männer rauchten Zigaretten und schlürften seelenruhig ihren Morgentee. Auch sein Bruder war keine große Hilfe. Chioke drückte sich an seinen Rücken und behinderte ihn noch zusätzlich.

Yoba versuchte seine rasende Angst in den Griff zu bekommen. Er brauchte jetzt einen kühlen Kopf. Was auch geschehen mochte, er durfte auf keinen Fall die Tasche loslassen, denn ohne die Dollars waren Chioke und er verloren. Sie würden in diesem fremden Land festsitzen und langsam auf der Straße verhungern.

Die Faust kam völlig unerwartet und traf Yoba mitten ins Gesicht. Gleichzeitig versuchte jemand ihm die Tasche zu entreißen. Er krallte sich an ihr fest und trat wild um sich. Aus den Augenwinkeln heraus bemerkte er, wie sich zwei der Kinder auf seinen wehrlosen Bruder stürzten und damit begannen, ihm die weißen Turnschuhe von den Füßen zu reißen.

»Nein! Lasst ihn!«, schrie Yoba, während er hin und her gestoßen wurde. Er kämpfte wie ein Löwe, aber gegen die Übermacht der Straßenkinder hatte er keine Chance. Unzählige gierige Hände zerrten an der Tasche und seinen Kleidern. Yoba brüllte und trat um sich, das Blut rann ihm aus der Nase. Er spürte, wie das Gri-Gri um seinen Hals mit einem Ruck abgerissen wurde. Dann traf ihn erneut eine Faust und ihm wurde schwarz vor Augen.

19.

Yoba spürte, wie ein warmer Tropfen auf sein Gesicht fiel und kitzelnd über seine Wange rann. Erschrocken riss er die Augen auf. Chioke stand über ihn gebeugt und weinte. Sein Gesicht war ganz nah. Yoba schreckte hoch und blickte sich irritiert um.

Er befand sich in einem schummrigen Raum voller Fliegen. Durch ein rundes Fensterloch konnte man den wolkenlosen Himmel sehen. Draußen knatterten Mopeds vorbei und er hörte laute Stimmen. Der Raum musste sich an einer belebten Straße befinden, vermutete Yoba. Erst jetzt bemerkte er die vier jungen Männer im Raum. Sie hockten mit dem Rücken zu ihm um einen Teller mit Reis auf dem festgestampften Lehmboden. Alle trugen Jeans und T-Shirt, dem Alter nach konnten sie Studenten sein. Offenbar waren sie sehr hungrig, denn sie schenkten Yoba und Chioke keinerlei Beachtung. Stattdessen waren sie voll und ganz damit beschäftigt, ihr karges Essen gegen die noch hungrigeren Fliegen zu verteidigen.

»Was ist passiert?«, flüsterte Yoba, ohne die vier Männer aus den Augen zu lassen.

Chioke umschlang seinen großen Bruder und drückte ihn wortlos an sich. *Die Dollars!*, schoss es Yoba in dieser Sekunde durch den Kopf. Er löste sich hastig aus Chiokes Umarmung. Zu seiner Erleichterung entdeckte er die unförmige Leinentasche neben sich. Yoba zog sie hastig näher und tastete sie ab. Durch den steifen Stoff hindurch konnte er die Gelddose deutlich spüren. Er schickte ein Dankgebet an seine Ahnen und wollte Anthonys Gri-Gri berühren, aber seine Hand griff ins Leere. Das Lederband mit dem Amulett war verschwunden.

Yoba lief ein Schauer über den Rücken. Hoffentlich war das kein böses Omen.

Er trocknete Chioke die Tränen mit einem Zipfel seines Fußballtrikots. Sein Bruder lächelte ihn selig an.

»Seht nur, da ist jemand von den Toten auferstanden!«, sagte einer der Männer laut. Auch die anderen drehten sich nun um. Sie hatten ihr spärliches Mahl beendet. Um den leeren Teller balgten sich Schwärme von Fliegen.

»Willkommen in Agadez, dem übelsten Rattennest der Welt!«, sagte einer der jungen Männer auf Ibo, Yobas Stammessprache. Er machte einen sympathischen Eindruck. »Ihr hattet wirklich großes Glück. Das muss ich schon sagen.«

»Wie ... wie sind wir hierhergekommen?«, fragte Yoba vorsichtig. Die vier Männer wirkten nicht gefährlich, aber man konnte ja nie wissen.

»Du warst bewusstlos«, erklärte der junge Mann. »Wir sind zufällig vorbeigekommen, als sie dich und den stummen Zwerg da überfallen haben.« Er fuhr mit der Hand durch die Luft. »Wir teilen uns dieses Rattenloch hier.«

»Ihr kommt aus Nigeria, stimmt's?«, stellte sein fülliger Freund fest. Auch er sprach fließend Ibo. »Lass mich raten: Ihr kommt aus Aba oder irgendwo da in der Nähe!«

Als Yoba zögernd nickte, fuhr er fort. »Dachte ich mir's doch. Wir kommen ebenfalls aus dem Delta. Zumindest Babatunde und ich. Ich heiße Sunday.« Er deutete auf seine Freunde: »Und das sind Maurice und Kutu. Maurice kommt aus Kamerun, Kutu aus Ghana.«

Die Namen von Sunday und Babatunde und ihr Akzent verrieten Yoba, dass die beiden Nigerianer vom Nachbarstamm der Yoruba waren. Kein Wunder, dass sie so gut Ibo sprachen.

In Afrika war es selbstverständlich, die Sprache seiner Nachbarstämme zu beherrschen. Als Angehöriger der Ibo konnte Yoba außer seiner Stammessprache und Englisch, der offiziellen Landessprache Nigerias, auch noch Yoruba und Haussa, die Sprache seines muslimischen Freundes Akim. Darüber hinaus verstand er ein paar Brocken von der Stammessprache der Ekoi und Tiv. Diese Völker waren ebenfalls Nachbarn der Yoruba.

Yoba befühlte behutsam seine geschwollene Lippe. Sein Schädel brummte und er hatte den Geschmack von Blut im Mund. »Warum habt ihr uns geholfen?«, fragte er misstrauisch. Nach dem Überfall traute er niemandem mehr.

Seine Frage überraschte Babatunde, den Nigerianer. Er schien der Wortführer der Gruppe zu sein. »Sollten wir etwa zusehen, wie zwei Landsleute auf offener Straße ausgeraubt werden?« Er schmunzelte nachsichtig. »Dass ihr gerade frisch über die Grenze gekommen seid, sieht jeder Esel auf eine Meile Entfernung. Ihr solltet wirklich vorsichtiger sein, Jungs. Wir sind hier nicht zu Hause in Nigeria!«

»Danke für den Tipp!«, gab Yoba gereizt zurück. Er zog die Leinentasche an sich, gleichzeitig schielte er unauffällig zur Türöffnung, die mit einer schmutzigen Decke verhängt war.

»Entspann dich!«, sagte Kutu, der das bemerkt hatte. Er hatte die Figur eines Boxers, und da er als Ghanaer kein Ibo konnte, sprach er wie die meisten in dieser Region Haussa.

»Ihr braucht keine Angst zu haben«, versicherte er. »Wir sind zufällig vorbeigekommen und wollten euch nur helfen. Eure Tasche haben wir nicht mal angerührt. Aber du musst uns unbedingt verraten, was für ein Schatz da drin ist.« Er nickte in Chiokes Richtung. »Der Knips hat sie mit Händen und Füßen verteidigt. Er hat Maurice fast gebissen, als er sie anfassen wollte.«

»Nicht nur fast!«, jammerte Maurice, während er sich demonstrativ sein Handgelenk rieb. »Er hat sich wie ein Verrückter aufgeführt!«

Yoba sah seinen Bruder erstaunt von der Seite an. Chioke kauerte neben ihm auf der schmuddeligen Wolldecke und studierte selbstversunken die Risse in der brüchigen Lehmwand. Wusste er, dass sie ohne das Geld in der Tasche ihren Traum von einem anderen Leben niemals verwirklichen konnten?

»Was macht ihr eigentlich so weit weg von zu Hause?«, erkundigte sich Sunday, der zweite Nigerianer. Er trug als Einziger eine Armbanduhr und einen goldenen Ehering. Dafür fielen ihm trotz seines Alters bereits die Haare aus. »Wissen eure Eltern überhaupt, dass ihr hier seid?«, fragte er. »Oder habt ihr keine Familie?«

»Doch«, log Yoba schnell. »Haben wir! Aber wir wollen jemanden besuchen. Außerdem verkaufen wir Schuhe.«

»Ihr verkauft Schuhe?« Sunday zog eine Augenbraue hoch.

Yoba klopfte auf die Tasche. »Hier drin sind welche. Sie sind unser Kapital, deshalb wollte mein Bruder sie auch nicht hergeben. Allerdings sind nicht mehr viele übrig. Die meisten haben uns die Soldaten an der Grenze abgenommen.«

Sunday und Babatunde murmelten etwas Unverständliches, ebenso wie Maurice und Kutu. Obwohl die beiden Letzteren aus anderen Ländern in den Niger eingereist waren, hatten sie ähnliche Erfahrungen gemacht.

»Diese Aasfresser!«, schimpfte Maurice. »Mir haben sie mein Handy gestohlen!«

»Und mir meinen Koffer mit allem, was drin war!«, ergänzte

Kutu wütend. »Sie haben ihn einfach behalten. Als ich mich beschweren wollte, haben sie mich zusammengeschlagen.«

Babatunde betrachtete die Jungen mit einem eindringlichen Blick. »Händler also.« Er zupfte sich nachdenklich am Ohr. »Und deshalb seid ihr extra über die Grenze nach Agadez gekommen? Um Schuhe zu verkaufen?« Er schüttelte den Kopf. »Hier gibt es niemanden, der Geld für gute Schuhe hat.«

Er sah Yoba prüfend in die Augen. Dessen Gedanken rasten. Er wusste, dass Babatunde Recht hatte. Niemand machte ein Geschäft mit drei Paar Schuhen. Also entschloss er sich nach einigem Hin und Her, mit dem Versteckspiel aufzuhören.

»Wir wollen durch die Wüste«, erklärte Yoba, ohne aufzusehen. »Nach Europa.«

Zu seiner Verärgerung brachen die vier jungen Männer in lautes Gelächter aus. »Ihr Jungs wollt durch die Wüste?« Sunday schlug sich vor Vergnügen auf die Schenkel. »Das ist gut! Glaubt mir, da seid ihr nicht die Einzigen!«, schnaufte er. »Jeder in Agadez will dahin!«

Yoba horchte auf. »Wollt ihr etwa auch nach Europa?«

»Klar!«, lachte Maurice. »Warum sollten wir sonst in diesem Kaff rumhängen? Wir warten nur auf eine Überweisung von Kutus Familie und meinen Eltern. Sie wollen uns Geld für die Weiterreise schicken.«

»Und wie lange wartet ihr schon?«

Kutu knetete seine großen Hände. »Fast sechs Wochen. Allmählich geht uns das Geld aus. Inzwischen essen wir nur noch Reis ohne alles.«

»Aber wir schaffen das!«, ergänzte Sunday voller Inbrunst. »Wir haben einen Schwur geleistet, weißt du? Wir vier halten zusammen! Egal was kommt! Deshalb schaffen wir es!«

Seine Freunde murmelten zustimmend.

»Und was ist mit euch?« Maurice schnippte nebenbei eine Fliege von seinem wertvollen Michael-Jackson-T-Shirt. »Die Sahara ist nichts für Kinder. Außerdem kostet die Fahrkarte 'ne Menge Cash. Habt ihr denn so viel?«

»Nein, leider nicht!«, schwindelte Yoba. Er war auf der Hut. »Aber wir treffen einen Verwandten von uns. Der gibt uns was für die Weiterfahrt.«

Die Antwort schien Maurice und seine Gefährten zufriedenzustellen. Dass einem unterwegs das Geld ausging, war nicht ungewöhnlich. Schließlich warteten sie selbst auf Geld für die Weiterreise. Yoba hingegen überlegte, ob dies ein weiterer Wink des Schicksals war. Die vier Freunde wussten, wie man nach Europa kam. Bessere Retter hätte er sich gar nicht wünschen können.

»Was ist eigentlich mit deinem Bruder?«, wollte Babatunde von Yoba wissen.

Chioke hatte die Arme um seinen schmächtigen Körper geschlungen und schaukelte wieder mit seinem Oberkörper vor und zurück. Die Fliegen, die in seinen Mundwinkeln hingen, um an seinen Speichel zu gelangen, schien er gar nicht zu bemerken.

»Mein Bruder ist krank«, erklärte Yoba, während er die Fliegen aus Chiokes Gesicht verscheuchte. »Deshalb müssen wir nach Europa. Da gibt es Ärzte, um ihn wieder gesund zu machen.«

»Babatunde ist auch Arzt«, erklärte Maurice mit feierlicher Miene.

»Wirklich?« Yoba strahlte.

Babatunde seufzte. »Ich habe in Lagos Medizin studiert«,

erklärte er. »Wir haben alle studiert. Kutu ist zum Beispiel Ingenieur.«

Yoba war verwirrt. »Und warum seid ihr dann von zu Hause weg?«

»Weil es keine Arbeit gibt«, stieß Kutu verbittert hervor. »Und wenn man welche hat, verhungert man trotzdem. Zumindest kann damit niemand eine Familie ernähren.«

Seine Freunde murmelten erneut ihre Zustimmung. Egal aus welchem Land sie stammten, die Probleme waren die gleichen. Sie saßen alle in einem Boot.

»Du kannst so lange zur Schule gehen, wie du willst«, führte Maurice aus. »Es nützt nichts. Reich werden nur die Politiker und die Gangster. Und wenn die Not groß genug ist, gibt es den nächsten Krieg.«

Yoba holte sein Tagebuch hervor, in dessen Deckel er den Wohnort seines Onkels notiert hatte.

»Wisst ihr, wo das ist?«, fragte er und zeigte auf das fremdartige Wort.

Sunday beugte sich vor. »Hamburg«, las er laut. Dann zupfte er sich erneut an seinem Ohrläppchen. »Ich glaube, das ist eine große Hafenstadt in Deutschland. Die Freundin meiner Frau war mal da. Behauptet sie zumindest.«

Yoba verschluckte sich fast vor Aufregung. »Ist das wahr? Ist dieses Deutschland weit weg von Italien? Ich meine, wisst ihr, wie man da hinkommt?«

Sunday zuckte mit den Schultern. Auch seine Freunde wussten nichts Näheres. Yoba war trotzdem sehr zufrieden. Immerhin wusste er jetzt, wo sein Onkel wohnte. In Deutschland. Dem Land von Ballack und Müller.

20.

Das Zusammentreffen mit Babatunde und seinen Freunden erwies sich als wahrer Glücksfall. Sobald die Mittagshitze nachgelassen hatte, zeigten ihm die vier, von wo aus die Lkws durch die Wüste starteten. Der Autohof lag nicht weit von ihrem gemieteten Zimmer entfernt, und als Yoba in ihrem Schlepptau durch das offene Tor trat, traute er seinen Augen nicht: Das von einer Mauer umgebene Areal war größer als ein Fußballfeld. Was Yoba in Staunen versetzte, waren nicht allein die überraschend vielen Menschen, die sich auf dem staubigen Gelände tummelten. Sie kamen aus allen möglichen afrikanischen Ländern und ihre verschiedenen Sprachen und Dialekte vermischten sich zu einem unentwirrbaren Durcheinander. Nein, was Yoba am meisten beeindruckte, waren die haushohen Lastwagen in der Mitte des staubigen Platzes: Das waren wahre Ungetüme!

Plötzlich stieg ihm der Duft frischen Brotes in die Nase und ihm lief augenblicklich das Wasser im Mund zusammen. Zu seiner Rechten sah er verschiedene Verkaufsstande, dicht gedrängt an der Innenseite der Mauer. Einige boten Lebensmittel und allerlei Konserven an, andere verkauften seltsam unförmige Pakete.

Er zupfte Babatunde am Ärmel. »Was sind das denn für Dinger?«

»Das sind Wasserkanister«, erklärte der ehemalige Medizinstudent. »Sie sind mit Pappe, alten Säcken und sonst was umwickelt. Dadurch bleibt das Wasser länger frisch.«

»Pro Nase einen vollen Kanister – das ist die Regel!«, ergänzte sein Freund Maurice. »Wenn ihr wirklich durch die

Wüste fahren wollt, brauchen dein Bruder und du also mindestens zwei Kanister. Besser sind drei.«

»Und wo gibt es das Wasser?« Yoba hängte die Tasche mit den Schuhen und ihrem Reisegeld auf die andere Schulter.

»Du kannst die Kanister auch gefüllt kaufen«, erklärte Babatunde ihm. »Aber dann kosten sie natürlich mehr. Und man muss gut aufpassen, was vorher in den Dingern drin war. Sonst erwischst du einen, in dem Motoröl oder irgendwelche Chemikalien waren.«

»Stimmt«, schnaufte Sunday in der sengenden Sonne. »Daran sollen schon Leute gestorben sein.« Er blieb stehen und wischte sich den Schweiß von der Stirn. »Schrecklich: Du hängst in der Wüste fest und das Einzige, was du zu trinken hast, ist vergiftetes Wasser.« Er schüttelte sich vor Grauen.

Erst jetzt registrierte Yoba, dass einer der riesigen Lkws startklar war. An den Seiten war er über und über mit umwickelten Plastikkanistern behängt, darüber baumelte in mehreren Schichten das Gepäck der Reisenden. Der turmhohe ehemalige Militärlaster sah aus, als sei er von einem merkwürdigen Pilz befallen. Allein die Motorhaube und das Führerhaus waren frei geblieben.

Im Vorbeigehen bemerkte Yoba, dass jeder einzelne Kanister mit einem Namen beschriftet war. Ihre Besitzer saßen neben dem abfahrbereiten Laster auf dem Boden. Es mussten etwa hundertzwanzig Personen sein, wie Yoba schnell überschlug. So etwas konnte er gut, schließlich hatte ihn sein Vater oft genug als Hirte an die Ziegenzüchter im Dorf »vermietet«, nachdem er nicht mehr zur Schule gehen durfte.

Yoba fragte sich ernsthaft, wie so viele Menschen auf einen einzigen Lastwagen passen sollten. Die meisten der Reisenden waren junge Männer im Alter von Babatunde und seinen Freunden. Yoba entdeckte nur wenige Frauen und fast gar keine Kinder. Die Leute hockten zusammengedrängt in der prallen Sonne und warteten geduldig auf das Zeichen zum Aufsteigen auf die Ladefläche des Ungetüms. Jeder wollte einen guten Platz ergattern, deshalb rührte sich trotz der Hitze auch niemand vom Fleck. Die beiden arabischen Fahrer machten auf Yoba allerdings nicht den Eindruck, als hätten sie es sonderlich eilig. Während ihre Fahrgäste in der Sonne schmorten, lungerten sie im Schatten der mannshohen Vorderreifen herum und pafften gemächlich eine Wasserpfeife.

»Hoffentlich ist unser Laster nicht auch so eine Schrottkiste!«, stöhnte Sunday. »Habt ihr gesehen, wie verbogen die Hinterachse ist? Der macht unterwegs in der Wüste schlapp. Jede Wette!«

»Und wennschon!«, erwiderte Kutu. »Das Risiko ist es wert. Ich wäre froh, wenn wir überhaupt jemals von hier wegkommen. Also, ich gehe jetzt zur Bank. Vielleicht ist mein Geld ja endlich angekommen.«

»Warte, ich komme mit!«, entschied Maurice. »Vielleicht ist meins ja auch da. Ich habe gestern mit meinem Vater telefoniert und er hat geschworen, er hätte das Geld bereits vor zwei Wochen bei der Bank in Kamerun eingezahlt. Die ganze Verwandtschaft hat zusammengelegt.«

Maurice und Kutu trotteten davon und auch Sunday verabschiedete sich. Yoba und sein Bruder blieben mit Babatunde allein zurück. Über dem gesamten Platz hing ein beißender Dieselgestank. Yoba kam sich vor wie auf einem Bahnhof. Ständig brachten Minibusse neue Reisende. Einige hatten Koffer oder sonstiges Gepäck dabei, andere wiederum besaßen nur die Kleider an ihrem Leib. Manche waren sogar barfuß. Sie kamen aus ganz Westafrika und viele hatten bestimmt einen noch längeren Weg hinter sich als Yoba und Chioke. Alle vereinte nur ein Ziel: Sie wollten von hier aus durch die große Wüste und in ein besseres Leben. Man spürte die Angst und Verzweiflung, die an diesem Ort in der Luft lagen, aber auch die fiebrige Erwartung und unerschütterliche Hoffnung.

Plötzlich begann ein wildes Geschrei. Zwei Männer gingen in der flirrenden Hitze mit Messern aufeinander los, wurden aber von den Umstehenden rasch wieder getrennt. Yoba nahm Chioke an die Hand und beschloss ihn hier nicht mehr allein herumlaufen zu lassen.

»Hier dürft ihr niemandem trauen!«, warnte ihn Babatunde, als habe er Yobas Gedanken gelesen. Sie gingen quer über den Platz. »Siehst du die Kameruner? Da hinten am zweiten Tor?«

Yoba waren die drei erbärmlich dürren Gestalten bereits aufgefallen. Sie rutschten auf blutigen Knien über den Boden und bettelten die Reisenden um etwas zu essen an. Bislang hatte ihnen aber niemand etwas gegeben.

»Diese armen Schweine sind hier gestrandet«, raunte Babatunde. »Die Soldaten haben ihnen an der Straßensperre vor der Stadt alles abgenommen. Jetzt sitzen sie seit Monaten hier fest und verhungern langsam.« Der ehemalige Medizinstudent wirkte traurig. »Sie würden alles tun, um von hier wegzukommen. Und sie sind nicht die Einzigen, glaub mir. Also passt gut auf euch auf!«

Yoba klemmte die an seiner Schulter baumelnde Tasche zur Sicherheit unter den Arm. Noch hatte er keinen Weg gefunden, die Dollars unbemerkt wieder in seine Unterhose zu stopfen, um sie dort zu verstecken.

»Und was sind das da vorn für Geschäfte?«, fragte er interessiert.

Gegenüber den Essensständen und Konservenhändlern zog sich ebenfalls eine Reihe von Buden an der Mauer entlang. Sie warben mit handgemalten Schildern um Kundschaft.

»Das sind die Reisebüros«, erklärte Babatunde. »Dort bekommt man die Fahrkarten. Und hier hängt die aktuelle Preisliste«, sagte er, als sie das erste der Büros erreichten. Er zeigte auf eine mit Kreide beschriftete, zweckentfremdete Schultafel, auf der verschiedene Orte inklusive Fahrpreis aufgelistet waren. Yoba vermutete, dass es sich um die einzelnen Stationen auf dem Weg durch die Wüste handelte.

»Und wenn man keinen Pass hat?«, fragte er vorsichtig. »Wenn man zum Beispiel fliehen muss? Kriegt man dann auch eine Fahrkarte?«

Babatunde sah ihn verblüfft an, dann huschte ein wissendes Lächeln über sein Gesicht. »Keine Sorge, Kleiner!« Er gab Yoba einen Klaps auf die Schulter. »Sieh dir diese vielen Menschen an: Denkst du, auch nur ein einziger von denen hat einen Pass oder ein gültiges Visum? Nein, die Regel ist ganz einfach: Wer Geld hat, fährt. Alles andere kümmert hier niemanden.«

Besser hätte es gar nicht kommen können, dachte Yoba insgeheim. Geld hatten sein Bruder und er genug. Das Problem war nur, dass niemand etwas davon mitbekommen durfte, denn sonst würden sie es schnell wieder los sein. Deshalb war er froh, als Babatunde einen Bekannten traf und mit ihm zu plaudern anfing. Yoba nutzte die günstige Gelegenheit und zog seinen Bruder in das nächste Reisebüro.

Der Mann hinter dem wackeligen Schreibtisch hob nicht einmal den Kopf, als sie eintraten. Er saß über ein Schriftstück gebeugt und studierte es mit einer Lupe. Seine Wangen waren eingefallen und unrasiert, seine knöchellange Dschallaba jedoch so weiß, dass einem fast die Augen wehtaten. An seinem schmalen Handgelenk schlackerte eine goldene Uhr und an seinen Fingern funkelten dicke Ringe. Ein Ventilator lief auf vollen Touren in seinem Rücken.

»Verschwindet!«, blaffte der Mann, ohne aufzusehen. »Geht woanders betteln und stehlt mir nicht meine Zeit! Achmeeed!«

Sofort erschien ein barfüßiger Junge. Er war etwa in Chiokes Alter. »Schaff die raus!«, befahl er ihm.

»Lass mich!« Yoba schüttelte den Jungen ab und legte einen Zwanzig-Dollar-Schein auf den Tisch. Zum ersten Mal hob sein Gegenüber den Kopf. Das Gaddafi-Poster an der Wand ließ vermuten, dass er Libyer war. Er legte seine Lupe zur Seite, nahm den Geldschein und hielt ihn gegen das Licht, das durch die offene Tür in sein Büro fiel.

Plötzlich lächelte er breit: »Sieh an, sieh an! So kann man sich täuschen.« Gleichzeitig verscheuchte er seinen Laufburschen mit einer ungeduldigen Handbewegung. »Habt ihr etwa noch mehr von diesen Scheinen?«

»Ja, haben wir!«, entgegnete Yoba. »Aber nur, wenn Sie uns nach Europa bringen.«

»Nach Europa?« Der Mann runzelte die Stirn. Er lehnte sich zurück und spielte mit seiner goldenen Uhr. »Und was sagen eure Eltern dazu?«

Yoba hatte sich dazu entschlossen, alles auf eine Karte zu setzen. »Was sollen die ganzen Fragen?«, gab er frech zurück.

»Wir zahlen – Sie bringen uns nach Europa. Mehr gibt es dazu nicht zu sagen. Also, sind wir im Geschäft?«

»Nicht so schnell, mein Junge.« Der Mann lächelte erneut. Seine Zähne waren fast so weiß wie seine Dschallaba. »Allah belohnt die Geduldigen! Außerdem kann ich euch nur eine Fahrt durch die Wüste vermitteln. Um ein Boot nach Italien müsst ihr euch selbst kümmern.«

Yoba überlegte. Das war besser als nichts.

»Und was kostet das?«, fragte er. »Ich meine, die ganze Strecke bis zum Meer?«

»Die ganze Strecke? Mal sehen ...« Der Mann tippte auf einem klobigen Taschenrechner herum. »Zwei Personen?« Er sah auf und warf einen skeptischen Blick auf Chioke, der sein Gesicht in den kühlen Luftstrom des Ventilators hielt und dabei leise vor sich hin summte.

»Zwei Personen«, erklärte Yoba ungerührt. Dass sein Bruder auf die Leute eine verstörende Wirkung hatte, war er mittlerweile gewohnt.

»Also schön«, sagte der Mann und räusperte sich. Ihm war die Anwesenheit dieser beiden merkwürdigen Jungen spürbar unangenehm. Andererseits witterte er ein gutes Geschäft und ein gutes Geschäft hatte er sich noch nie entgehen lassen. Vielleicht besaßen die beiden Jungen in den schmutzigen Fußballtrikots tatsächlich das Geld. Was mit ihnen in der Wüste passierte, ging ihn schließlich nichts mehr an. »Es ist deine Entscheidung. Wollt ihr mit einem Lkw oder mit einem Jeep fahren?«

»Wo ist da der Unterschied?«

Der Libyer legte den Taschenrechner beiseite und seine Fingerspitzen gegeneinander. »Ganz einfach: Der Jeep ist teurer, weil er Umwege fährt. Dafür trifft man auf weniger Kontrollen. Die Lkws sind billiger. Sie nehmen die Standardroute über Dirkou.«

»Wir nehmen den Lkw«, entschied Yoba. Auf einem voll besetzten Laster würden sie sicher weniger auffallen als auf einem Jeep oder Pick-up.

Der Mann tippte wieder Zahlen in seinen Taschenrechner. Dann drehte er ihn um und zeigte Yoba die Summe.

»Dollars?«, rief Yoba erschrocken aus, als er die Zahl las.

Der Menschenschleuser hob unschuldig die Hände: »Ich dachte, ihr hättet das nötige Geld. Aber wenn …«

»Wir haben das Geld!«, schimpfte Yoba. »Aber nicht so viel! Wir zahlen höchstens die Hälfte!«

Nun entbrannte ein harter Kampf. Yoba feilschte gut, so wie er es von seiner toten Mutter gelernt hatte, und am Ende zahlte er für sich und seinen Bruder jeweils hundertzwanzig Dollar. Das war sogar noch etwas weniger als die Hälfte der ursprünglich geforderten Summe. Trotzdem blieb der Betrag in seinen Augen astronomisch hoch. Zu Hause in seinem Dorf hätten Chioke und er leicht ein ganzes Jahr davon leben können. Und sie wären jeden Abend mit vollem Bauch ins Bett gegangen. Aber wenigstens hatte er hart verhandelt und sich nicht über den Tisch ziehen lassen. Außerdem gab es keinen Grund, kleinlich zu sein. Noch hatten sein Bruder und er ja genügend Geld.

Yoba betrachtete ehrfürchtig die beiden Zettel, die ihm der Libyer nach Erhalt des Geldes aushändigte. Sie trugen den selbst gemachten Stempel des Menschenschleusers und seine krakelige Unterschrift. Kaum zu glauben, dass diese Papierfetzen so kostbar waren. Sie würden seinen Bruder und ihn hoffentlich unbeschadet durch die Wüste bis hinauf zum Meer bringen. Babatunde und seine Freunde hatten ihm erzählt, dass man Italien von dort aus bereits sehen konnte. Yoba faltete die beiden Tickets sorgfältig zusammen und legte sie behutsam zwischen die Seiten seines kleinen grünen Tagebuchs. Er konnte es kaum erwarten, Europa endlich mit eigenen Augen zu sehen.

21.

Julian suchte die Liegestühle am Strand ab. Er war früh auf den Beinen und das halbe Hotel schlief noch, dennoch hoffte er, dass Adria schon wach war. Er hatte bis spät in die Nacht in dem kleinen grünen Tagebuch gelesen. Die winzige Schrift war nicht leicht zu entziffern gewesen und auch das Englisch war anders als das in der Schule. Einige Wörter kannte er überhaupt nicht, aber am Ende hatte er es bis zur letzten Seite durchgelesen. Jetzt war er ziemlich aufgewühlt und hatte das Bedürfnis, mit jemandem über das zu sprechen, was er gelesen hatte. Bestimmt schläft sie noch, überlegte Julian. Aber dann entdeckte er Adria am Swimmingpool. Zwei prollige Bodybuilder-Typen belagerten ihren Liegestuhl und ihre blöden Anmachsprüche schienen Adria schwer auf die Nerven zu gehen. Dennoch tat Julian so, als würde er sie nicht bemerken. Er wusste nicht, was er hätte sagen sollen. Außerdem konnte er auf die beiden Typen in seiner momentanen Laune gut verzichten. Also schlich er unauffällig an dem Trio vorbei und hockte sich zu Giovanni an die Poolbar.

Zu seiner Überraschung erhob sich Adria aus ihrem Liegestuhl und kam zu ihm an die Bar. Der gestreifte Badeanzug stand ihr wirklich klasse, fand Julian.

»Guten Morgen!«, sagte sie gut gelaunt. »Gut geschlafen?«

»Nicht besonders«, erwiderte Julian. »Ehrlich gesagt habe ich kein Auge zugetan.« Er war überrascht über seine eigene Aufrichtigkeit.

»Das sieht man«, stellte Adria mit einem Lächeln fest. »Tröste dich, mir ging es nicht viel anders. Das muss gestern ja auch ein ziemlicher Schock für dich gewesen sein. Giuseppe von der

Tauchschule hat mir erzählt, du hättest den toten Afrikaner im Meer gefunden. Warum hast du denn nichts gesagt?«

Julian antwortete nicht. Stattdessen schielte er zu den beiden Typen hinüber, die ihn mit bösen Blicken bedachten. Adria schien davon nichts mitzubekommen.

»Wusstest du, dass sie gestern noch mehr Leute aus dem Wasser gefischt haben?«, sagte sie, während sie bei Giovanni per Handzeichen einen Espresso bestellte.

»Ach ja?« Julian horchte interessiert auf. »War unter den – äh – Toten auch ein Junge?«

»Wieso fragst du?«, wollte Adria verwundert wissen.

»Deswegen.« Julian zog das kleine grüne Tagebuch aus der Gesäßtasche seiner Shorts. »Es gehört einem sechzehnjährigen Jungen.«

»Echt?« Adria platzte vor Neugier. »Was steht denn drin?«

»Es ist ein Tagebuch«, entgegnete Julian. »Der Junge, der es geschrieben hat, kommt aus Nigeria.«

»Und wie heißt er?«

»Yobachi. Aber offenbar nennen ihn alle nur Yoba. Auch er selbst.«

»Und worüber schreibt dieser Yoba?« Adria verdrehte die Augen. »Mann, dir muss man wirklich jedes Wort aus der Nase ziehen!«

Julian tippte auf das Buch. »Warum liest du es nicht selbst?«

»Auf keinen Fall!«, wehrte Adria entgeistert ab. »Ich lese keine fremden Tagebücher! Ich führe selbst eins, weißt du? Der Gedanke, jemand anderes könnte es lesen … gruselig!«

»Der Junge beschreibt seine Flucht aus Afrika«, sagte er. »Und er schreibt viel über seinen kleinen Bruder. Ich glaube, sein Bruder ist Autist oder so was.«

Adria rührte schweigend in ihrem Espresso.

»Glaubst du, die beiden waren auf dem gesunkenen Schiff?«, fragte sie nach einer Weile.

Julian wusste es nicht. An einen Zufall glaubte er aber auch nicht. Die Typen am Pool schienen sich noch immer nicht mit ihrer Niederlage abgefunden zu haben. So wie es aussah, konnten sie sich nicht einigen, ob sie nun herüberkommen sollten oder nicht.

»Man müsste herausfinden, ob es Überlebende gab«, sinnierte Adria. »Und ob darunter ein Junge ist.«

Julian war skeptisch. »Was sollte das für einen Sinn haben?«

»Na, um ihm sein Tagebuch zurückzugeben!«, erwiderte Adria. »Wozu sonst?« Sie hob den Kopf, ohne mit dem Rühren aufzuhören. Also, ich würde mein Tagebuch zurückhaben wollen.«

»Ich weiß nicht …« Julian betrachtete unschlüssig das kleine Büchlein.

»Willst du es etwa in die Mülltonne werfen?«

»Nein. Natürlich nicht!«, widersprach Julian empört. »Aber vielleicht könnte man es abgeben. Bei den Behörden, meine ich.«

»Behörden?« Adria lachte und legte den Löffel auf die Untertasse. »Wir sind in Italien! Glaubst du ernsthaft, irgendein Beamter würde für so was den Hintern hochkriegen? Dann kannst du das Buch genauso gut selbst wegwerfen.«

Sie nippte an ihrem heißen Espresso. Fasziniert verfolgte Julian jede ihrer Bewegungen.

»Was schlägst du vor?«, fragte er.

Adria stellte die Tasse ab. »Die Sache ist doch klar: Entweder wir kümmern uns drum oder keiner.«

Das »Wir« war Julian nicht entgangen und hob seine Laune

schlagartig. Den Rest des Tages oder sogar den Rest der gesamten Ferien an Adrias Seite zu verbringen war eine überaus verlockende Aussicht.

»Aber wie sollen wir das anstellen?«, fragte er.

»Wir fahren mit dem Bus in die Stadt. Irgendjemand bei der Küstenwache wird schon wissen, ob unter den Überlebenden ein Junge ist. Spätestens heute Nachmittag sind wir wieder zurück.« Sie begeisterte sich an ihrer eigenen Idee. »Ich bin schon seit zwei Wochen hier, langsam fällt mir die Decke auf den Kopf! Außerdem ist der Tag sowieso gelaufen.« Sie nickte in Richtung ihres Liegestuhls. Die beiden Muskelprotze warteten offenbar auf ihre Rückkehr, um ihr Glück erneut zu versuchen.

»Und wann wollen wir losziehen?«, erkundigte sich Julian. Er konnte sein Glück kaum fassen.

»Gleich nach dem Frühstück. Ich will noch eine Runde schwimmen und eine Mail schreiben. Danach können wir los.«

Julian zögerte. »So einfach ist das nicht«, sagte er, während er das Tagebuch betrachtete. »Meine Eltern lassen mich garantiert nicht aus dem Hotel. Nicht nach dem, was gestern passiert ist.«

Adria schaute ihn mit gespieltem Unglauben an. »Und du tust ja immer alles, was deine Eltern dir sagen ...«

»Nein, nein!«, wehrte Julian hastig ab. »Natürlich nicht!«

»Na, dann bin ich ja beruhigt!«, meinte Adria mit einem Augenzwinkern. »Wir treffen uns in zwei Stunden am Bus. Er hält genau vor dem Hotel.«

Während sie das sagte, erhob sie sich von ihrem Barhocker und ließ Julian allein. Sie trat an den Rand des Pools, überprüfte mit einem geübten Griff den Sitz ihres Haargummis und tauchte dann mit einem eleganten Kopfsprung in das türkisblaue Wasser.

Julian sah ihr immer noch völlig fasziniert zu, als ihm jemand von hinten auf die Schulter tippte.

»Finger weg von der, du Lutscher!«

Julian drehte sich um. Die beiden Bodybuilder-Typen waren endlich zu einer Entscheidung gelangt und die schien nicht unbedingt zu seinen Gunsten ausgefallen zu sein. Sie bauten sich mit verschränkten Armen vor ihm auf.

»Die Schnitte ist nichts für dich, Kleiner!« Der Größere von beiden fixierte Julian von oben herab. »Kapiert? Oder rede ich chinesisch?«

Der Muskelprotz war mindestens einen Kopf größer als er. Julian schätzte ihn auf zwanzig. Sein tätowierter Kumpel sah etwas jünger aus, schien aber noch hohler im Kopf zu sein.

»Die braucht 'nen richtigen Kerl!«, ergänzte er. »Also mach dich vom Acker, sonst gibt's was auf die Ohren!«

Während er das sagte, nahm er Adrias halb volle Espresso-Tasse und kippte sie auf Julians Schoß.

22.

Yoba lag ausgestreckt auf einer verfilzten Decke und starrte an die Decke. Es war mitten in der Nacht, aber er bekam vor lauter Aufregung kein Auge zu. Durch das Fensterloch sah er den Mond und in der Gasse hinter der billigen Pension kämpften zwei Hunde um weggeworfene Essensreste. Babatunde hatte ihm und seinem Bruder angeboten die Nacht vor der Abreise in ihrem Zimmer zu schlafen. Der Medizinstudent aus Nigeria und seine Freunde hatten allen Grund zum Feiern gehabt: Maurice hatte tatsächlich nach wochenlanger Warterei endlich die lang ersehnte Überweisung erhalten. Jetzt konnten die vier ihre Reise in den Norden fortsetzen und natürlich hatte das mit einer Flasche Dattelwein ausgiebig gefeiert werden müssen. Da Yoba Alkohol nicht ausstehen konnte, hatte er es jedoch vorgezogen, den Abend allein mit Chioke zu verbringen. Zu oft hatte er erleben müssen, wie sich sein Vater unter dem teuflischen Einfluss des Alkohols in ein prügelndes Ungeheuer verwandelte. Wenn er getrunken hatte, war nicht einmal seine Mutter vor ihm sicher gewesen. Deshalb waren er und Chioke an diesem Abend auch erst dann zurückgekehrt, als die Feier schon vorbei war.

Yoba dachte an den morgigen Tag. Babatunde, Sunday, Kutu und Maurice lagen im Raum verteilt auf der Erde und schliefen ihren Rausch aus. Sie schnarchten im Dunkeln um die Wette. Wie froh und erleichtert er darüber war, dass sie morgen früh alle den gleichen Lkw besteigen würden, hatte Yoba ihnen nicht verraten.

»Schläfst du schon?«, flüsterte er Babatunde zu.

Babatunde brummte.

Yoba versuchte es erneut. »Babatunde? Darf ich dich was fragen?«

»Nur wenn es sein muss«, grummelte Babatunde und schlug nach einem Moskito.

»Ist die große Wüste wirklich so grauenvoll, wie die Leute behaupten?«

»Die große Wüste ist noch viel schlimmer!«, entgegnete er. »Wenn du dich verirrst oder der Laster eine Panne hat, bist du verloren.«

Yoba geriet ins Grübeln. Wenn man bedachte, dass jeden Tag Dutzende Lkws vom Autohof aufbrachen und sich auf jedem etwa einhundertzwanzig bis einhundertfünfzig Personen befanden, musste es in der Wüste zugehen wie auf einem Marktplatz. Dabei war der Autohof, wo er die Fahrscheine für sich und Chioke gekauft hatte, nicht mal der einzige Startplatz in Agadez und auch die Jeeps hatte er noch nicht mit eingerechnet.

»Also, ich würde bei einer Panne einfach warten, bis jemand vorbeikommt«, entschied Yoba. Er stützte sich auf den Ellenbogen und sah über seinen Bruder hinweg zu Babatunde herüber. »Ich würde ganz einfach am Straßenrand auf den nächsten Lkw warten.«

»Straßenrand?« Babatunde lachte leise. Der Mond fiel durch die Fensteröffnung auf sein Gesicht. »Hinter Agadez gibt es keine Straßen mehr«, amüsierte er sich. »Da gibt es nur noch Wüste. Zweitausend Kilometer nichts als Steine und Sand.«

Nun war Yoba doch ein wenig beunruhigt. Er streckte sich wieder aus und verschränkte die Hände hinter dem Kopf. Auf jeden Fall würde er für Chioke und sich genügend Wasserkanister mitnehmen. Maurice hatte Recht: Besser einen zu viel als einen zu wenig. Dann tastete er im Dunkeln nach ihrer Tasche. Sie war bereits prall gefüllt mit Lebensmitteln für die Reise. Das meiste davon hatte er auf dem Markt gegen die restlichen Schuhe eingetauscht. Beruhigt legte er sich wieder hin. Seine Gedanken wanderten zu Adaeke. Jetzt waren sie schon so weit voneinander entfernt, eine halbe Weltreise, und dennoch spürte er ihre Nähe. So als stände sie mitten im Raum.

»Babatunde?«, begann Yoba erneut. Irgendwo in der Ferne hupte ein Auto. »Darf ich dich noch was fragen?«

»Aber dann ist Schluss!«, stöhnte Babatunde. »Morgen wird ein heißer Tag. Wer weiß, wann wir wieder schlafen können oder ein Dach über dem Kopf haben.«

Yoba bohrte weiter. »Warum willst du eigentlich nach Italien? Hast du da Verwandte?«

»Leider nicht!«, klagte Babatunde. »Mit einem Visum bräuchte ich nicht wie ein Krimineller durch die Wüste zu schleichen und mein Leben auf einem überfüllten Boot zu riskieren. Abgesehen davon will ich nach England. Italien liegt nur auf dem Weg.«

Yoba ließ nicht locker. »Und warum tust du es dann trotzdem? Du hast doch eben selbst gesagt, wie gefährlich die Reise durch die Wüste und die Überfahrt sind.«

»Ich will mein Medizinstudium beenden«, erklärte Babatunde ernst. »Daheim in Lagos waren die Studiengebuhren so hoch, die konnte ich einfach nicht mehr bezahlen. Egal wie viele Jobs ich nebenbei gemacht habe. Und meine Eltern sind nun mal einfache Bauern. Also habe ich lange genug gespart, um nach England zu gehen und dort zu studieren.«

»Ist das Studium in Europa denn umsonst?«, fragte Yoba

ungläubig. Vielleicht konnte er ja doch noch seinen Traum verwirklichen und selbst Arzt werden.

»Das nicht«, erwiderte Babatunde. »Aber wenn man nebenbei arbeitet, kriegt man dafür wenigstens genug Geld, um die Gebühren zu bezahlen. Und es bleibt sogar noch was übrig.«

»Und was ist mit Kutu und den anderen?«, wollte Yoba wissen. »Warum wollen die gehen?«

»Kutu hat seine Arbeit als Ingenieur verloren und findet in Ghana keine neue Stelle, weil es viel zu viele Ingenieure gibt. Und bei Sunday ist es so, dass seine Frau ihr zweites Baby erwartet. Dabei konnte er seine Familie eigentlich schon nach dem ersten Kind kaum ernähren. Außerdem ist seine Schwiegermutter wohl eine ziemliche Hexe …«

»Und Maurice?«

»Den musst du selber fragen«, flüsterte Babatunde. »Ich glaube, er hat Flugblätter an seiner Uni verteilt. Deshalb hatte er Ärger mit der Polizei und musste abhauen. Mehr weiß ich nicht.« Er hob den Kopf und sah über Yobas schlafenden Bruder hinweg. »Und warum wollt ihr beiden unbedingt nach Europa?«

»Ich will, dass Chioke gesund wird und zur Schule gehen kann!«, schoss es aus Yoba heraus. Dann fügte er leise hinzu: »Außerdem konnten wir nicht länger in unserem Dorf bleiben.«

Babatunde wurde neugierig. »Was ist passiert? Bis jetzt hat dein Bruder noch kein einziges Wort gesagt. Er ist doch nicht stumm, oder?«

»Nein, ist er nicht«, wiegelte Yoba ab. »Chioke ist ganz normal. Er ist hier drin nur ein bisschen durcheinander.« Er tippte sich im Mondlicht an die Stirn.

»War er schon immer so?«, hakte Babatunde nach.

Yoba schwieg und biss sich auf die Lippe. Bislang hatte er mit niemandem über die furchtbare Nacht damals im Dorf geredet. Nicht einmal mit Adaeke. Er hatte Angst, die Leute würden Chioke dann komisch ansehen. So wie in ihrem Dorf, wo sie jeden Sonntag in die Kirche gegangen waren und trotzdem insgeheim an Geister glaubten. Bei Babatunde war das irgendwie anders. Immerhin war er Arzt. Ihm konnte er vielleicht vertrauen. Also fasste er sich ein Herz.

»Mein Vater glaubt, Chioke sei von einem bösen Geist besessen«, sagte er leise, damit es die anderen nicht hörten. »Deshalb gibt er Chioke die Schuld am Tod unserer Mutter. Immer wenn er betrunken war, hat er überall im Dorf herumerzählt, Chi-Chi sei verhext und bringe jedem nur Unglück. Irgendwann haben ihm die Leute geglaubt.« Yoba schluckte. Die Erinnerung an die damaligen Geschehnisse schnürte ihm den Hals zu. Es kam ihm so vor, als sei das alles erst gestern passiert.

»Das war ziemlich unverantwortlich von deinem Vater«, befand Babatunde ernst. »Mit Geistern ist nicht zu spaßen. So was macht den Leuten Angst.«

»Ja, und deshalb haben sie einen Voodoo-Priester bezahlt«, sagte Yoba düster. »Damit er Chioke den bösen Geist wieder austreibt. Das ganze Dorf hat Geld dafür gespendet.«

»Und was hast du gemacht?«

»Ich habe Chioke befreit«, fuhr Yoba fort. »Aber da war es schon zu spät. Die Zeremonie war bereits vorüber. Der Voodoo-Priester hatte ihm schon das Zeichen auf die Brust geritzt und ihn mit warmem Hühnerblut beschmiert. Er hat am ganzen Körper gezittert.« Yoba stockte. »Seitdem redet er überhaupt nicht mehr.«

Vor seinem inneren Auge tauchten plötzlich die Bilder ihrer Flucht auf. Noch in der gleichen Nacht hatten sie sich heimlich davongestohlen und waren mit dem ersten Minibus in die Stadt geflohen. Ihr betrunkener Vater hatte nichts bemerkt.

»Ich habe das Zeichen gesehen«, meinte Babatunde traurig. »Als dein Bruder sein Hemd hochgezogen hat.«

Plötzlich fiel Yoba etwas ein. Er stützte sich erneut auf seinen Ellenbogen. »Kannst du Chi-Chi nicht gesund machen? Ich meine, du bist doch Arzt, du musst ihm doch helfen können!«

»Ich bin kein fertiger Arzt«, erwiderte Babatunde ruhig. »Leider. Und selbst wenn, wäre ich auch nicht der richtige. Dein Bruder braucht einen Doktor für seine Seele. Ich vermute, er hat damals einen schweren Schock erlitten. Außerdem könnte er vielleicht Autist sein.«

»Was ist denn ein Autist?«, fragte Yoba erschrocken.

»Diese Menschen suchen Schutz, indem sie sich in ihre eigene Welt einschließen. Einige kommen manchmal aus ihrer Welt heraus, andere nie.«

Yoba war plötzlich ganz aufgeregt. »Und? Kann man das heilen?«

»Mit der richtigen Therapie kann man seinen Zustand bestimmt verbessern. Zumindest kann man seinen Schock lindern.« Babatunde drehte den Kopf in Yobas Richtung. »Manchmal heilt aber auch einfach die Zeit. Auf jeden Fall darfst du die Hoffnung nicht aufgeben. Wenn du einen guten Platz für deinen Bruder findest, wird es ihm bestimmt besser gehen. Da bin ich mir sicher.«

Wie schlecht die Chancen auf Heilung wirklich standen, noch dazu unter diesen Bedingungen, verschwieg er Yoba lieber.

»Aber jetzt musst du mir ebenfalls eine Frage beantworten: Als wir unsere Tickets gekauft haben, hat uns Ali, der Libyer, erzählt, ihr hättet mit Dollars bezahlt. Stimmt das? Wenn ihr aus eurem Dorf fliehen musstet – woher habt ihr dann so viel Geld? Habt ihr es gestohlen?«

»Darüber will ich nicht reden«, entgegnete Yoba schnell. An Big Eagle und seine Rache mochte er jetzt nicht denken. »Es ist sowieso nichts mehr davon übrig«, log er. »Es ist alles für die Tickets draufgegangen.«

Er durfte nicht zu unvorsichtig werden, aber Babatunde war ohnehin zu müde. »Jetzt lass uns endlich schlafen!«, sagte er und streckte sich. »Sonst fallen wir morgen womöglich noch vom Lastwagen. Und eins kann ich dir versprechen: Niemand würde deswegen anhalten!«

23.

Am nächsten Morgen war Yoba früh wach. Noch bevor die Sonne aufging und der Muezzin die Gläubigen zum ersten Gebet des Tages rief, weckte er Chioke. Er teilte Big Eagles Geld in zwei Häuflein auf – es war noch immer ein Vermögen – und stopfte seinem Bruder den kleineren Packen in die Unterhose. Den Rest verstaute er in seiner eigenen. Das war zwar unangenehm und kratzte jetzt schon, aber es war das sicherste Versteck. Danach überprüfte Yoba zum hundertsten Mal ihren Proviant. Ihm durfte auf keinen Fall ein Fehler unterlaufen, denn das konnte in der Wüste tödlich sein. So viel hatte er inzwischen begriffen.

Nur eine halbe Stunde später waren sie auf dem Autohof. Nachdem er den richtigen Lkw gefunden hatte, setzte er sich mit Chioke auf den Boden daneben, um den Sonnenaufgang zu betrachten. Sie waren die ersten Fahrgäste, aber Yoba wollte unbedingt einen guten Platz ergattern. Deshalb hatte er auch nicht abwarten wollen, bis Babatunde und seine Freunde endlich ihren Dattelweinrausch ausgeschlafen hatten. Sie würden ohnehin bald auftauchen, denn ihre Tickets galten für den gleichen Laster.

Yoba war überrascht, wie viele Menschen die Nacht in dem Autohof verbracht hatten. Überall lagen zusammengerollte und nur notdürftig bedeckte Gestalten auf der Erde. Die Muslime unter ihnen verrichteten verschlafen ihr Morgengebet, andere drehten sich um und dösten einfach weiter. Sie wollten wenigstens noch ein paar Minuten die Kühle der Nacht und die Ruhe des Morgens genießen. Am anderen Ende des Autohofs entdeckte Yoba die drei bettelnden Kameruner. Sie hatten ihren Überlebenskampf bereits wieder aufgenommen und flehten jeden an, der zu dieser frühen Stunde das Gelände betrat. Yoba wendete sich ab. Den Anblick der Gestrandeten ertrug er nicht. Unterwegs zu scheitern erschien ihm noch grausamer, als in der Wüste zu verdursten. Das ging wenigstens schneller. Dagegen dauerte Verhungern eine Ewigkeit, wie er aus eigener Erfahrung wusste.

Mit den ersten Sonnenstrahlen erwachte der Autohof zum Leben. An den Essensständen wurden die Öfen entfacht und die Menschenschleuser öffneten ihre Reisebüros. Yoba schärfte seinem Bruder ein sich nicht von der Stelle zu rühren. Dann verließ er ihren Platz, um beim Wasserhändler drei gefüllte, mit Pappe und Säcken umwickelte Plastikkanister zu kaufen. In ihrem vorherigen Leben waren die Behälter lediglich mit Speiseöl gefüllt gewesen, also nichts Giftigem. Darauf hatte Yoba geachtet. Natürlich trieb das den ohnehin schon horrenden Preis noch einmal in die Höhe, aber immerhin war die Benutzung des Filzstiftes umsonst. Yoba schrieb in dicken Buchstaben Chiokes und seinen Namen auf die Papphülle ihrer Kanister, dann band er sie mit den dazugehörigen Schnüren gut an der Seite des Lastwagens fest. Ihre Kanister waren die ersten, bis zur Abfahrt würden noch mehr als hundert weitere folgen.

Als Yoba wieder von dem mächtigen Hinterreifen heruntersprang, auf den er zum Anbringen der Kanister geklettert war, bemerkte er, dass der Reifen kaum noch Profil hatte. Und auch sonst vermittelte das rostige Ungetüm von einem Laster bei genauerer Betrachtung nicht gerade einen vertrauenerweckenden Eindruck. Der Rahmen war bereits an mehreren Stellen nachträglich geschweißt worden. Aber die Fahrer würden schon wissen, was sie taten, dachte Yoba. Sie machten die Tour bestimmt nicht zum ersten Mal und Selbstmörder waren sie ganz sicher auch nicht. Dennoch wünschte er sich, die Straßenkinder hätten ihm nicht Anthonys Gri-Gri gestohlen. Ein bisschen Hilfe von den Geistern konnten Chioke und er jetzt gut gebrauchen.

Mit gemischten Gefühlen hockte sich Yoba wieder neben seinen Bruder auf den staubigen Boden. Chioke hatte brav auf ihre mit Proviant gefüllte Tasche aufgepasst. Die billigen Plastiksandalen, die Yoba einem Jungen auf dem Weg in die Moschee abgehandelt hatte, waren zwar hässlich, aber Chi-Chi schien sich mit ihnen abgefunden zu haben. Seine neuen Adidas-Turnschuhe waren bei ihrer Ankunft in Agadez ja leider Beute der Straßengang geworden.

Allmählich wurde Yoba unruhig. Von Babatunde und seinen Freunden war noch immer nichts zu sehen. Wie Yoba vermutete, waren sie auf dem Markt damit beschäftigt, sich mit dem Nötigsten einzudecken. Dafür trudelten an ihrer Stelle ständig neue Mitreisende ein. Nachdem sie ihre beschrifteten Wasserkanister ebenfalls sorgfältig an der Seitenwand befestigt hatten, setzten sie sich stumm mit ihrem Gepäck neben den Laster. Keiner sagte ein Wort, aber alle wussten, dass sie für die nächsten zwei Wochen eine Gemeinschaft auf Leben und Tod bilden würden.

Fast alles waren junge Männer. Yoba entdeckte lediglich zwei Grauhaarige und eine Frau mit einem schreienden Baby. Als er nach einer Stunde durchzählte, hatten sich bereits einhundertsiebenunddreißig Personen eingefunden. Sie saßen dicht gedrängt neben dem Lkw und warteten geduldig auf das Auftauchen der Fahrer.

Von Babatunde und den anderen fehlte hingegen weiter jede Spur. Allmählich machte sich Yoba ernsthaft Sorgen um sie. Auch als endlich die beiden Fahrer erschienen – es handelte sich um einen dicken Tunesier und einen Libyer –, ließen sie sich noch immer nicht blicken. Stattdessen wurde die Ladefläche des Lasters mit gefüllten Hirsesäcken und Kartons ausgelegt. Nachdem das Beladen abgeschlossen war, befahl der dicke Tunesier den Wartenden, sich in einer Reihe aufzustellen. Er wollte die Tickets einsammeln und die Passagierliste abhaken, aber als zwei Ghanaer hinter seinem Rücken den Laster auf eigene Faust enterten, gab es kein Halten mehr. Jeder hatte Angst, keinen guten Platz mehr für sich und sein Gepäck zu bekommen, und so stürmten einhundertsiebenunddreißig Menschen gleichzeitig auf den Lastwagen.

Yoba war mittendrin. Mit der Provianttasche unter dem Arm und seinem Bruder an der Hand kletterte er auf den Lastwagen. Er wurde gestoßen, geschubst und geschlagen, aber wie durch ein Wunder schaffte es Yoba, einen Karton für Chioke und sich zu erobern, auf dem sie stehen konnten. Rostige Metallbügel, die ursprünglich zur Befestigung einer Abdeckplane gedacht waren, überspannten die Ladefläche. Jetzt dienten sie als Gepäckträger und Sitzplatz. Wer keinen Platz mehr auf der Ladefläche fand, dem blieb nichts anderes übrig, als sich auf einen der noch unbequemeren Metallbügel in luftiger Höhe zu setzen.

Der Laster ächzte unter dem Gewicht der Reisenden und wankte bedrohlich. Das bunte, an den Außenwänden festgezurrte Gepäck und die Wasserkanister bildeten schnell einen mehrere Lagen dicken Panzer um den Lkw, auf dem sich ebenfalls Passagiere niederließen. Auf der Ladefläche war die Enge besonders qualvoll. Die verschwitzten Körper klebten aneinander und jeder versuchte sich irgendwie in eine halbwegs bequeme Stehposition auf den Kartons und Hirsesäcken zu manövrieren.

Der dicke Fahrer zeterte und schimpfte, weil es ihm nicht gelungen war, das Besteigen des Lasters in geregelte Bahnen zu lenken. Er war einfach überrannt worden. Fluchend ließ er den Dingen ihren Lauf. Was kümmerte es ihn, ob sie vollständig waren oder nicht. Kurz darauf startete sein Kollege den Motor und der hoffnungslos überladene Lkw erwachte mit einem ohrenbetäubenden Lärm und einer dicken schwarzen Rußwolke aus seinem Auspuff zum Leben.

Plötzlich sah Yoba in dem großen Gedränge auf dem Autohof Babatunde. Er kam zusammen mit Sunday und Kutu aus dem Büro des libyschen Menschenschleusers. Zu seiner Überraschung gingen sie aber nicht zum Lastwagen, sondern in die andere Richtung. In diesem Moment setzte sich der Lkw in Bewegung. Alles schaukelte, und als der Fahrer das Lenkrad einschlug, um die anderen Lastwagen im Schritttempo zu umrunden, rechnete Yoba fest damit, das turmhohe Ungetüm würde gleich umkippen. Er drängelte sich an den Rand der Ladefläche und schrie, so laut er konnte: »Babatunde!«

Babatunde drehte sich um, sagte etwas zu seinen Freunden und lief dann hinter dem noch im Schritttempo über das Gelände fahrenden Lastwagen her.

»Wir fahren nicht mit!«, rief er Yoba zu. »Maurice ist krank!«

Alle auf der Ladefläche hörten gebannt zu.

»Aber was fehlt ihm denn?«, schrie Yoba zurück. »Gestern war er doch noch gesund?« Die Schulter eines Mitreisenden knallte ihm im Gedränge gegen das Kinn.

»Wir wissen es nicht!«, rief Babatunde. »Aber ohne Maurice können wir nicht weiter. Du kennst doch unseren Schwur!«

Der Lkw fuhr durch das Tor des Autohofs und bog auf die staubige Straße ein. Babatunde blieb in der Ausfahrt stehen und blickte dem davonfahrenden Laster hinterher. Er machte einen niedergeschlagenen Eindruck.

»Wir sehen uns in Europa!«, schrie ihm Yoba aus Leibeskräften zu. »Ich warte auf euch!«

Danach verschwand Babatunde aus seinem Blickfeld. Betrübt kämpfte sich Yoba zurück zu seinem Bruder und ihrer Tasche. Er wusste, wie unwahrscheinlich es war, Babatunde und seine Freunde jemals wiederzusehen. Wenn Maurice wirklich krank war, würden sie das Reisegeld für seine Behandlung ausgeben müssen. Yoba konnte nur hoffen, dass genug übrig blieb. Sonst würden sie bald auch zu den unzähligen Gestrandeten gehören, die überall in der Stadt vor sich hin vegetierten und langsam zu Grunde gingen.

24.

Der Verlust seiner Gefährten stimmte Yoba traurig. Auch wenn er Babatunde und seine Freunde gerade erst getroffen hatte, hätte er gerne jemanden an seiner Seite gehabt, dem er vertrauen konnte. So aber war er wieder ganz auf sich gestellt und die Verantwortung für Chi-Chi lastete allein auf seinen Schultern.

Der Lastwagen schlich stadtauswärts und schon bald hatten sie Agadez hinter sich gelassen. Sie befanden sich mitten im Niemandsland. Babatunde hatte Recht gehabt: Jenseits der Stadt gab es keine Straßen mehr. Der Fahrer orientierte sich einfach an den Spuren, die Tausende von Lkws und Jeeps vor ihm in der sonnenverbrannten Felslandschaft hinterlassen hatten.

Yoba schwitzte wie noch nie in seinem Leben. Es war nicht einmal Mittag, aber schon jetzt empfand er die Hitze als unerträglich. Die Sonne brannte unbarmherzig vom Himmel und inmitten der dicht gedrängten Menschenleiber blieb kaum Luft zum Atmen. Wie er das die nächsten zwei Wochen aushalten sollte, war ihm schlichtweg ein Rätsel. Bei jeder Bodenwelle schwankte der haushohe Laster wie ein sinkendes Schiff hin und her. Diejenigen, die außen an den Seitenwänden auf dem Gepäck und über ihm auf den Metallbügeln saßen, hatten größte Not, nicht herunterzufallen. Für Chioke hingegen war das Ganze ein einziger Spaß. Bei jeder heftigeren Schaukelbewegung fing er an zu kichern, wofür er sich von den Mitreisenden jede Menge böse Blicke einhandelte. Yoba versuchte zu ihm zu gelangen, aber er war hoffnungslos zwischen der Frau mit dem Baby und einem übel riechenden Burschen mit faulen Zähnen eingequetscht. Das war auch der Grund, warum er das Unheil nicht kommen sah.

Mit einem Mal wurde Yoba gegen seinen Vordermann geschleudert. Der Fahrer hatte abrupt auf die Bremse getreten. Die zusammengedrängten Menschen wogten hin und her, einige fielen sogar herunter und landeten unsanft auf dem brettharten Sand. Schreie erklangen, dann brüllte jemand etwas Unverständliches auf Französisch. Kurz darauf mussten alle aussteigen.

Als Yoba und Chioke von der Ladefläche kletterten, erkannte Yoba den Grund für den außerplanmäßigen Halt: Ungefähr ein Dutzend Soldaten hatten den Lastwagen gestoppt. Sie trugen die Uniform der nigrischen Armee und es machte den Eindruck, als hätten sie nur auf den aus der Stadt kommenden Laster gewartet. Alle Passagiere mussten sich in langen Reihen auf die Erde knien und die Arme hinter dem Kopf verschränken. Anschließend gingen drei Soldaten die Reihen entlang und forderten von jedem einzelnen Reisenden Geld. Während ihre Kameraden feixend an ihren Jeeps lehnten und Bier aus einer Kühlbox tranken, betrieben die drei routiniert ihr Geschäft. Um sich das mühsame Durchwühlen des Gepäcks zu sparen, waren sie darauf bedacht, von Beginn an für klare Verhältnisse zu sorgen. Dabei gingen sie überaus brutal vor. Als ein Mann einige Plätze vor Yoba erklärte, er habe nichts mehr, weil er schon so oft ausgeraubt worden sei, rammte ihm ein Soldat, ohne zu zögern, den Gewehrkolben ins Gesicht. Der Mann spuckte Blut und Zähne. Yoba traute sich nicht, auch nur einen Finger zu rühren. Wenn die Soldaten auf die Idee kamen, ihn zu durchsuchen, und das Geld in seinen Unterhosen fanden, war es aus. Aus dem Augenwinkel bemerkte er, wie sein Bruder unruhig auf den Knien herumrutschte. Yoba schloss die Augen und betete, dass Chioke ruhig blieb.

Einem weiteren Mann, der nicht zahlen konnte oder wollte, trat einer der Soldaten so heftig an den Kopf, dass sein Ohr wie eine reife Melone in zwei Hälften platzte. Als die jungen Soldaten der Mutter das Baby wegnahmen und damit drohten, es einfach in den Sand zu werfen, schrie sie wie eine Wahnsinnige. Sie gab ihnen alles, was sie unter ihren weiten Gewändern versteckt hatte. Auch die anderen eingeschüchterten Reisenden leerten nun hastig ihre Taschen oder warfen ihre Armbanduhren in die aufgehaltene Plastiktüte. Yoba gab den Soldaten alle Dollarscheine, die er für Notfälle lose in die Hosentaschen gesteckt hatte. Diejenigen, die sich weiterhin hartnäckig weigerten und nichts in die Tüte warfen, wurden an den Haaren zur Seite geschleift. Sie wurden von den Bier trinkenden Soldaten so lange mit Fußtritten und Gummischläuchen traktiert, bis sie aufgaben oder die Schläger ihrer schweißtreibenden Arbeit überdrüssig wurden. Am Ende, als der Laster endlich weiterfahren durfte, blieben acht junge

Männer zurück. Die Soldaten zwangen sie ihre Gepäckbündel von der Bordwand zu schneiden und zu Fuß in die Stadt zurückzugehen. Die Unglücklichen hatten nichts mehr besessen, was den Soldaten wertvoll genug erschien. Nun mussten sie hilflos mit ansehen, wie der Laster ohne sie weiterfuhr. Und mit ihm alle ihre Hoffnungen.

Der Lkw setzte seine Fahrt durch die vor Hitze flirrende Landschaft fort. Die Stimmung unter den Passagieren war nach dem Zusammentreffen mit den plündernden Soldaten bedrückt. Man unterhielt sich in gedämpftem Ton. Jeder hatte mitbekommen, wie der Anführer der Soldaten ihre beiden Fahrer mit Namen angesprochen und ihnen zum Abschied Allahs Segen gewünscht hatte. Offenbar steckten sie unter einer Decke. Aber was sollten sie dagegen tun? Sie waren dem dicken Tunesier und dem Libyer auf Gedeih und Verderb ausgeliefert.

Auch Yoba war schockiert. Sein Bruder schien den Vorfall so schnell vergessen zu haben, wie es eben seine Art war, aber ihn selbst ließ das Erlebnis nicht los. Die Brutalität der Soldaten hatte sich tief in sein Gehirn gebrannt. Jetzt machte er sich große Sorgen. Ein Lastwagen, randvoll bepackt mit wehrlosen Fremden, von denen keiner richtige Papiere besaß, war ein viel zu lohnendes Ziel, um es einfach unbeachtet zu lassen. Es war gut möglich, dass dies nicht der letzte Vorfall dieser Art gewesen war.

Ein Schlagloch riss Yoba aus seinen Gedanken und der Kopf seines Bruders rutschte ihm von der Schulter. Chioke öffnete kurz die Augen, dann lehnte er sich wieder an seinen älteren Bruder und versuchte weiter im Stehen zu schlafen. Obwohl der Lkw im Schneckentempo dahinkroch, schwankte er bei jeder Unebenheit des Bodens hin und her und mit ihm die zusammengezwängten Menschen. Einige standen mit geschlossenen Augen da, andere waren ständig darum bemüht, eine bequemere Position zu finden. Viel geredet wurde nicht, und wenn, dann meist in Sprachen, die Yoba nicht verstand. Aber für lange Gespräche war es ohnehin viel zu heiß. Jeder war damit beschäftigt, irgendwie durchzuhalten und nicht die Nerven zu verlieren.

Ein Schweißtropfen rann Yobas Nase hinab und blieb an ihrer Spitze hängen. Das kitzelte, aber weil er in dem Gedränge seine Arme kaum heben konnte, wurde er ihn nicht los. Am Ende tropfte er seinem Vordermann in den Nacken. Da Yoba auf einem Karton mit Bohnenkonserven stand, konnte er so eben über die mannshohe Seitenwand und das daran befestigte Gepäck hinwegsehen. Nur der Kopf seines Vordermannes versperrte ihm die Sicht. Seit Mittag krochen sie nun schon über eine zerfurchte, mit kleinen runden Steinen übersäte Ebene. Sie schien gar kein Ende zu nehmen. Ihre Ränder verschwammen mit dem flirrenden Bogen des Horizonts und man hatte den Eindruck, der schaukelnde Lastwagen käme trotz aller Bemühungen keinen Meter vorwärts. Irgendwann entdeckte Yoba in der Ferne ein mächtiges Gebirge, aber ansonsten gab es in dieser Einöde absolut nichts zu sehen. Die gigantische Schotterebene änderte lediglich ihre Farbe von Weißgelb zu Schwarz.

Yoba hatte sich die große Wüste stets vorzustellen versucht. Seit ihrer Flucht aus Aba hatte er alle Geschichten über sie in sich aufgesogen wie ein Schwamm. Aber die Wirklichkeit übertraf jegliche Vorstellungskraft. Die permanente, gleißende Helligkeit drohte ihm ebenso die Sinne zu rauben wie die ungeheure Weite. Dabei würde es noch Tage dauern, bis sie das eigentliche Sandmeer erreicht hatten. Umso mehr wünschte er sich, die Fahrer würden endlich eine Pause einlegen. Seine Blase drohte allmählich zu platzen und ganz sicher war er da nicht der Einzige. Das konnte er unschwer an den verkniffenen Gesichtern in seiner Nähe ablesen. Aber der Fahrer und sein Kollege fuhren stur weiter. Sie wechselten das Steuer sogar während der Fahrt, was bei dem Schneckentempo auch keine Kunst war. In seiner Not überlegte Yoba schon, ob er nicht während der Fahrt kurz abspringen sollte, um zu pinkeln. Den nur im Schritttempo fahrenden Laster wieder einzuholen hätte er sich zugetraut. Aber dann verwarf er den Gedanken wieder. Wenn Chi-Chi sah, wie er während der Fahrt von der Ladefläche sprang, würde er bestimmt Angst bekommen. Er kannte Chioke. Also blieb ihm nichts anderes übrig, als weiterhin die Zähne zusammenzubeißen. Aber eins war klar: Lange würde er ganz sicher nicht mehr durchhalten.

25.

Julian sah das Unheil kommen. Das kleine Mädchen jagte hinter ihrem Bruder her, der Mann am Frühstücksbuffet drehte sich um, es gab einen Zusammenstoß und schon verteilte sich das Rührei auf den Bodenfliesen aus makellosem italienischem Marmor. Im Frühstücksraum des Hotels herrschte Hochbetrieb. Überquellende Teller wurden kreuz und quer durch den Raum balanciert und die Hotelangestellten schleppten unermüdlich Nachschub herbei. Die Reste auf den zum Teil halb vollen Tellern wurden stillschweigend in einer extragroßen Plastiktonne entsorgt.

Julian reckte den Hals und sah sich um. Seine Eltern und seine Schwester saßen natürlich in der hintersten Ecke.

»Ich dachte, wir frühstücken zusammen«, stellte sein Vater zur Begrüßung fest.

»Du bist wirklich spät dran«, fügte seine Mutter vorwurfsvoll hinzu. »Wir sind längst fertig.«

Auf dem Tisch stapelten sich Teller mit Essensresten und zerknüllten Servietten.

»Ich musste meine Shorts wechseln«, murmelte Julian kurz angebunden. »Mir ist ein Espresso umgekippt.« Den Auftritt der beiden Bodybuilder-Prolls erwähnte er lieber nicht.

»Du kannst ja abräumen!«, gähnte Frederike gelangweilt. Vor lauter Sonnenöl glänzte sie wie eine eingelegte Olive. »Ich geh jedenfalls an den Strand. Sonst sind wieder alle Liegen besetzt.«

Sie nahm ihr Handy und schlurfte in ihren Badelatschen durch das Gedränge davon. Julian setzte sich auf den frei gewordenen Stuhl.

»Wenn du dich beeilst, gibt es noch was von dem Rührei!«, ermunterte ihn seine Mutter. Sie war sichtlich um den Familienfrieden bemüht.

»Hab keinen Hunger«, erwiderte Julian und streckte die Füße von sich.

»Wir machen heute Nachmittag einen Ausflug«, meinte Julians Vater und musste laut aufstoßen, was ihm sofort einen tadelnden Blick von seiner Frau einbrachte. »'tschuldigung. Das muss an dem Schafskäse liegen.«

Seine Mutter berührte Julian sanft am Ellbogen. »Wir dachten, das wäre vielleicht das Beste, um den gestrigen – äh – Vorfall zu vergessen.«

»Ein bisschen Ablenkung würde dir bestimmt nicht schaden«, sprang ihr sein Vater zur Seite. »Wir könnten zum Beispiel nach Palermo fahren oder ein paar griechische Ruinen besichtigen.«

»Ich hab schon was vor«, entgegnete Julian kühl und schüttelte die Hand seiner Mutter ab.

»Ach ja?« Sein Vater hob eine Augenbraue. »Und was, wenn ich fragen darf?«

»Ich will nach dem Frühstück in die nächste Stadt.«

»Und weshalb?«

»Ich muss zur Küstenwache.« Julian rutschte auf seinem Stuhl herum.

»Was willst du denn da?«, erkundigte sich seine Mutter sofort. Sie klang beunruhigt, so als würde sie nichts Gutes ahnen.

Julian entschied sich für den Frontalangriff. »Wenn ihr es genau wissen wollt: Ich muss herausfinden, ob ein afrikanischer Junge in meinem Alter auf dem gesunkenen Flüchtlingsboot war.«

Seine Mutter machte große Augen. »Aber was kümmert dich das?«

»Das wüsste ich ebenfalls gerne«, ergänzte sein Vater. »Sonst interessierst du dich doch auch für nichts und niemanden.«

»Ich will es einfach wissen, okay?«, blaffte Julian zurück.

»Ich verbitte mir diesen Ton!« Sein Vater drohte ihm mit dem Zeigefinger. »Wir sind nur wegen dir hier, also reiß dich gefälligst zusammen!«

»*Wegen mir!?*« Julian lachte höhnisch.

»Ja, damit du endlich zur Besinnung kommst!«, schimpfte seine Mutter. »Das weißt du genau. Hör auf dein Leben zu zerstören!«

»Und wenn ich euer Leben gar nicht will?« Julian sprang von seinem Stuhl auf. »Was ist dann? Habt ihr darüber mal nachgedacht?«

Julian fegte ein leeres Marmeladentöpfchen von dem Frühstückstisch und stürmte wutschnaubend davon.

26.

Der schwer beladene Laster quälte sich weiter über die endlose Ebene. Die Reifenspuren, denen er anfangs noch gefolgt war, waren längst verschwunden. Von nun an gab es für die Fahrer keine Orientierungshilfe mehr. Die häufigen Stürme und gelegentlichen, sintflutartigen Regenfälle formten die Wüste ständig neu. Wo gestern noch eine sichere Passage war, konnte schon heute ein tückisches Sandloch oder eine verborgene Felsspalte lauern. Das zwang die Fahrer sich stets neue Wege zu suchen, was wiederum erklärte, warum Yoba in den letzten Stunden nur einen einzigen weiteren Lkw in der Ferne gesehen hatte. Obwohl Dutzende von ihnen in dieser Einöde unterwegs waren, begegneten sie sich fast nie.

»Wenn du hier 'ne Panne hast, finden dich nicht mal die Geier«, stellte Yobas Hintermann fest. Er sprach aus, was alle dachten. Wenn man in diesem menschenleeren Glutofen liegenblieb, würden man exakt so lange überleben, wie die Wasservorräte reichten. Keine Minute länger.

Als die Sonne zu sinken begann und die Schatten der Felsen immer länger wurden, hatten der dicke Tunesier und der Libyer im Fahrerhaus endlich ein Einsehen. Sie hielten in einer Bodensenke an und stellten den Motor ab. Wahrscheinlich war ihnen die Weiterfahrt im Dunkeln zu riskant, jedenfalls war die Erleichterung auf der Ladefläche groß. Alle wollten nur noch eins: möglichst schnell runter von dem Laster!

Yoba erging es da nicht anders. Er drängelte kräftig mit, und als Chioke unten war, sprang er mit ihrer Tasche unter dem Arm hinterher. Endlich! Fast wäre Yoba auf die Knie gesunken und hätte den sandigen Boden geküsst. Aber er hatte etwas

Dringenderes zu erledigen und deswegen rannte er wie alle anderen zwischen die Felsen, um sich zu erleichtern. Chioke folgte ihm im Laufschritt.

Nachdem sie ihr Geschäft erledigt hatten, band Yoba einen ihrer Wasserkanister vom Lastwagen los. Sobald er den Drehverschluss geöffnet hatte, riss Chioke den Kanister an sich und begann gierig zu trinken.

»Halt! Stopp!«, bremste Yoba ihn. »Nicht so viel auf einmal! Das ist nicht gut!« Behutsam nahm er Chioke den Kanister wieder ab. »Außerdem müssen wir sparen. Wer weiß, wie lange diese Höllenfahrt noch dauert.«

Dann nahm er ebenfalls einen Schluck. Trotz der notdürftigen Isolation aus alten Säcken und Pappe war das Wasser brühwarm. Es schmeckte nach Plastik, aber Yoba genoss trotzdem jeden einzelnen Tropfen. Seit Stunden klebte seine Zunge am Gaumen und sein Mund war trockener als die Wüste selbst.

Yoba reichte Chioke erneut den Kanister, danach verschloss er ihn mit größter Sorgfalt. Als sie zwischen den Felsen waren, um ihr Geschäft zu erledigen, hatten sie die Gelegenheit genutzt und die durchschwitzten Reisedollars aus ihren Unterhosen geholt und zurück in die Blechdose befördert. Anschließend hatte Yoba ihren gut verschlossenen Safe unauffällig in der Proviantasche verstaut. Dann war es an der Zeit, einen Schlafplatz zu suchen. Die orangerote Sonne berührte bereits den Horizont. Bald würde es schlagartig dunkel werden, denn in der Wüste vollzog sich der Wechsel von Tag zu Nacht rasend schnell. Außerdem knurrte sein Magen.

»Lass uns dort drüben schlafen!«, schlug Yoba vor. Er deutete auf einen halb im Sand vergrabenen Felsbrocken etwas abseits des Lastwagens. Die junge Mutter mit dem Baby hatte sich in seinem Schutz niedergelassen und stillte ihr Kind. Yoba hielt es für eine gute Idee, in ihrer Nähe zu bleiben. Unter den vielen jungen Männern waren die Frau, Chioke und er die Außenseiter. Vielleicht könnten sie sich ja gegenseitig helfen.

»Dürfen wir hier schlafen?«, fragte er sie. »Wir stören auch nicht.« Die Frau war höchstens Anfang zwanzig und ziemlich hübsch, wie Yoba fand. Auch wenn das Kopftuch ganz anders gewickelt war als bei den Frauen zu Hause in Nigeria.

Die junge Mutter hob überrascht den Kopf. Dann lächelte sie. »Warum nicht? Ich habe euch schon auf dem Laster gesehen. Ich heiße Mary«, sagte sie auf Englisch. »Ihr seid Nigerianer, stimmt's?«

»Stimmt«, entgegnete Yoba. »Wir kommen aus Aba.« Er breitete seine Schlafdecke aus. »Ich bin Yoba und der da ist mein Bruder Chioke. Er redet nicht viel.«

Yoba begann ihre Essensvorräte auszupacken. Am Ende entschied er sich für eine Dose Bohnen in Tomatensoße, ein halbes Fladenbrot und zwei Bananen, die dringend gegessen werden mussten, weil sie schon matschig waren. Als er Marys Blick sah, stutzte er.

»Willst du vielleicht mit uns essen?«, fragte er schüchtern.

»Euch schickt der Himmel!«, rief Mary daraufhin aus. »Ich sterbe nämlich vor Hunger und habe nichts mehr!«

»Du hast keinen Proviant dabei?«, entfuhr es Yoba überrascht. Er traute seinen Ohren nicht. Ohne Vorräte und mit einem Baby war die Reise wirklich riskant. Mary schien seine Gedanken erraten zu haben.

»Die Soldaten an der Straßensperre haben meine Tasche gestohlen«, schimpfte sie. »Da war alles drin. Ich habe sie angefleht, weil ich doch Milch für mein Baby brauche, aber das war diesen Unmenschen egal!«

Sie machte eine wütende Geste.

»Keine Sorge«, beruhigte Yoba sie. »Wir haben genug. Das reicht auch für drei – äh – vier.«

Er schielte auf das Baby und grinste verlegen. Dann machte er sich hastig daran, die Bohnendose mit dem scharfen Metallhaken aufzuhebeln, den er zusammen mit den Lebensmitteln auf dem Markt von Agadez erstanden hatte. Ein nicht ganz leichtes Unterfangen, denn mittlerweile war es fast dunkel. Anschließend brach er das bretthart gewordene Fladenbrot in Stücke und schälte die Bananen. Zum Schluss riss Yoba noch eine der chinesischen Kekspackungen auf. Ursprünglich hatte er die Kekse für Notfälle vorgesehen, aber da sie nun zwei hungrige Esser mehr waren, wollte er eine Handvoll opfern. Mary tat ihm leid. Sie erinnerte ihn irgendwie an Adaeke.

Nachdem die dürftige Mahlzeit auf der Decke fertig angerichtet war, stürzten sie sich mit bloßen Fingern auf das Essen.

»Wissen eure Eltern eigentlich, dass ihr hier seid?«, nuschelte Mary, während sie sich mit zwei Fingern kalte Bohnen in den Mund stopfte. Sie hatte ihr Baby nach dem Stillen wieder mit etlichen Lagen Stoff umwickelt und das Bündel auf ihren Schoß gelegt.

»Klar!«, log Yoba und biss in die überreife Banane. »Sie haben uns das Geld für die Reise gegeben. Ich soll meinen Bruder zu unserem Onkel bringen.«

Die wahren Umstände ihrer Reise wollte Yoba lieber erst mal für sich behalten. Sein Bruder knabberte selig an dem Fladenbrot. Es war bewundernswert, mit wie wenig er glücklich war.

»Ich fahre zu meinem Mann!«, erklärte Mary mit vollem Mund. Sie war nicht nur hungrig, sondern ebenso froh mit jemandem reden zu können. »Er wartet in Italien auf mich«, schmatzte sie. »Seit einem halben Jahr.«

»Aber warum schickt er dir dann nicht ein Ticket für das Flugzeug?«, fragte Yoba und schob der Banane ein paar kalte Bohnen hinterher. »Er kann dir doch ein Visum besorgen. Dann könntest du dir die Wüste und diese elende Fahrt sparen.«

Mary schüttelte den Kopf. »Das kann er nicht. Er ist aus Liberia geflohen und heimlich in Italien.«

»Und warum ist er geflohen?«

»Mein Mann hat einen Streik organisiert. In der Fabrik, in der er gearbeitet hat. Aber das hat den Leuten nicht gefallen.«

»Welchen Leuten denn?«

»Na den Leuten, denen die Fabrik gehört!«, ereiferte sich Mary. »Sie wollten ihn deswegen ins Gefängnis werfen lassen. Deshalb ist er geflohen. Mitten in der Nacht und mit all unseren Ersparnissen.« Mary strich zärtlich über das winzige Gesicht des schlafenden, nur wenige Monate alten Babys. »Er weiß noch gar nicht, dass er eine Tochter hat.«

»Wie heißt sie denn?«

»Sarah.« Mary lächelte stolz.

»Das ist ein schöner Name!«, fand Yoba.

Während sie weiteraßen und jeden Bissen sorgfältig kauten, dachte Yoba darüber nach, wie mutig es war, mit einem neugeborenen Baby durch die Wüste zu fahren.

»Was ist eigentlich mit deinem Bruder?«, wollte Mary wissen, nachdem sie ihre Mahlzeit beendet hatten und sich zum Schlafen bereit machten. »Er ist so still. Außerdem schaukelt er so komisch.«

»Das ist ganz normal«, wich Yoba aus.

Plötzlich breitete sich Unruhe unter den Reisenden aus, denn entfernt in der Dunkelheit leuchtete ein Scheinwerferpaar auf. Die beiden Fahrer wurden sofort nervös. Einem Mann, der im Schein einer kleinen Taschenlampe in seinem Koran las, trat der Tunesier fluchend das Licht aus der Hand. Gleichzeitig kletterte sein Kollege, der Libyer, wieselflink auf das Führerhaus des Lkws und spähte in die nächtliche Wüste hinaus.

Ein beklemmendes Schweigen legte sich über die Reisegruppe. Mittlerweile waren alle wach und beobachteten mit Sorge die durch die Nacht irrenden Lichter. Jeder wusste, dass es in der Wüste Banditen gab. Die Scheinwerfer in der Ferne erloschen und tauchten kurz darauf wieder auf. Dann waren sie mit einem Mal endgültig verschwunden und allmählich wich die Anspannung. Schon bald war der Vorfall vergessen und die beiden Fahrer krochen wieder unter ihren Laster und legten sich schlafen.

27.

Yoba entrollte die Wolldecke und deckte seinen Bruder damit zu. Dann legte er sich neben ihn und wickelte sich ebenfalls in seine Schlafdecke. Schon jetzt war er froh Babatundes Ratschlag gefolgt zu sein, außer Lebensmitteln noch Wolldecken vor der Abfahrt zu kaufen. Obwohl der Sand und die Felsen noch warm waren, war die Luft mit dem Verschwinden der Sonne sofort eiskalt geworden. Nie hätte er gedacht, dass es nachts in der Wüste so kalt werden würde.

Yoba drehte sich auf den Rücken und sah hinauf in den klaren Sternenhimmel. Der Anblick war überwältigend. Die Sterne schienen zum Greifen nah. Je länger er hinaufsah, desto mehr überkam Yoba das Gefühl, sich in der schwindelerregenden Unendlichkeit zu verlieren. Er fühlte sich winzig wie eine Ameise.

Chioke lag neben ihm und schnarchte leise. Yoba fragte sich, ob er diese ganzen Strapazen und Gefahren wirklich nur wegen seinem Bruder auf sich nahm. Oder tat er das in Wahrheit vielleicht nur für sich selbst? Benutzte er Chi-Chi am Ende nur als Vorwand, um seine eigenen Träume zu verwirklichen? Yoba fröstelte trotz der Decke. Er war im Begriff, das Schicksal herauszufordern, und wenn er scheiterte, würde Chi-Chi ebenfalls bitter dafür bezahlen müssen. Das wurde ihm schlagartig bewusst.

Plötzlich fielen ihm die mysteriösen Scheinwerfer wieder ein. Die unfreundlichen arabischen Fahrer waren bestimmt nicht umsonst so alarmiert gewesen. Kein Wunder, denn wer fuhr schon nachts durch die Wüste? Die Gefahr, auf einen spitzen Stein zu fahren und sich einen Platten einzufangen, war viel zu groß. Yoba schälte sich aus seiner Decke und kramte die Gelddose aus der Reisetasche. Dann vergrub er sie unter sich im warmen Sand. Als er damit fertig war, legte er sich darüber und schlüpfte wieder unter die Wolldecke. Beruhigt schloss er die Augen. Nur eine Sekunde später überkam ihn eine bleierne Müdigkeit und er schlief ein.

In seinem Traum stand er vor einem schwarzen Abgrund. Eine hölzerne Brücke überspannte die Tiefe. Yoba beobachtete sich selbst, wie er einen Fuß auf die Brücke setzte. Ganz weit unter ihm toste ein reißender Fluss voller grausiger Wesen. Auf der anderen Seite der Brücke stand eine schemenhafte Gestalt. Je weiter Yoba über die Brücke schritt, desto deutlicher wurde ihr Gesicht: Es war sein Bruder! Chioke lachte und winkte ihm von der anderen Seite aus zu, dann trat er an den Rand des Abgrunds. Yoba schrie, er solle von dort wegbleiben, aber es kam kein einziger Laut über seine Lippen. Chioke beugte sich über den Abgrund, so als würde er jede Sekunde herunterspringen. Yoba wollte losrennen, um seinen Bruder zu retten, aber jemand hielt ihn fest. Es war seine tote Mutter. »Lass ihn!«, hauchte sie lächelnd. Ihre Stimme streifte sein Ohr wie ein kalter Windhauch. Erschrocken riss sich Yoba los. Er rannte über die Brücke, aber kaum hatte er ihre Mitte erreicht, löste sie sich unter seinen Füßen in Luft auf. Yoba fiel ins Bodenlose. Er schrie und schlug um sich. Das Letzte, was er wahrnahm, war sein Bruder. Chioke stand noch immer über den Abgrund gebeugt und rief ihm aus der Ferne etwas Unverständliches zu.

Yoba fuhr schweißüberströmt hoch. Über ihm funkelte der Sternenhimmel und es war bitterkalt. Er fror erbärmlich. Mary hatte sich mit ihrem Baby, so gut es ging, unter eine fadenscheinige Decke verkrochen. Im fahlen Licht des Mondes konnte Yoba erkennen, wie sie das Kind fest an sich drückte. So als wolle sie es selbst im Schlaf noch beschützen.

Yoba drehte sich zu seinem Bruder um und erstarrte. Er tastete mit der Hand über die Decke: Der Platz neben ihm war leer! Chioke war weg. Blitzschnell sprang Yoba auf die Beine.

»Chioke?«, rief er mit gedämpfter Stimme in die Nacht hinaus.

Er lauschte, bekam aber keine Antwort. Um ihn herum erhoben sich die unheimlichen Schatten der Felsen. Im Licht der Sterne wirkten sie auf eine beklemmende Art lebendig.

»Chi-Chi!«, versuchte er es noch einmal. »Wo bist du? Komm zurück!«

»Ruhe!«, brüllte jemand im Dunkeln. »Bei Allah! Sonst kannst du zu Fuß gehen!«

Yoba vermutete, dass es der tunesische Fahrer war. Er beachtete ihn nicht weiter, sondern rüttelte Mary an der Schulter.

»Wach auf!«, flüsterte er voller Panik. »Bitte!«

Mary rieb sich die Augen. »Fahren wir weiter?«

»Nein.« Yoba schüttelte energisch den Kopf. »Hast du Chi-Chi gesehen?«, fragte er ängstlich.

»Wen?«

»Meinen Bruder! Er ist nicht mehr da!«

»Er ist bestimmt nur zum Pinkeln zwischen die Felsen«, erwiderte Mary müde. »Er wird schon wiederkommen, okay?«

Mit einem schlaftrunkenen Blick überprüfte sie, wie es ihrem Baby ging, dann rollte sie sich wieder in ihre Decke und drehte sich zur Seite.

Yoba war verzweifelt. Er ging ein paar Schritte in die Nacht hinaus. Wo konnte sein Bruder nur sein? Vielleicht hatte Mary ja Recht, aber was war, wenn er sich auf dem Rückweg verlaufen hatte? In der Wüste herrschte beinahe völlige Finsternis, im Sternenlicht ließen sich lediglich Konturen erahnen.

Yoba war hin und her gerissen. Sollte er warten oder nach seinem Bruder suchen? Und wo sollte er anfangen? Chioke konnte in jede Richtung gegangen sein. Am Ende hielt er es nicht länger aus. Er kletterte aus der flachen Senke, in der sich ihr Lagerplatz befand, und machte sich auf die Suche. Vorsichtig tastete er sich auf dem steinigen Boden vorwärts. Dabei rief er immer wieder Chiokes Namen. Nichts. Keine Antwort. In immer größerer Sorge um seinen Bruder entfernte Yoba sich weiter und weiter von ihrem Lager. Mehrmals musste er die Richtung wechseln, weil ihm Felsen den Weg versperrten. Mit einem Mal wurde ihm klar, dass er die Orientierung verloren hatte, und seine Sorge verwandelte sich in nackte Angst.

Bei seinem Versuch, den Lagerplatz und den Lkw wiederzufinden, stolperte er kopflos weiter. Dabei schrie er Chiokes Namen, doch die nächtliche Wüste schien seine Schreie einfach zu verschlucken. Mehrmals fiel er der Länge nach hin und schlug sich das Knie blutig. Trotzdem tastete er sich wie von Sinnen weiter vorwärts. Er musste den Lkw und die anderen wiederfinden! Doch irgendwann sackte Yoba völlig erschöpft zusammen. Er zitterte am ganzen Körper. Wie in Trance beobachtete er an einen Felsen gelehnt die aufgehende Sonne.

Beinahe hätte er laut gelacht. In seiner Angst um Chioke hatte er sich wie ein Dummkopf benommen. Er hatte die Nerven verloren. Er musste doch nur warten, bis es hell wurde. Yoba atmete tief durch und befühlte vorsichtig sein aufgeschlagenes Knie. Sobald die Sonne aufgegangen war, würde er auf den nächstbesten Felsen klettern. Von dort aus konnte man den Lagerplatz gewiss sehen. Schließlich war der Laster riesengroß und selbst aus einiger Entfernung nicht zu übersehen. Yoba wunderte sich über sich selbst. Chioke hatte sich bestimmt klüger verhalten als er. Wahrscheinlich war er längst wieder zurück und bewachte die Tasche mit dem Geld.

Als es endlich hell genug war, kletterte Yoba auf einen hohen Felsen und sah sich um. Von seinem Standpunkt aus konnte er endlos weit schauen – aber da war nichts. Nichts außer Steinen, Felsen und Sand. So weit das Auge reichte. Der Lastwagen schien wie vom Erdboden verschluckt zu sein. Yoba wurde schwindelig. Die Angst griff nach seinen Eingeweiden und seine Gedanken rasten. War er in seiner kopflosen Panik wirklich so weit gelaufen?

Er legte die Hände um den Mund und rief, so laut er konnte, um Hilfe. Er musste den Lkw um jeden Preis finden, denn viel Zeit blieb ihm nicht mehr. Er wusste nicht, wann sie weiterfahren würden, aber ganz sicher würden die Fahrer die Kühle des Morgens nutzen und früh aufbrechen wollen. Yoba sprang von dem Felsen und suchte sich einen noch höheren. Aber auch von dort aus konnte er nichts entdecken. Es war wie verhext. Der Lastwagen hatte sich in Luft aufgelöst. Fieberhaft versuchte er sich an den Rückweg zu erinnern, aber es war stockfinster gewesen und die Felsen sahen irgendwie alle gleich aus.

Jetzt blieb ihm nur noch zu hoffen, dass man ihn vermissen und suchen würde. Aber ob die beiden Fahrer sein Verschwinden wirklich kümmerte? Yoba rauschte das Blut in den Ohren. Er wusste einfach nicht, wo er suchen sollte. Mal schlug er eine Zeit lang die eine Richtung ein, dann versuchte er es wieder in der anderen. Zwischendurch kletterte er immer wieder auf einen Felsen, um Ausschau zu halten. Doch der Lastwagen blieb verschwunden. Yobas Verzweiflung wuchs mit jeder Minute, die er in der endlosen Einöde umherirrte. Als die Sonne bereits hoch am Himmel stand und er den Lkw noch immer nicht gefunden hatte, verkroch er sich unter einem Felsüberhang und brach in Tränen aus.

28.

Die Zeit verrann unaufhaltsam, aber Yoba war unfähig sich zu rühren. Er quetschte sich unter den Felsüberhang und machte sich ganz klein. Er bettelte darum, dass alles nur ein Traum war und er neben Mary und seinem Bruder aufwachen würde. Aber er wachte einfach nicht auf. Alles war grausame Wirklichkeit. Yoba kroch unter dem Felsen hervor und trocknete seine Tränen. Was er jetzt brauchte, war ein klarer Kopf. Er kniff die Augen zusammen und blinzelte gegen die grelle Sonne an. Weit in der Ferne erhob sich ein Gebirge. Yoba erkannte es anhand seiner gezackten Gipfel wieder. Seit ihrer Abfahrt aus Agadez hatte sich das ferne Bergmassiv stets auf der linken Seite befunden. Yoba hatte von seinem Platz auf der Ladefläche nicht viel von der Umgebung mitbekommen, aber was das Gebirge betraf, war er sich sicher. Also brauchte er nur darauf zu achten, dass sich die Berggipfel auch weiterhin auf seiner linken Seite befanden. Dann stimmte wenigstens die Richtung.

Ein Funken Hoffnung keimte in ihm auf. Der Lkw war längst ohne ihn weitergefahren, daran bestand kein Zweifel, aber mit ein wenig Glück würde er seine Reifenspuren finden. Dann bräuchte er ihnen nur zu folgen. Der Laster kroch so langsam durch die Wüste, dass die Chance bestand, ihn vielleicht zu Fuß einzuholen. Allerdings gab es da ein Problem: Er hatte keinen einzigen Tropfen Wasser dabei!

Die Erkenntnis traf Yoba wie ein Faustschlag in die Magengrube. Schon jetzt konnte er vor Durst kaum schlucken. Obwohl die Vormittagssonne noch nicht ihre volle Kraft entfaltet hatte, flirrte die Luft bereits vor Hitze. Und die Temperatur stieg spürbar weiter. Wenn er den Lkw einholen wollte, musste er sich beeilen. Spätestens am nächsten Tag würde er verdurstet sein. Der Schweiß brannte Yoba in den Augen. Er wischte sich mit seinem verstaubten Fußballtrikot übers Gesicht und ging los. Er umging tückische Felsspalten, durchquerte verdorrte Senken und kletterte über haushohe Dünen. Währenddessen suchte er unablässig nach Reifenspuren. Aber sosehr er sich auch quälte, er entdeckte nicht das geringste Anzeichen auf menschliches Leben in dieser endlosen Einsamkeit.

Als die Sonne am Abend unterging, sank Yoba völlig entkräftet zu Boden. Seine Zunge war so dick angeschwollen, dass er kaum den Mund zubekam. Die aufgerissenen Lippen bluteten. Seine Füße in den Turnschuhen spürte er schon lange nicht mehr. Aber noch schwerer als die körperlichen Schmerzen und die Ausweglosigkeit seiner Situation wogen die Vorwürfe, die sich Yoba machte. Er hatte versagt und das Versprechen, das er seiner Mutter gegeben hatte, nicht gehalten. Statt Chi-Chi zu beschützen, hatte er ihn verloren. Ohne ihn war sein kleiner Bruder hilflos.

Bei dem Gedanken daran, was seinem Bruder alles passieren konnte, krampfte sich sein leerer Magen zusammen. Die aufsteigende Magensäure brannte in seinem wunden Mund und machte den Durst nur noch schlimmer. Außerdem hatte er inzwischen eine Höllenangst vor Skorpionen und Schlangen. Auf seinem bisherigen Marsch durch die Wüste hatte er fast hinter jedem Stein eine dieser giftigen Kreaturen aufgescheucht.

Yoba kroch auf allen vieren auf eine Felsmulde zu. Sein aufgeschlagenes Knie war mittlerweile völlig gefühllos. Als er den Rand der Vertiefung erreicht hatte, ließ er sich kopfüber hineinfallen und rollte sich zusammen. Wenn er sich nicht rührte, fanden ihn die giftigen Viecher vielleicht nicht.

Obwohl Yoba vor Erschöpfung keinen klaren Gedanken mehr fassen konnte, wollte er nicht schlafen. Der überwältigende Sternenhimmel, den er gestern noch bewundert hatte, schien ihn jetzt zu verhöhnen, indem er Yoba auf brutale Weise seine eigene Winzigkeit spüren ließ. Mit zitternden Fingern tastete er nach dem kleinen Tagebuch in seinem Hosenbund. Es war das Einzige, was ihm noch geblieben war. Als er das grüne Büchlein an seine Brust presste, fühlte er die Dollarscheine knistern, die er zwischen die Buchdeckel geklemmt hatte. Der Rest von Big Eagles Geld ruhte nun in einer Blechdose, irgendwo im Wüstensand vergraben. Vielleicht würde jemand die Dose ja in tausend Jahren finden, wer wusste das schon. Er hatte alles verloren. Seinen Bruder, das Geld, und ohne fremde Hilfe würde er sicher bald auch sein eigenes Leben verlieren.

Zähneklappernd schreckte Yoba aus einem traumlosen Schlaf hoch. Die eisige Kälte der Wüstennächte war fast so grausam wie die Hitze am Tag. Nur der Durst hatte nachgelassen. Er kauerte sich mit dem Rücken an einen verwitterten Stein, zog die Knie an und wartete sehnsüchtig auf die Sonne. Ihm blieb nur noch der kommende Tag. Wenn er bis zum Abend nicht auf Hilfe gestoßen war, würde er zu schwach sein, um weiterzulaufen. Er würde verdursten.

Sobald der erste helle Streifen am Horizont sichtbar wurde, rappelte er sich hoch und marschierte weiter. Immer in die gleiche Richtung, wie er hoffte, aber so genau wusste er das nicht. Als die Sonne im Zenit stand, brach er das erste Mal zusammen. Es dauerte Minuten, bis er sich von diesem Schwächeanfall erholt hatte. Die Zunge in seinem ausgetrockneten Mund war nur noch ein unförmiges Etwas. Seine Beine fühlten sich an wie Gummi. Yoba musste seine ganze Willenskraft aufbieten, um wieder auf die Füße zu kommen. Er durfte jetzt nicht aufgeben. Sein Bruder brauchte ihn doch.

War dahinten nicht ein See? Yoba schirmte seine Augen mit der Hand gegen das flirrende Sonnenlicht ab. Jetzt konnte er sogar Palmen am Ufer erkennen! Wenn er die nötige Kraft dazu gehabt hätte, hätte er einen Jubelschrei ausgestoßen. So aber stolperte er einfach auf das rettende Wasser zu. Nach einer Weile hielt Yoba jedoch verwundert inne. Er kam dem See einfach nicht näher. Es war, als würde das Wasser vor ihm Reißaus nehmen. Yoba humpelte noch schneller, aber das glitzernde Ufer des Sees blieb unerreichbar.

Plötzlich fiel ihm das Gespräch wieder ein, das er auf der Ladefläche des Lkws mit angehört hatte. Die Männer hatten sich über die Dschinns, die Geister der Wüste, unterhalten. Angeblich lockten sie die Menschen in die Irre, um sich dann an ihrer Verzweiflung und ihrer Not zu ergötzen. Zuerst hatte er das für bloßes Gerede gehalten, aber jetzt war er sich nicht mehr so sicher: So wie es aussah, gab es diese Geisterwesen wirklich. Wenn er stehen blieb und den Atem anhielt, konnte er sogar ihre flüsternden Stimmen hören. Es klang, als würden sie ihn wegen seiner Dummheit verhöhnen.

Yoba hielt sich die Ohren zu und wankte weiter vorwärts. Auf der Haut seiner nackten Arme bildeten sich bereits Brandblasen von der sengenden Sonne. Außerdem schmerzte jeder Schritt. Die Sandkörner in seinen Turnschuhen hatten seine

Füße längst wund gescheuert und in rohe Fleischklumpen verwandelt. Ausziehen konnte er die Schuhe nicht, denn sonst hätte er sich sofort im glühenden Sand verbrannt. Dann verlor er das Gleichgewicht und schlug mit der Stirn gegen einen Stein. Eine Eidechse huschte erschrocken davon. Yoba versuchte sich wieder aufzurappeln, doch in seinem Kopf drehte sich alles. Am Ende schaffte er es nicht einmal mehr, bis zu dem großen Felsen zurückzukriechen, wo es vielleicht eine Handbreit Schatten gab. Der quälende Durst raubte ihm jegliche Energie. Er wollte nur noch sterben.

Bitterkeit stieg in ihm auf. Anthony, der Parkplatzwächter, hatte Recht behalten: Er hätte nie aus Nigeria weggehen dürfen! Mit dem gestohlenen Drogengeld hätten Adaeke und er irgendwo in einer anderen Gegend eine Familie gründen können. Weit weg von Big Eagle und seiner Gang. Dann wäre sein Bruder zwar nie gesund geworden, aber er wäre wenigstens noch am Leben. Der Gedanke, Chioke könnte auch zurückgelassen worden sein und genauso wie er hilflos durch die Wüste irren, erfüllte Yoba mit unendlichem Schmerz. Röchelnd versuchte er wieder hochzukommen, aber seine Beine knickten unter ihm weg. Einmal, zweimal, dreimal. Schließlich gab er auf. Am Ende seiner Kräfte angelangt blieb Yoba einfach liegen.

Da war er wieder, dieser verlockende Glitzersee. Die Geister der Wüste trieben ein letztes Mal ihr grausames Spiel mit ihm. Diesmal sah Yoba nicht nur Palmen, sondern auch Vögel. Kleine schwarze Punkte, hoch oben am blauen Himmel. Und er sah Dromedare. Aufgereiht wie auf einer Perlenschnur trotteten sie gemächlichen Schrittes durch den See. Das flirrende Wasser reichte ihnen bis zum Bauch, aber sie schienen keine

Notiz davon zu nehmen. Yoba wunderte sich. Plötzlich beugte sich ein Wüstengeist über ihn. Der Kopf des Dschinns war mit einem blauen Tuch umwickelt, das nur einen Sehschlitz frei ließ. Der Wüstengeist murmelte etwas Unverständliches vor sich hin. Dann zog er mit zwei Fingern das Tuch herunter und entblößte sein dunkelhäutiges Gesicht. Es war voller Falten und seine Augen funkelten Yoba neugierig an.

29.

Der Beamte der Küstenwache musterte Julian und Adria, als hätten sie den Verstand verloren.

»Wollt ihr mich auf den Arm nehmen?«, fragte er auf Italienisch.

»Nein, nein!«, erwiderte Adria rasch. »Das würden wir nie wagen! Wir suchen den Jungen wirklich.«

Der Beamte hinter dem Schreibtisch zupfte misstrauisch an seinem Vollbart. Schließlich gab er Julian das kleine Buch zurück.

»Tut mir leid, in dem Fall kann ich euch nicht weiterhelfen«, sagte er auf Englisch zu Julian.

Doch damit gab der sich nicht zufrieden. Er handelte sich gerade einen Höllenkrach mit seinen Eltern ein, darum wollte er sich jetzt nicht einfach so abspeisen lassen.

»Aber irgendjemand muss doch was wissen!«, bohrte Julian. »Gibt es denn keine Listen mit den Namen? Wir wissen, wie der Junge heißt!«

Der Beamte ordnete einen Papierstoß auf seinem überquellenden Schreibtisch. »Immer langsam, junger Mann!«, bremste er ihn. Sein Englisch hatte einen starken Akzent. »Schiffbrüchige leiden meist an Unterkühlung, sie sind unterernährt oder kurz vor dem Verdursten. Wenn sie überhaupt noch leben. Sollen wir sie etwa nach ihrem Pass fragen, bevor wir sie aus dem Wasser fischen?« Er legte den Papierstoß zur Seite und schüttelte den Kopf. »Nein, Schiffbrüchige haben keine Namen. Jedenfalls nicht für uns.«

Julian und Adria schwiegen. Sie kamen sich naiv und kindisch vor.

»Ich kann eure Enttäuschung ja verstehen«, versuchte sie der

Beamte zu trösten. Offenbar war er früher selbst zur See gefahren, bevor man ihn – aus welchen Gründen auch immer – hinter den Schreibtisch verbannt hatte. »Der Schreiber des Tagebuchs hätte sich bestimmt gefreut es zurückzubekommen. Aber allein in unserem kleinen Küstenabschnitt stranden jeden Monat über fünfhundert Illegale aus Afrika. In ganz Italien sind es weit über vierzigtausend im Jahr. Und das sind nur die, die wir erwischen oder als Leiche aus dem Wasser holen. Wer soll da den Überblick behalten?«

»Und was geschieht mit denen, die Sie gerettet haben?«, fragte Julian.

»Die werden den Carabinieri und der Einwanderungsbehörde übergeben«, erklärte der Beamte. »Danach werden sie medizinisch versorgt, und wenn sie gesund sind, werden sie auf die Lager verteilt.«

Julian und Adria wechselten irritierte Blicke.

»Was denn für Lager?«, fragte Adria.

Dem Beamten der Küstenwache wurde das Gespräch allmählich unangenehm. »Vielleicht wäre ›Sammelstelle‹ das bessere Wort«, sagte er knapp. »An diesen Orten werden die Illegalen lediglich gesammelt, um sie zurück nach Hause zu fliegen. Mehr nicht.«

»Und wo sind diese sogenannten Lager?«, erkundigte sich Julian.

»Das größte befindet sich auf der Insel Lampedusa«, erklärte der Beamte. »Wir schicken unsere Illegalen dorthin.« Er erhob sich mit einem Seufzer und winkte die zwei hartnäckigen Teenager ans Fenster. Es bot einen atemberaubenden Blick auf den Hafen der Stadt.

»Dort unten liegt die *Pina*.« Der Beamte deutete auf ein Schiff der Küstenwache. Es lag direkt neben einer Autofähre am Kai. »Die *Pina* war vor drei Tagen draußen und hat die Rettungsaktion auf See geleitet. Fragt nach Capitano Andrelli, vielleicht kann der euch ja weiterhelfen.«

Er wollte Julian und Adria gerade aus seinem Büro verscheuchen, als das Telefon auf seinem Schreibtisch klingelte. Nachdem er kurz zugehört hatte, legte er wieder auf.

»Ihr habt wirklich Pech«, eröffnete er Julian und Adria. »Gerade ist ein neuer Notruf eingegangen. Ein Fischer hat oben am Kap ein manövrierunfähiges Flüchtlingsboot gemeldet. Capitano Andrelli läuft sofort aus.«

Julian überlegte nicht lange. »Los, komm!«, forderte er Adria auf. Dann rannten sie die Treppen hinunter.

Sie verließen das Gebäude, überquerten die Straße und schlängelten sich durch die Autos und das Gewusel am Hafen. Als sie die Anlegestelle der Küstenwache erreichten, war das Schiff bereits im Begriff abzulegen. Die Schiffsschraube wirbelte das schmutzige Hafenwasser auf, ein Matrose löste das letzte Tau vom Poller, warf es an Deck und sprang hinterher. Sie rannten los und Adria rief dem Matrosen noch etwas auf Italienisch zu, aber es war aussichtslos. Die *Pina* preschte bereits mit schäumender Bugwelle durch die Hafeneinfahrt hinaus aufs Meer.

»Und was jetzt?« Adria rang nach Luft.

Auf dem Pier hielt ein Taxi. Eine Gruppe Nonnen stieg aus und bewegte sich in Richtung einer Fähre.

»Vielleicht gibt es doch noch eine Möglichkeit!«, keuchte Julian und winkte dem Taxifahrer. Er hatte eine Idee: »Wenn keiner was über die Lebenden weiß, dann vielleicht über die Toten!«

30.

Ein kühler Schatten streichelte Yobas Gesicht. Der blaue Turban des Dschinns verdunkelte die Sonne.

»Du hast Glück, mein Junge«, sagte der Wüstengeist, während er sich über ihn beugte. »Allah schenkt dir dein Leben!«

Yoba wusste nicht, ob er sich fürchten oder erleichtert sein sollte. Den Tod hatte er sich jedenfalls ganz anders vorgestellt. Komisch fand er nur die vielen Dromedare, die offenbar das Paradies bevölkerten. Yoba hörte ihr Blöken und riechen konnte er sie auch.

Plötzlich benetzte ein Wassertropfen seine wunden Lippen. Gierig leckte er ihn ab und sofort schrie sein ausgedörrter Körper nach mehr. Aber der Dschinn mit der Wasserflasche war grausam, er gab ihm immer nur wenige Tropfen auf einmal. Wenn Yoba die Kraft gehabt hätte, hätte er diesem verfluchten Geist die Flasche aus der Hand gerissen. Dann spürte er, wie er von unsichtbaren Händen hochgehoben und davongetragen wurde. Jemand legte ihn in den Schatten eines Dromedars in den Sand und bestrich seine Arme und sein Gesicht mit einer schmierigen Paste. Danach hüllte man ihn vorsichtig in ein riesiges Tuch.

Der Dschinn mit dem Turban prüfte den Stand der Sonne und rief seinen Geistergefährten etwas zu. Dabei gab er jede Menge kratzige Laute von sich. Sofort löste sich die Dromedarreihe auf. Den brüllenden Tieren wurden mit einem Strick die Vorderhufe zusammengebunden, dann zwang man sie in die Knie. Unter lauten Kommandos wurden sie von ihrer Last befreit und versorgt. Nach getaner Arbeit setzten sich die Dromedarführer in den Sand und kochten auf einem mitgebrachten Gaskocher eine Kanne Tee.

Von all dem bekam Yoba nur wenig mit. Wie aus weiter Ferne nahm er die fremdartigen Geräusche um ihn herum wahr. Der freundliche Dschinn mit dem runzeligen Gesicht blieb die ganze Zeit an seiner Seite. Er schob seine Hand in Yobas Nacken und setzte ein Glas an seine Lippen. Die plötzliche Wärme des Tees erfüllte Yoba mit neuem Leben. Er öffnete die Augen und versuchte seinen Retter anzusehen.

»Danke«, röchelte er. Dann schlief er in den Armen des Wüstengeistes ein.

Wie lange er geschlafen hatte, konnte er nicht sagen. Als Yoba erwachte, lag er festgebunden und in Tücher gehüllt auf einem schaukelnden Dromedar. Neben ihm ging der alte Dschinn und führte das Tier am Halfter. Yoba blinzelte verwirrt in die Sonne. Ihrem Dromedar folgte eine Reihe von weiteren, schwer beladenen Tieren. Es mussten weit mehr als hundert sein und alle waren durch Stricke miteinander verbunden.

»Wo … wo bin ich?«, stammelte Yoba. Sein Kopf drohte jeden Moment zu platzen.

Der Dschinn sah im Gehen zu ihm hoch. Sein Gesicht war fast vollständig hinter dem blauen Tuch seines Turbans verborgen. Nur ein Sehschlitz war frei geblieben, durch den ihn zwei listige Augen anblitzten.

»Du hast einen gesunden Schlaf, Junge«, sagte der Dschinn in brüchigem Haussa. Er trug eine knöchellange Dschallaba und Yoba konnte ihn nur mit Mühe verstehen, denn der Stoff des Turbans dämpfte seine Stimme. Ohne anzuhalten, band er den Strick los, der Yoba auf den gleichmäßig schwankenden

Hirsesäcken auf dem Rücken des Dromedars festgehalten hatte.

Yoba richtete sich auf und krallte sich an den Säcken fest. »Wie … wie komme ich hierher?«

»Wir haben dich gefunden, Junge.« Der Dschinn redete mit rauer Stimme. »Du warst so gut wie tot. Die Geier haben uns den Weg gewiesen.«

Erst allmählich kehrte Yobas Erinnerung zurück. Und mit ihr der Durst. Der erbarmungslosen Sonne nach zu urteilen musste es fast Mittag sein. Als hätte der Dschinn seine Gedanken erraten, löste er einen mit Wasser gefüllten Lederbeutel vom Hals des Dromedars und reichte ihn hoch. Yoba trank in dankbaren, gierigen Schlucken.

Wie sich herausstellte, war er von einer der Salzkarawanen aufgelesen worden, die seit Jahrhunderten durch die Sahara zogen. Sie brachten Lebensmittel und Waren zu den Oasen und auf dem Rückweg transportierten sie das Salz der Wüste zu den Märkten im Süden. Yobas Retter war auch keineswegs ein Geist. Sein Name war Mustafa und er gehörte zum Volk der Tuareg. Fast sein ganzes Leben zog er schon als Karawanenführer, als Madugu, durch die Wüste, aber noch nie war er über einen halb verdursteten Jungen gestolpert. Der alte Tuareg hielt Yobas wundersame Rettung für ein Zeichen Allahs. Yoba hingegen war es ziemlich gleichgültig, ob der Allmächtige bei seiner Rettung die Finger mit im Spiel gehabt hatte. Seine Sorge galt allein Chioke.

»Wir müssen umkehren!«, röchelte er, als seine Kräfte allmählich zurückkehrten. »Mein Bruder ist vielleicht zurückgelassen worden. Wir müssen ihn suchen!«

Er richtete sich mühsam auf dem schwankenden Dromedar

auf und blickte zurück. Die Kette der mit Hirsesäcken und Kisten beladenen Tiere zog sich weit über die ausgedörrte Ebene. Ihr Ende verlor sich erst im gleißenden Sonnenlicht am Horizont.

Mustafa dirigierte das Leittier mit einem sanften Ruck am Zaumzeug durch eine Bodensenke. »Da draußen in der Wüste ist noch jemand?«, fragte er ungläubig.

»Ja, mein Bruder!«, stieß Yoba hervor. »Bitte! Er hat wahrscheinlich nicht zum Lastwagen zurückgefunden. Vielleicht irrt er jetzt allein durch die Wüste!«

Der alte Karawanenführer schüttelte bedächtig den Kopf. Obwohl man sein Gesicht nicht sehen konnte, verriet die Langsamkeit der Bewegung seine Traurigkeit. »Dann wirst du deinen Bruder nie mehr wiedersehen«, sagte er.

»Aber wir müssen es doch wenigstens versuchen!«, protestierte Yoba. Er schrie beinahe.

»Dafür ist es zu spät«, beschwichtigte ihn Mustafa. Er zog das Tuch von seinem Gesicht herunter und lächelte Yoba mitfühlend an. Sein Mund war voller schwärzlicher Stummel. »Bete für ihn! Wenn dein Bruder vom Weg abgekommen ist, können wir ihm nicht mehr helfen. Wo sollten wir ihn suchen?«

»Aber wir können ihn doch nicht einfach zurücklassen!«

»Einhundertzwanzig Dromedare können nicht einfach umkehren. Außerdem haben wir wegen dir schon genug Zeit verloren. Du musst dich damit abfinden, Junge.« Der Karawanenführer zog das um den Kopf geschlungene Tuch wieder über die Nase, so dass nur ein Sehschlitz blieb. Dann wendete er sich ab und ging schweigend weiter neben dem Dromedar her.

Yoba wurde schmerzlich bewusst, dass ihm jetzt nur noch eine Hoffnung blieb: Vielleicht hatte sein Bruder ja von alleine zum Lagerplatz zurückgefunden. Auch wenn er von der vergrabenen Gelddose nichts wusste, Mary würde bestimmt dafür sorgen, dass man ihn mitgenommen hatte. Das versuchte sich Yoba zumindest einzureden. Aber besser fühlte er sich dadurch nicht. Zum x-ten Mal verfluchte er seine Heimlichtuerei und übertriebene Vorsicht, denn er hätte das Geld nie ohne das Wissen seines Bruders vergraben dürfen. Sollte Chioke es geschafft haben, war er jetzt ohne einen einzigen Dollar in den Norden unterwegs. Ohne fremde Hilfe waren seine Überlebenschancen gleich null.

»Wohin gehen wir eigentlich?«, wollte Yoba nach einer Weile wissen. Er beugte sich von dem schwankenden Dromedar herab, damit der alte Tuareg ihn auch hörte. Seine Stimme war noch immer schwach und sein Hals fühlte sich an, als habe er mit Sand gegurgelt.

»Wir sind unterwegs zu einer Oase«, erwiderte der Tuareg, ohne seinen Blick von dem vor ihnen liegenden Weg abzuwenden. »Wir holen Salz, dann kehren wir wieder zurück.«

Yoba wusste, dass sein Lastwagen für einen ganzen Tag in einer Oase namens Dirkou haltmachen würde, bevor er seine Reise fortsetzte. Die Passagiere hatten sich darüber unterhalten. Mit ein wenig Glück konnte er ihn vielleicht dort einholen.

»Kommen wir auch an einer Oase namens Dirkou vorbei?«, krächzte er aufgeregt.

»Dirkou liegt nicht auf unserer Route«, erwiderte der Madugu. »Dort gibt es keine Salzgärten.«

»Und wie lange braucht man von dieser Salzoase nach Dirkou?«, drängte Yoba. »Ist das weit?«

»Es ist weder weit noch nah.« Ohne seinen Schritt zu verlangsamen, prüfte der alte Karawanenführer den Stand der Sonne. Sein Blick schweifte über den Horizont. »In der Wüste hat jeder Weg seine eigene Zeit, mein Junge. Wer das nicht versteht, ist verloren.«

Yoba war enttäuscht. »Und wann erreichen wir die Salzoase?«

»Bei Neumond.«

»Aber wann ist das? Ich meine, wie viele Tage sind wir noch unterwegs?«

»Eine Woche«, erwiderte Mustafa. »Vielleicht auch länger. Das hängt ganz allein von Allah und der Wüste ab.«

Damit brach für Yoba endgültig eine Welt zusammen. Den Lkw würde er unmöglich einholen können. Er würde nie erfahren, ob Chi-Chi in der Wüste zurückgeblieben war oder nicht.

Die folgenden Tage erlebte Yoba wie in Trance. Die Karawane zog durch die endlose Weite der Wüste, von morgens um fünf bis abends um zehn. Die schweißtreibende Monotonie tilgte schon bald jegliches Zeitgefühl. Nur die stampfenden Huftritte der Dromedare und das Knarzen ihrer festgezurrten Fracht durchbrachen die Stille. Die Tuareg unterhielten sich nur wenig. Tagsüber ritten sie stumm und in Tücher gehüllt auf den Rücken ihrer Tiere durch die glühende Einsamkeit. Yoba kam es so vor, als würden sie mit ihr verschmelzen. Erst wenn in der Nacht gerastet wurde, die Dromedare versorgt und die Gebete gen Mekka verrichtet waren, erwachten die Männer zum Leben. Dann wurde ausgiebig gespeist und heißer Tee mit Pfefferminzblättern geschlürft. Anschließend erzählte man sich im

Mondlicht unheimliche Geschichten. Obgleich sich die Wüstenmänner in einer fremden Sprache unterhielten, fand Yoba schnell heraus, dass sie fast alle von den Dschinns und ihrer grausamen Launenhaftigkeit handelten.

Trotz dieser kurzweiligen Unterbrechungen schien die tagtägliche Tortur einfach kein Ende zu nehmen. Dabei tat Mustafa alles, damit Yoba schnell wieder zu Kräften kam. Unter den Tuareg schien der alte Karawanenführer einen besonderen Respekt zu genießen, denn sie gehorchten ihm, ohne je zu murren. Als sei ihnen bewusst, dass ihr Überleben allein in der Hand ihres erfahrenen Madugu lag. Unterlief ihm ein Fehler, war die Karawane dem Tode geweiht. Die Wüste würde sie wie Unzählige vor ihnen einfach verschlucken. So als hätten sie nie existiert.

Yoba plagten hingegen ganz andere Gedanken. Mit jedem neuen Tag lastete das Schicksal seines Bruders schwerer auf seinen Schultern. Irgendwann hielt er es nicht mehr länger aus. Das ständige Geschaukel und die nervtötende Langsamkeit machten ihn wahnsinnig. Er sprang in den Sand und lief neben Mustafa her, der im Schneidersitz auf dem Dromedar sitzen blieb.

»Das dauert ja eine Ewigkeit!«, stöhnte Yoba. Er schlang das Tuch neu um den Kopf, so wie es ihm Mustafa gezeigt hatte. »Geht das nicht schneller? Ich meine, können wir nicht vorausreiten?«

»Warum hast du es so eilig?«, wunderte sich Mustafa. »Ohne Geduld erreicht niemand sein Ziel.«

»Das mag ja stimmen«, klagte Yoba, »aber ich brauche Gewissheit. Wenn mein Bruder noch lebt, muss ich ihn finden. So schnell wie möglich.«

»Und warum?«

»Weil er …«, Yoba zögerte. »Er ist ein bisschen komisch im Kopf, verstehst du? Wie ein Kind, das nicht erwachsen wird. Ohne mich werden ihn die Leute schlecht behandeln und ausnutzen.«

Der alte Karawanenführer gab seinem Dromedar einen sanften Klaps mit der Reitgerte und schwieg. Yoba stakste neben ihm durch den Sand. Die verwitterten Felsen und Steine waren in den letzten Tagen immer größeren Dünen gewichen. An manchen Stellen reichte das Sandmeer mittlerweile bis zum Horizont.

»Weißt du, was mich wundert?«, sagte Yoba, nachdem sie eine Weile nebeneinander durch den knöcheltiefen Sand gestapft waren. »Du hast mich nie gefragt, wie ich heiße oder woher ich komme.«

»Was spielt dein Name für eine Rolle?«, gab der alte Madugu zurück. »Du gehörst der Wüste. Und wo du herkommst, brauche ich nicht zu fragen.«

»Ach ja?«

Mustafa blickte über den Kopf seines Dromedars hinweg. Das blaue, um den Kopf gewickelte Tuch verbarg sein Gesicht.

»Seit Jahrhunderten ziehen Menschen auf der Suche nach Reichtum und Glück durch die Wüste«, sagte er. »Einige sterben, andere nicht. Allah allein trifft die Entscheidung.«

31.

Am Mittag des folgenden Tages kam die Salzoase endlich in Sicht. Inmitten der Eintönigkeit wirkte das Grün der Pflanzen wie ein zufällig dahingeworfener Farbtupfer. Yoba atmete erleichtert auf. Nach dem tagelangen Ritt konnte er es kaum erwarten, endlich von dem wankenden Dromedar herunterzukommen. Auch die Tiere schienen die nahe Erlösung zu spüren, denn sie drängten unruhig schnaubend vorwärts. Die Tuareg hatten alle Mühe, sie im Zaum zu halten.

Die Oase war viel größer, als er erwartet hatte. Flache, lehmfarbene Häuser duckten sich tief in die weitläufigen Palmenhaine, Vögel zwitscherten und Kinder spielten auf den Straßen. Nach der glühenden Wüste kam sich Yoba plötzlich vor wie im Paradies. Als sie an einem hölzernen, von einem Esel angetriebenen Wasserrad vorbeikamen, mit dem das kostbare Nass auf die Felder verteilt wurde, musste er sich zusammenreißen, um nicht in einen der gefüllten Bewässerungsgräben zu springen. Das sanfte Plätschern klang wie Engelsmusik und mit einem Mal wurde Yoba bewusst, wie schmutzig er war. Unter seinem weiten Tuareggewand war jeder Zentimeter seines Körpers von einem schmierigen Film aus Schweiß, Sand und Dreck überzogen. Hinzu kam der Gestank des Dromedars. Den, so vermutete Yoba, würde er wahrscheinlich nie mehr loswerden.

Mustafa führte die Karawane zu einem prächtigen Palmenhain am Rand der Oase. Dort machte er vor einer einfachen Hütte halt. Der alte Madugu zwang sein Dromedar mit seiner Reitgerte in die Knie und stieg ab. Yoba schwang sich ebenfalls vom Rücken des brüllenden Tieres und reckte ausgiebig seine schmerzenden Glieder. Die anderen Tuareg folgten Mustafas Beispiel und manövrierten ihre erschöpften Dromedare in den kühlen Schatten der Palmen. Sofort eilten Jungen mit Wassereimern herbei, um die Tränke für die Tiere zu füllen und beim Abladen der Waren zu helfen. Erst dann wurden die durstigen Dromedare in kleinen Gruppen zur Tränke geführt. Nur so ließ sich ein Chaos unter den Tieren verhindern.

»Mustafa!« Ein dicker Mann trat aus der armselig wirkenden Hütte. Er trug eine blitzsaubere Dschallaba und eine weiße Kappe auf dem Kopf. »Allah sei mit dir!«, begrüßte er den alten Madugu. »Wie war deine Reise?«

Der dicke Kaufmann und der alte Karawanenführer begrüßten sich nach Tuaregsitte, indem sie mehrmals ihre Fingerspitzen aufeinanderlegten.

»Sei gegrüßt, Ibrahim!«, sagte Mustafa.

»Ich habe schon auf dich gewartet«, lächelte der Kaufmann. »Ich habe mein bestes Salz für dich aufgehoben. Du wirst glücklich sein!« Mit einem energischen Wink dirigierte er zwei vorbeischlendernde Jungen zum Abladen der Dromedare.

Die Säcke und Kisten wurden unter einer zwischen den Palmen gespannten Plane aufgestapelt. Dort würden sie lagern, bis sie an umherziehende Nomaden oder in der Oase selbst verkauft wurden. Der dicke Kaufmann beaufsichtigte die Arbeit mit Argusaugen. Sichtlich zufrieden wandte er sich an Mustafa. »Ich sehe, du hast an die Seile gedacht, um die ich dich gebeten habe.«

Mustafa band einen Teil seines Turbans los und entblößte sein Gesicht. »Das habe ich. Und auch an das Kleid für deine Tochter.«

»Gut, gut. Dann steht der Hochzeit ja nichts mehr im Wege.« Ibrahim verdrehte die Augen. »Frauen machen einen arm, mein Freund! Nimm dich vor ihnen in Acht!«

Er lachte ausgiebig über seinen eigenen Witz.

»Komm, mein Freund, lass uns ein Glas Tee trinken und

Geschäfte machen.« Er fasste Mustafa am Arm, um ihn zu seiner unscheinbaren Hütte zu führen. Als er Yoba sah, der untätig herumstand und beim Abladen und Stapeln der Waren zusah, fuhr er ihn wütend an. »Was ist mit dir los, du Faulpelz! An die Arbeit! Oder soll ich dir Beine machen?«

»Er gehört zu mir«, mischte sich Mustafa ein. »Ich habe ihn aufgelesen. Er war halb tot.«

Ibrahim musterte Yoba mit prüfendem Blick. »Er sieht gesund aus«, meinte er. »Ich mache dir einen guten Preis.«

Mustafa legte die Hand auf Yobas Schulter. »Der Junge ist nicht verkäuflich. Er hat Allahs Segen.«

»Wie du willst.« Der Kaufmann zuckte mit den Schultern. »Es ist deine Entscheidung. Aber schade ist es trotzdem. Ich könnte ihn gut brauchen. Ich sage dir, heutzutage halten die Jungen nichts mehr aus. Sie sterben schon an einem winzigen Fieber! Du siehst einen verzweifelten Mann vor dir: Sag mir, soll ich mein Salz etwa selbst ernten?«

Draußen vor der Oase hatte Yoba die flachen Becken gesehen, in denen das salzhaltige Grundwasser der Oase zum Verdunsten gebracht wurde. Natürlich waren ihm sofort die dürren Kinder aufgefallen, die in den Becken das zurückgebliebene Salz mit bloßen Händen zusammenkratzten. Keiner der Kindersklaven war älter als er gewesen und ihre nackten Füße und Hände waren durch den ständigen Kontakt mit der salzigen Brühe ganz zerfressen. Schlagartig wurde sich Yoba seiner prekären Lage bewusst: Er war nur ein sechzehnjähriger Junge, ewig weit von zu Hause entfernt. Niemand wusste, wo er sich befand, keiner würde ihn jemals vermissen. Yoba sah sich betroffen um. Wenn man erst einmal in dieser abgelegenen Oase festsaß, gab es kein Entkommen mehr. Die Wüste da draußen war unüberwindbarer als jede von Menschenhand gebaute Mauer.

Der Kaufmann verschwand mit Mustafa in seiner Hütte. Yoba wusste nicht, was er tun sollte, deshalb setzte er sich unter eine Palme und sah den Jungen beim Abladen zu. Nachdem sie fertig waren, begannen sie damit, merkwürdige Kegel herbeizuschleppen. Sie waren hüfthoch und offenbar ziemlich schwer. Yoba bekam ein schlechtes Gewissen, weil er faul im Schatten saß und den schuftenden Jungen nicht half, aber er wollte auf jeden Fall den Eindruck vermeiden, dass er einer von ihnen sei. Also zog er sein Tagebuch heraus und begann zu schreiben. Er schrieb so lange, bis ihm nichts mehr einfiel und ihm die Augen zufielen. Er dämmerte in der Mittagshitze vor sich hin und allein die lästigen Fliegen hinderten ihn am Einschlafen.

Es dauerte eine gefühlte Ewigkeit, bis Mustafa endlich an der Seite des Kaufmanns wieder aus der Hütte kam.

»Du machst mich zum Bettler!«, zeterte Ibrahim. »Wenn meine Familie verhungern muss, trägst allein du die Verantwortung!« Er fuchtelte theatralisch in der Luft herum. »Warum lässt Ali auch seinen Madugu für sich verhandeln? Warum kommt er nicht selbst? Das ist nicht gerecht! Kaufleute sollten mit Kaufleuten verhandeln und nicht mit sturen Eseln!«

Der alte Karawanenführer lächelte. »Du wirst es überleben.« Er blickte seinem Geschäftspartner in die Augen. »Also, gilt dein Wort?«

Der Kaufmann blinzelte zu Yoba hinüber, der so tat, als döse er im Schatten vor sich hin. »Willst du es dir nicht noch einmal überlegen? Ich mache dir einen wirklich guten Preis.«

Mustafa ließ sich nicht beirren. »Ich will dein Wort! Bei deiner Ehre!«

Ibrahim wand sich unter dem harten Blick des Madugu.

»Okay, okay, wenn es dein Wille ist!«, stöhnte er schließlich. »Ich gebe dir mein Wort. Ich lasse ihn mitfahren, zufrieden? Aber Dirkou ist gefährlich. Zu viele vom Lastwagen gefallene Bettler. So wie dein schwarzer Freund da!« Er nickte in Yobas Richtung.

Der alte Karawanenführer zeigte sich unbeeindruckt. »Der Junge hat die Wüste überlebt. Er wird seinen Weg gehen, denn Allah hält seine Hand über ihn.« Damit war das Thema für ihn erledigt.

Der Kaufmann schüttelte verständnislos den Kopf. Dann strahlte er plötzlich: »Nun komm endlich mit, du Sturkopf!«, frohlockte er. »Ich zeige dir etwas, was dein Herz höherschlagen lässt!«

Er führte Mustafa zu den bereits herbeigeschafften Salzkegeln. Mustafa schien mit der Qualität des in Kegelform gepressten Salzes zufrieden zu sein, denn nur wenig später kam er zu Yoba herüber. Er zog seine bodenlange Dschallaba ein Stück nach oben, ging in die Hocke und hielt ihm eine Handvoll frisch geerntete Datteln hin.

»Hast du Hunger?«, fragte er. »Sie stammen von dem Baum, der dir Schatten spendet.«

Yoba griff mit Freude zu. Inzwischen hatte er diese süßen, kleinen Dinger lieben gelernt. Mustafa sah schweigend zu, wie er die Datteln nacheinander in sich hineinstopfte.

»Ibrahim wird dich mitnehmen«, sagte er. »Er hat Schwierigkeiten mit den Behörden und fährt deshalb morgen nach Dirkou. Vielleicht findest du dort deinen Bruder.«

Yoba wäre dem alten Madugu beinahe um den Hals gefallen. Im letzten Moment besann er sich eines Besseren.

»Und wie weit ist es von hier bis Dirkou?«, fragte er.

»Dirkou ist nur eine halbe Tagesreise entfernt«, antwortete Mustafa.

Yoba lehnte sich gegen den Baumstamm. Er verspürte eine unglaubliche Erleichterung. Wenn sein Bruder zu dem Lkw zurückgefunden hatte, würde er ihn finden. Vielleicht konnte er seinen Fehler wiedergutmachen.

Plötzlich hörte er ein lautes Klatschen, gefolgt von einem Wimmern. Der Kaufmann hatte einem seiner Jungen eine Ohrfeige verpasst, der sich nun heulend die Wange rieb. Yobas Miene verfinsterte sich.

»Meinst du, man kann diesem Sklaventreiber trauen?«, fragte er Mustafa skeptisch. »Er könnte mich doch einfach zu seinem Sklaven machen. So wie die anderen Jungs auch.«

»Du hast uns belauscht?« Mustafa war überrascht. »Dann verstehst du die Sprache der Tuareg?«

»Nein«, erklärte Yoba. »Aber mit solchen Typen wie dem kenne ich mich aus. Man muss doch nur die Augen aufmachen.«

Mustafa fasste ihn sanft am Unterarm. »Du hast viel erlebt, das sehe ich. Vertrau mir: Er wird dich zu deinem Bruder bringen.«

»Und wenn nicht?« Yoba blieb misstrauisch.

»Wenn er sein Wort bricht, steht die Hochzeit seiner Tochter unter keinem guten Stern«, erklärte der Madugu ernst. »Das würde er nie wagen. Er verehrt seine Tochter über alles. Außerdem würde ich ihn sonst töten.«

32.

Die Fahrt nach Dirkou dauerte mit Ibrahims Pick-up nicht einmal einen halben Tag. Der Kaufmann fuhr selbst, zwei seiner Jungen begleiteten ihn hinten auf der Ladefläche. Im Gegensatz zu ihnen durfte Yoba auf dem Beifahrersitz Platz nehmen. Wie er richtig vermutete, wollte der Kaufmann nicht, dass er sich mit seinen Sklavenjungen unterhielt und sie womöglich auf falsche Gedanken brachte. Vielleicht hatte er sogar vor, die beiden in Dirkou zu verkaufen oder einzutauschen. Yoba wusste es nicht. Auf jeden Fall wirkten die Jungen auf der Ladefläche überaus verängstigt. Zu gerne hätte Yoba den schwitzenden Sklavenhalter gefragt, warum er Kinder für sich arbeiten ließ. Aber das wagte er nicht, denn Mustafa konnte ihn jetzt nicht mehr beschützen. Alles hing davon ab, ob der Kaufmann Wort hielt oder nicht.

Mit Wehmut dachte er an den alten Karawanenführer zurück. Er würde ihn nie wiedersehen, dabei verdankte er ihm sein Leben und noch einiges mehr. Betrübt schaute Yoba aus dem Autofenster. Die Wüste bestand jetzt nur noch aus Sanddünen. Der Pick-up wühlte sich über einen steilen Hügel und der Motor jaulte gequält auf. Mehrmals drohte der Wagen stehen zu bleiben und durch sein eigenes Gewicht rückwärts wieder herunterzurutschen, aber zu Yobas Erstaunen war der dicke Kaufmann ein geschickter Fahrer. Mit viel Gefühl steuerte er den Wagen den Steilhang hinauf, und kaum hatten sie die Düne erklommen, ging es auf der anderen Seite in rasender Schlitterfahrt wieder bergab. Die beiden Jungen auf der Ladefläche hatten alle Mühe, nicht herunterzufallen. Auf diese Weise überwanden sie Düne um Düne, bis sie endlich die ersten Reifenspuren entdeckten und Ibrahim auf eine staubige Piste einbog. Ungefähr eine Stunde später krochen sie über einen letzten, gigantischen Hügel, dann erreichten sie Dirkou.

Die Oase lag mitten in einem Meer aus Sand und war weitaus größer als die Salzoase, aus der sie kamen. Was Yoba sofort auffiel, waren die aus rotem Lehm gebauten Häuser und die uniformierten Soldaten am Ortseingang. Als strategisch wichtige Transitstation diente Dirkou gleichzeitig als Militärlager.

Als sie in die Oase einfuhren, sah Yoba am Pistenrand einen Laster, der gerade erst aus der Wüste angekommen sein musste. Seine erschöpften Passagiere hatte man in ein mit Stacheldraht umzäuntes Areal getrieben, wo sie nun in der prallen Sonne auf dem Boden knieten. Sie waren von den Strapazen in der Wüste so entkräftet, dass sie kaum ihre Hände hinter dem Kopf halten konnten. Die Soldaten kümmerte der erbärmliche Zustand der Leute kaum. Einer nach dem anderen musste sein Gepäck an sich nehmen und wurde hinter eine halb verfallene Mauer geführt. Yoba erschauderte bei dem Gedanken, was ihnen hinter der Mauer blühte, wenn sie nichts zu »verschenken« hatten.

Ibrahim passierte die Kontrollstelle, ohne anzuhalten. Die Soldaten kannten den Salzhändler aus der benachbarten Oase. Sie winkten und riefen ihm im Vorbeifahren einen gut gelaunten Gruß zu. Vorsichtshalber machte sich Yoba auf dem Beifahrersitz ganz klein. Bei dem Gedanken, Chioke könnte vielleicht den brutalen Soldaten in die Hände gefallen sein, wurde ihm ganz flau im Magen. Sollte es Chi-Chi bis hierhin geschafft haben, musste er ihn so schnell wie möglich finden.

Ibrahim steuerte den Pick-up entlang der eher ärmlichen Häuserreihen und hielt direkt vor der Polizeistation. Kaum hatte er den vor Hitze glühenden Motor abgestellt, bedankte sich Yoba und bat ihn, den alten Madugu von ihm zu grüßen, dann machte er sich eilig aus dem Staub. Und dies im wahrsten Sinne des Wortes, denn alles in diesem Ort schien in Staub und Sand zu versinken. Wo das Wasser für die vielen Bäume herkam, war Yoba schleierhaft. Nicht einmal einen Brunnen konnte er entdecken. Also blieb ihm nichts anderes übrig, als sich, durstig, wie er war, an seine Nachforschungen zu machen und herauszufinden, ob jemand Chioke gesehen hatte.

Da die Oase gleichzeitig als Militärstützpunkt fungierte, traf man an jeder Ecke auf Soldaten. Yoba musste auf der Hut sein. Möglichst unauffällig sprach er jeden an, der eine schwarze Hautfarbe hatte und wie ein Flüchtling aussah. Um die Einheimischen machte er einen großen Bogen. Aber niemandem war ein stummer Junge in einem Fußballtrikot aufgefallen. Auch auf dem Platz, auf dem die Lkws aus der Wüste ankamen, erntete er nur Kopfschütteln. Er erkundigte sich bei den ortsansässigen Menschenschleusern, den Fahrern der pausierenden Lkws, sogar die an allen Ecken herumlungernden Gestrandeten bedrängte er mit seinen Fragen – aber es war aussichtslos. Niemand konnte ihm weiterhelfen. Auf dem Autoplatz herrschte ein ständiges Kommen und Gehen. Beinahe stündlich trafen neue Laster mit erschöpften Flüchtlingen aus Agadez ein, andere wiederum rüsteten sich bereits zur Weiterreise in den Norden.

Zutiefst ernüchtert sah sich Yoba nach einem schattigen Platz um. Er musste sich unbedingt ein wenig ausruhen. Er wusste nicht, was er jetzt tun sollte. Sollte er versuchen ihren

Lkw einzuholen? Oder war es doch besser, hier nach Chioke weiterzusuchen?

Frustriert griff Yoba in seine Hosentasche. Noch besaß er drei Dollar, und wenn er es geschickt anstellte und sparte, konnte er davon eine Woche überleben. Wie auf Kommando meldete sich sein leerer Bauch mit einem energischen Knurren. Yoba wurde sich bewusst, dass er seit dem frühen Morgen nichts mehr gegessen hatte. Die Datteln, die ihm der alte Madugu mit auf die Reise gegeben hatte, waren längst aufgegessen. Da er jetzt unbedingt Kraft brauchte, um seine Suche fortzusetzen, beschloss er einen Teil des Geldes in einen Teller dicke Bohnen zu investieren. Einen kleinen Stand, der warmes Essen verkaufte, hatte er bereits entdeckt. Plötzlich stutzte er.

Auf der anderen Seite der sandigen Gasse stützte sich eine gekrümmte Gestalt an der Lehmwand ab und schlurfte langsam vorwärts. Sie hielt etwas vor den Bauch gedrückt. Yoba sprang auf die Füße. Es gab keinen Zweifel: Das da drüben war Mary! Er erkannte die junge Mutter sofort an dem ungewöhnlichen Blumenmuster ihres Wickelrocks wieder.

Er rannte zu ihr. »Mary!«, rief er aufgeregt. »Ich bin's! Yoba!«

Die gekrümmte Gestalt reagierte nicht. Erst als Yoba sie eingeholt hatte und am Arm berührte, blieb sie stehen und drehte sich um. Yoba erschrak. Dieser Mensch hatte nur noch wenig Ähnlichkeit mit der hübschen jungen Frau, die er vor zwei Wochen auf der Ladefläche des Lastwagens kennengelernt hatte. Mary umklammerte das Bündel mit ihrem Baby und starrte ihn aus weit aufgerissenen Augen an. Ihr Gesicht war voller Schmutz und ein penetranter Gestank ging von ihr aus.

»Mary!«, versuchte Yoba es erneut. »Erkennst du mich denn

nicht? Ich bin's, Yoba! Mein Bruder und ich waren auf dem gleichen Laster wie du!«

Mary kicherte wirr und drückte ihr Baby noch fester an sich. Yoba war verzweifelt.

»Weißt du, wo mein Bruder ist? Ich muss ihn finden!«

Mary schlug um sich und fing an zu schreien. Sie wollte weglaufen, aber nach wenigen Metern landete sie in den Armen von zwei Polizisten.

»Haben wir dich endlich, Frau!«, sagte der größere der beiden. Er war dünn wie eine Bohnenstange. »Du kommst jetzt mit. Also, sei vernünftig!«

Er packte Mary grob am Handgelenk. Sie wollte sich losreißen, und als ihr das nicht gelang, versuchte sie den Mann zu beißen. Der zweite Polizist eilte ihm zu Hilfe.

»Bitte!«, flehte Yoba die Polizisten an. »Lasst sie! Sie weiß vielleicht, wo mein Bruder ist! Bitte!«

Die Polizisten beachteten ihn gar nicht. Stattdessen entrissen sie Mary grob ihr Bündel.

»Aber … aber das Baby!«, stotterte Yoba.

»Das Baby ist schon lange tot. Und jetzt hau ab! Sonst kannst du die Verrückte hier begleiten!«

Yoba war unfähig sich zu rühren. »Was … was ist denn mit ihr passiert?«

»Ihr Lkw ist überfallen worden«, erklärte der kleinere der Polizisten. Er war jünger und hatte offenbar mehr Mitleid mit Mary als sein Kollege. »Die Banditen haben sie vergewaltigt und dann ist auch noch ihr Baby gestorben. Seitdem hat sie den Verstand verloren.«

»Und … was wird jetzt aus ihr?«, wollte Yoba wissen.

»Die anderen auf dem Laster haben sie hiergelassen. Sie

wollten sie nicht länger mitnehmen.« Mary strampelte und der Polizist versuchte sie festzuhalten. »Wir haben Befehl, sie von der Straße zu holen, weil sich die Dorfältesten beschwert haben.«

»Was geht dich das überhaupt an?«, schnauzte sein Kollege Yoba an. Er drehte Mary den Arm auf den Rücken. Sie schrie. »Ist sie vielleicht eine Verwandte von dir?«

»Nein, nein!«, wehrte Yoba entgeistert ab. »Wir haben uns nur vor einiger Zeit getroffen.«

Mary tat ihm wirklich leid, aber wie sollte er ihr helfen? Schließlich besaß er weder einen Ausweis noch genügend Geld, um die Polizisten vielleicht bestechen zu können und Mary freizukaufen.

Er schluckte. »Ich ... ich suche meinen kleinen Bruder. Haben Sie ihn vielleicht gesehen? Er trägt ein Barcelona-Trikot.«

Yobas Hoffnung erstarb augenblicklich, denn der junge Polizist schüttelte nur den Kopf. »Tut mir leid, Kleiner. Und jetzt geh woanders betteln!«

»Du könntest in den Salzgärten nachsehen!« Sein hagerer Kollege grinste gehässig. »Dort arbeiten viele Jungen.«

Dann drückte er Mary den verdrehten Arm ins Kreuz und stieß sie vorwärts. Völlig verstört sah Yoba dabei zu, wie die Polizisten Mary abführten. Sie heulte wie ein verwundetes Tier und rief immerfort nach ihrem Baby. Schon bald liefen von überall her Kinder zusammen. Die Leute streckten die Köpfe aus ihren Häusern und die Kanuri, die Händler unter den Vordächern aus Palmwedeln, kommentierten das ganze Spektakel.

Yoba war der Hunger inzwischen gründlich vergangen. Erschüttert kehrte er zurück in den Schatten, holte sein Tagebuch hervor und begann zu schreiben. Das half ihm, seine Gedanken zu ordnen und wieder einen klaren Kopf zu bekommen. So wie es aussah, war der Lkw aus Agadez von Banditen überfallen worden. Ob sein Bruder auf dem Laster war, wusste er nicht. Wenn ja, konnte er nur hoffen, dass ihm nichts passiert war. Danach war der überfallene Lkw offenbar doch noch hier in der Oase angekommen. Er hatte wahrscheinlich einen Tag Pause gemacht, so wie die meisten Lkws, und war dann ohne die arme Mary weitergefahren. Da er seinen Bruder in Dirkou nicht finden konnte, blieben also nur zwei Möglichkeiten: Entweder war Chi-Chi in der Wüste ums Leben gekommen oder er war auf dem Lkw weiter in Richtung Norden gefahren.

Dass die Banditen Chi-Chi vielleicht entführt haben könnten, um ihn als Kindersklaven zu verkaufen, daran mochte Yoba gar nicht erst denken. Stattdessen fasste er einen Entschluss. Er würde dem Lkw so lange weiter folgen, bis er wusste, was mit Chioke passiert war. Auch wenn er vielleicht wirklich in der Wüste zurückgelassen wurde – Yoba brauchte Gewissheit. Eine Idee, wie er sich ohne Geld auf einen der nach Norden fahrenden Lkws schmuggeln konnte, hatte er bereits.

33.

»Das ist verrückt!«, flüsterte Adria und blickte sich ängstlich um. »Lass uns lieber umkehren!«

Sie war zum ersten Mal in einem Leichenschauhaus und es gefiel ihr ganz und gar nicht. Das künstliche Licht an der Decke ließ den langen Gang vor ihnen noch unwirklicher erscheinen. Es war absolut still. Allein die unsichtbare Klimaanlage summte.

»Wir sollten gar nicht hier sein!«, raunte Adria. »Hier riecht es ganz komisch. Außerdem ist mir saukalt!« Sie trug lediglich ein ärmelloses Sommerkleid und schlang daher fröstelnd ihre Arme um die Schultern.

»Wir beeilen uns!«, sagte Julian leise und unterdrückte ein Grinsen. Dann rief er, so laut er konnte: »Hallo! Ist hier jemand?«

Niemand antwortete. Das gesamte Gebäude schien wie ausgestorben.

»Lass uns lieber gehen!«, bettelte Adria. »Bitte!«

»Ja, gleich!« Julian war vor einer Flügeltür aus Metall stehen geblieben. Das italienische Schild konnte er nicht lesen, aber es war unschwer zu erraten, dass der Zutritt für Unbefugte verboten war. Und Verbotsschilder empfand er schon immer als persönliche Einladung. Egal in welcher Sprache. Also schlüpfte er durch die Flügeltür. Adria blieb nichts anderes übrig, als ihm zu folgen.

Der Raum war dunkel und es dauerte etwas, bis Julian den Lichtschalter gefunden hatte. Er kam sich ziemlich wagemutig vor, aber als die Neonröhre an der Decke flackernd aufleuchtete, wurde er sofort wieder auf den Boden der Tatsachen zurückgeholt. In der Mitte des gekachelten Raumes thronte ein blank polierter Stahltisch mit einem Abfluss, der in den Boden eingelassen war. Daneben stand ein Rollwagen mit Sägen, Zangen und anderen Utensilien bereit.

Die Farbe wich aus Julians Gesicht. Er wollte gerade auf dem Absatz kehrtmachen, als hinter ihm die Flügeltür gegen die Wand knallte. Adria stieß vor Schreck einen Schrei aus und grub ihre Fingernägel in Julians Arm.

Ein Mann mit Glatze und Kittel rollte eine Bahre in den Raum, auf der ein mit einem Laken zugedeckter Körper lag.

»Wer zum Teufel seid ihr?«, entfuhr es ihm auf Italienisch, als er die beiden Eindringlinge bemerkte. »Was habt ihr hier verloren?«

»Wir … wir suchen jemanden«, stotterte Adria, ohne Julians Arm loszulassen.

»Das ist ein Leichenschauhaus! Hier kann man nicht einfach so reinspazieren!«

»Aber am Empfang war niemand!«, erwiderte Adria tapfer.

Sie bemühte sich um ein unschuldiges Lächeln, woraufhin der Pathologe ein stummes Stoßgebet gen Himmel schickte. »Wahrscheinlich ist Lorena mal wieder ›kurz‹ einkaufen!«, seufzte er. »Es ist immer dasselbe mit diesen Praktikanten!«

Er gab der Bahre mit der zugedeckten Leiche einen Schubs und rollte sie neben den Stahltisch.

»Fass mal mit an!«, forderte er Julian auf Italienisch auf.

Julian rührte sich nicht. Er verstand kein Wort.

»Du sollst ihm helfen!« Adria knuffte ihn in die Seite.

»*Was, ich?*«, fragte Julian entsetzt.

»Es war deine Idee, also stell dich nicht so an!«, flüsterte ihm Adria zu. Dem Pathologen gegenüber machte sie eine entschuldigende Geste. »Er versteht leider nur Deutsch.«

Julian trat zögernd neben die Bahre. Trotz der Kälte hier unten begann er zu schwitzen, aber kneifen konnte er jetzt auch nicht. Adria sollte ihn ja nicht für einen Feigling halten. Also sprang Julian wohl oder übel über seinen eigenen Schatten.

Der Pathologe bedeutete ihm, die Füße zu nehmen, er selbst umfasste den Oberkörper. Dann wuchteten sie die Leiche auf sein Kommando hin auf den Stahltisch. Julian war heilfroh, dass das Laken dabei nicht verrutschte.

»Geht doch!«, meinte der Pathologe und klopfte ihm auf die Schulter. »Und jetzt raus hier!«

Er führte Adria und Julian auf den Gang hinaus, wo er eine zerknautschte Schachtel aus der Tasche seines Kittels fischte und sich mit nikotingelben Fingern eine Zigarette anzündete. Erleichtert blies er eine Wolke in Richtung des Rauchmelders.

»Der funktioniert sowieso nicht!«, meinte er, als er Julians verunsicherten Blick bemerkte. »Hat er noch nie!« Er sog gierig an seiner Zigarette. »Also, jetzt mal raus mit der Sprache. Was macht ihr hier?«

»Wir suchen einen afrikanischen Jungen«, erklärte Adria. »Er muss auf dem Flüchtlingsschiff gewesen sein, das vor zwei oder drei Tagen draußen vor der Küste gesunken ist.«

»Und warum?«

»Weil wir ihm was zurückgeben wollen.«

Der Pathologe stutzte. »Einem Toten?«

»Nein, das nicht«, erwiderte Adria verlegen. »Wir ... wir haben nur gedacht, wenn der Junge nicht mehr lebt, müssen wir nicht weiter nach ihm suchen.«

Der Pathologe zerdrückte die Zigarette mit seiner Schuhspitze, öffnete ein altertümliches Fenster und schnippte die Kippe hinaus. Verkehrslärm und ein Schwall warmer sizilianischer Sommerluft schwappte ihnen entgegen. Dann schloss er das Fenster wieder.

»Bitte!«, bettelte Adria. »Sie müssen uns helfen!«

Julian fühlte einen kleinen Stich, denn Adria bedachte den Pathologen mit einem unwiderstehlichen Lächeln.

»Ihr sucht also einen schwarzen Jungen?« Der junge Arzt rieb sich das Kinn und tat so, als würde er nachdenken. In Wahrheit begutachtete er jeden Zentimeter von Adrias Körper.

»Nun ja«, meinte er endlich. »Vielleicht habe ich da wirklich etwas für euch.« Er grinste. »Gestern frisch eingetroffen.«

Er forderte die beiden mit einem Wink auf, ihm zu folgen. Sie verließen das Gebäude, überquerten einen kleinen Hof und betraten einen ultramodernen Neubau. Im gläsernen Foyer roch es sogar noch nach frischer Farbe.

»Das haben wir der EU zu verdanken!«, erklärte der Pathologe, während er voraneilte. »Damit auch ja nichts durcheinanderkommt.«

»Sie meinen, hier liegen nur ertrunkene Flüchtlinge?«, fragte Adria.

»Bis zur Decke!«, schimpfte der Arzt. »Fein säuberlich aufgereiht und durchnummeriert.«

Julian verstand zwar kein Wort, aber er beobachtete, wie der junge Arzt seine Fäuste in den Kitteltaschen ballte.

»Was hat er gesagt?«, wollte er von Adria wissen.

»Hier in dem neuen Gebäude liegen ausschließlich Afrikaner«, erklärte sie mit gedämpfter Stimme. »Den Rest erzähle ich dir später. Wie willst du eigentlich erkennen, ob es der richtige Junge ist?«

Julian zuckte mit den Achseln. »Dieser Yoba muss ungefähr in meinem Alter sein. Und sein kleiner Bruder hat Narben auf der Brust.«

»Was für Narben?«

»Von einer Voodoo-Zeremonie«, raunte Julian.

»Oh, Gott!«, entfuhr es Adria. »Das hört sich ja furchtbar an!«

»So, da wären wir!« Der vorausstürmende Pathologe betätigte einen Schalter und mit einem Surren schwangen die Flügel einer breiten Stahltür auf.

»Äh, ich warte hier«, meinte Adria, nachdem der Arzt im Kühlraum verschwunden war.

»Ganz sicher?« Julian sah sie prüfend an.

»Glaub mir, ich war mir noch nie im Leben so sicher!«, erwiderte Adria, während die Tür wieder zuging. Außerdem war das Ganze deine Idee.«

»Okay, schon kapiert!«, meinte Julian lässig. Gleichzeitig verfluchte er sich selbst, denn nun gab es kein Zurück mehr, ohne wie ein Großmaul dazustehen.

Julian atmete tief durch, dann drückte er den Schalter und die automatische Tür schwang erneut auf. Als er den riesigen, taghell erleuchteten Kühlraum betrat, schlug ihm ein beißender Chemikaliengestank entgegen. Instinktiv hielt er sich die Nase zu. Der Pathologe schritt bereits die meterlangen, mit beschrifteten Schubfächern versehenen Wände ab.

»Dann wollen wir mal ...« Er zog eines der Schubfächer ein Stück weit heraus und warf einen kurzen Blick hinein. »Fehlanzeige. Die hier sind schon zwei Wochen alt. War ein Schlauchboot mit drei kompletten Familien.« Julian verstand natürlich kein Wort.

Er stieß die Schublade schwungvoll zurück und wechselte auf die gegenüberliegende Seite, wo er ein weiteres Fach öffnete.

»Na, wer sagt's denn!«, rief er. Gleichzeitig zog er die hüfthohe Lade vollständig heraus und winkte Julian zu sich.

Julian war immer noch mulmig zu Mute, aber er bewegte sich

trotzdem wie ein ferngesteuerter Roboter und trat näher. In dem Schubfach lag der aufgequollene Leichnam eines afrikanischen Kindes. Der Junge konnte höchstens vier oder fünf Jahre alt gewesen sein, als er im Meer ertrunken war. Sein Gesicht war bis zur Unkenntlichkeit aufgedunsen.

»Und? Ist er das?«, fragte der Pathologe interessiert.

Julian schaffte es gerade noch, den Kopf zu schütteln. Dann stürmte er aus dem Kühlraum und hätte auf dem Flur beinahe Adria über den Haufen gerannt.

34.

Yoba hatte alles genau geplant. Den ganzen Nachmittag über hatte er das Kommen und Gehen der Laster auf dem Autoplatz beobachtet. Nachdem er herausgefunden hatte, welcher von ihnen als nächster zur libyschen Grenze aufbrach, war er losgezogen, um mit seinem letzten Geld ein mageres, viel zu lange gebratenes Hühnchen zu kaufen. Unterwegs hatte er eine verrostete Konservendose aufgelesen, sie mit Steinen gefüllt und anschließend die Öffnung so verbogen, dass die Steine nicht mehr herausfallen konnten. Danach hatte er eine Schnur an der Dose befestigt und sich einen sicheren Schlafplatz für die Nacht gesucht.

Am nächsten Morgen war er noch vor dem ersten Hahnenschrei wieder auf den Beinen. Einige Passagiere des Lasters schliefen noch, andere beteten oder verrichteten ihre Morgentoilette. Yoba schlich sich unauffällig näher heran. Die beiden Fahrer tranken bereits ihren Morgentee. Er musste sich beeilen, denn bis zur Abfahrt blieb ihm nicht mehr viel Zeit. Yoba sah sich suchend um, und als er den abgemagerten, zotteligen Hund entdeckte, atmete er erleichtert auf.

Yoba fand, er sah von allen streunenden Hunden auf dem Autoplatz am gefährlichsten aus. Mit dem Hähnchen in der Tasche pirschte er sich an den Hund und sein dösendes Rudel heran. Die Kreatur beäugte ihn misstrauisch, aber als Yoba ihr ein Stück gebratenes Hühnchen hinwarf, zögerte sie keine Sekunde. Blitzschnell war das Hühnchen in ihrem Rachen verschwunden.

Yoba mochte Hunde nicht besonders. Zu Hause in seinem Dorf landeten sie allenfalls im Kochtopf, aber ihm blieb keine

Wahl. Als er hörte, wie die Fahrer die Passagiere anwiesen sich mit ihrem Gepäck in einer Reihe aufzustellen, trat Stufe zwei seines Plans in Kraft. Yoba lockte den Hund mit dem Fleisch unauffällig zu dem abfahrbereiten Laster. Als er nahe genug dran war, warf er der gierigen Kreatur eine Schlinge um den Kopf, an deren Ende er die mit Steinen gefüllte Konservendose befestigt hatte. Der Hund hielt kurz inne, dann legte er los. Er versuchte die Schlinge abzuschütteln, aber je heftiger er sich wehrte, desto lauter schepperte die Dose an ihrem Ende. Der Hund raste wie eine Furie zwischen den Passagieren hin und her, woraufhin ein wildes Durcheinander losbrach. Die Reisenden ließen ihr Gepäck fallen und rannten schreiend drauflos, jeder versuchte sich vor der rasenden Bestie in Sicherheit zu bringen. Das war der Moment, auf den Yoba gewartet hatte. Er nutzte die Verwirrung, um mit seinem Wasserkanister unbemerkt an Bord des startbereiten Lasters zu schlüpfen. Kaum war er oben, drückte er sich so tief wie möglich in die Ecke der Ladefläche.

Die hohe Seitenwand versperrte ihm die Sicht, aber dem Lärm nach zu urteilen beruhigte sich die Situation allmählich wieder. Der Hund war entweder die Dose losgeworden oder man hatte ihn vom Platz gejagt. Die Fahrer ließen die Reisenden gerade erneut eine Reihe bilden. Jetzt konnte Yoba nur hoffen, dass sie den Laster nicht noch einmal auf blinde Passagiere hin kontrollierten, so wie sie es zuvor getan hatten. Er wagte kaum zu atmen.

Jeder einzelne Fahrschein wurde geprüft. Erst danach durften die Leute ihr Gepäck und ihre Wasserkanister an dem Laster befestigen und aufsteigen. Die anderen mussten so lange warten. Yoba hatte großes Glück. Die Ersten, die den Laster bestiegen und ihn zusammengekauert auf der Ladefläche entdeckten, schauten ihn zwar verwundert an, sagten aber nichts. Yoba tat seinerseits sein Bestes. Er lächelte sein unverbindlichstes Lächeln und begrüßte die verdutzten Fremden wie alte Bekannte. Das tat er mit jedem einzelnen Neuankömmling, bis die Ladefläche so weit gefüllt war, dass er hinter einer Wand aus Menschenleibern verschwand. Endlich konnte er aufatmen. Er hatte es ohne Fahrschein auf einen der Laster geschafft!

Die Weiterfahrt durch die Wüste unterschied sich nicht im Geringsten von Yobas erster Fahrt. Außer vielleicht, dass der Lkw noch voller war und noch langsamer durch die glühende Landschaft kroch. Auch war diesmal keine Frau oder ein Baby mit dabei, die Reisenden waren ausnahmslos junge Männer. Sie besaßen die unterschiedlichsten Nationalitäten und verständigten sich auf Französisch, Englisch oder Haussa. Was die Strapazen betraf, war ebenfalls alles wie vorher. Von Sonnenaufgang bis Sonnenuntergang in glühender Hitze zusammengepfercht auf der Ladefläche zu stehen brachte einen schnell an den Rand des Wahnsinns. Das erforderte weit mehr als nur Disziplin und Durchhaltevermögen. Zumal die Sahara ihr Übriges dazutat. Nachdem der schwankende Lastwagen Dirkou verlassen hatte, war die Wüste noch fast weiß gewesen. Hunderte von Reifen hatten ihre Spuren auf dem brettharten, mit Salz durchsetzten Sand hinterlassen. Hinter dem Felsplateau zu ihrer Rechten erhoben sich riesige Dünen. Einige Stunden später hatten sich die Reifenspuren in der verbrannten Landschaft verloren. Dafür tauchte am flimmernden Horizont eine einsame Bergspitze auf. Yoba gewann den Eindruck, dass die Fahrer den fernen Berg als Orientierungshilfe benutzten, denn soweit es die Bodenverhältnisse zuließen, hielten sie genau darauf zu.

Diesmal konnte Yoba alles sehen, weil er einen Platz auf der meterdicken Gepäckschicht ergattert hatte. Einen gefüllten Wasserkanister besaß er ebenfalls. Den hatte er am Abend zuvor noch bei einem der Wasserhändler erstanden. Sein einziges Problem war das Essen. Um Proviant zu kaufen, hatte sein Geld nicht mehr gereicht, und das Hühnchen hatte er fast komplett an den Hund verfüttert. So dauerte es nicht lange, bis der Hunger an seinen Eingeweiden zu nagen begann und ihm keine Ruhe mehr ließ. Jedes Mal wenn sie nach Sonnenuntergang ihr Nachtlager aufschlugen und die Erwachsenen ihren Proviant auspackten, musste er sich zusammenreißen, um nicht wie ein Raubtier über das fremde Essen herzufallen. Natürlich blieb Yobas Enthaltsamkeit den Mitreisenden ebenso wenig verborgen wie seine begehrlichen Blicke. Schließlich erbarmte sich ein älterer Mann. Er hieß Yusuf und stammte aus dem Sudan. Ursprünglich war er Koch gewesen, aber das Krankenhaus, in dem er gearbeitet hatte, war im Bürgerkrieg bis auf die Grundmauern niedergebrannt.

»Hast du keinen Proviant?«, wollte er von Yoba wissen. Es war am zweiten Tag seiner unfreiwilligen Fastenzeit.

»Ich konnte keinen mehr kaufen«, erklärte Yoba. »Ich habe kein Geld mehr.«

»Du bist ohne etwas zu essen unterwegs?« Der Sudanese schüttelte ungläubig den Kopf. »Das ist wirklich leichtsinnig, mein Junge!«

»Ich weiß, aber ich muss meinen Bruder finden. Bitte! Können Sie mir nicht ein bisschen abgeben?« Yoba deutete auf die offene Konservendose in Yusufs Hand. Sie enthielt eingelegte Auberginen.

Yusuf reichte Yoba die Dose, woraufhin er sich sofort über das ihm unbekannte Gemüse hermachte. Das glitschige Zeug schmeckte nicht sonderlich gut, trotzdem musste er sich zurückhalten, um nicht die ganze Dose zu verschlingen. Das wäre unhöflich gewesen.

Der Sudanese sah ihm neugierig zu. »Wie kommst du überhaupt auf unseren Laster?«, fragte er. »Als wir in Agadez losgefahren sind, habe ich dich nicht gesehen. Das könnte ich beschwören.«

»Mein Laster ist ohne mich weitergefahren«, nuschelte Yoba mit vollem Mund. »Jetzt versuche ich ihn wieder einzuholen!«

Yusuf kratzte sich am unrasierten Kinn. »Dann hast du wahrscheinlich auch keinen Fahrschein, nehme ich an.«

»Nicht für diesen Laster«, erwiderte Yoba, während er mit schmutzigen Fingern ein letztes Gemüsestück aus dem Essigwasser fingerte. Er steckte es in den Mund und sah den Mann an. »Verraten Sie mich jetzt an die Fahrer?«

Als der ehemalige Koch die Angst in Yobas Augen sah, schmunzelte er. »Keine Sorge, mein Junge. Die Fahrer sind ausnahmsweise in Ordnung. Sie werden dich schon nicht in der Wüste aussetzen. Was auf der Ladefläche passiert, interessiert sie ohnehin nicht.« Er erhob sich. »Und wegen dem Essen rede ich mit den anderen. Wenn jeder von uns etwas abgibt, kriegen wir dich schon durch.«

Yusuf überließ Yoba den kläglichen Rest in der Konservendose und gesellte sich zu seinen Freunden. Kurz darauf kam er zurück und brachte ihm eine Decke. In der folgenden Nacht schlief Yoba ausgezeichnet. Zum ersten Mal seit langer Zeit.

35.

Am nächsten Tag ging es noch vor Sonnenaufgang wieder los. Yoba konnte seinen Platz auf dem an den Seitenwänden festgezurrten Gepäck erfolgreich verteidigen. Dort war man zwar stundenlang der glühenden Sonne ausgesetzt, aber im Gegensatz zur überfüllten Ladefläche konnte man wenigstens sitzen und etwas sehen.

Bislang waren die Fahrer nicht auf ihn aufmerksam geworden. Yoba wusste nicht, ob Yusuf mit ihnen geredet hatte und sie über ihn Bescheid wussten. Beide Fahrer waren Libyer, wobei der größere von ihnen eine wesentlich dunklere Haut hatte. Außerdem trug er einen schwarzen Vollbart. Yoba wusste, dass die Bärtigen meist besonders fromm waren. Yusuf hatte sich nicht geirrt. Wie sich herausstellte, waren beide Fahrer überraschend hilfsbereit. So warteten sie zum Beispiel mit dem Losfahren, bis wirklich alle aufgestiegen waren. Yoba hatte oft genug beobachtet, wie die Lkw-Fahrer ihren Spaß mit den Flüchtlingen trieben, indem sie »Aufsteigen!« brüllten und gleichzeitig auf das Gas traten. Das verzweifelte Gedränge der hinterherrennenden Leute amüsierte sie jedes Mal aufs Neue.

Yoba schlang das meterlange Tuch, das ihm der alte Karawanenführer in der Oase zum Abschied geschenkt hatte, nach Tuareg-Art um den Kopf. Das Tuchende steckte er jedoch nicht fest, sondern drapierte es über seine ungeschützten Schultern und die Oberarme. Jetzt war er komplett eingehüllt, nur ein Sehschlitz war noch frei. In der Wüste darf einen die Sonne nicht finden, hatte ihm Mustafa eingeschärft.

Derart gerüstet richtete sich Yoba auf einen weiteren eintönigen und strapaziösen Tag auf dem Laster ein. Das ständige Schaukeln, das Dröhnen des überlasteten Motors, der Gestank des Diesels – all das war ihm inzwischen vertraut. Auch die Tricks der Dschinns funktionierten bei ihm nicht mehr. Auf die vielfältigen Sinnestäuschungen im gleißenden Sonnenlicht der Wüste fiel er nicht mehr länger herein. Deshalb schenkte er dem merkwürdigen dunklen Punkt am Horizont auch keine große Beachtung. Mal tauchte er auf, dann war er wieder verschwunden. Erst als sie näherkamen, erkannte Yoba, dass es sich nicht um eine Sinnestäuschung handelte, sondern um einen anderen Lkw.

Der Laster steckte mit der Hinterachse tief im Sand. Seine der Verzweiflung nahen Passagiere drückten sich, so gut es ging, in seinen schmalen Schatten. Es war bereits Nachmittag, aber die Sonne stand noch immer hoch und so reichte der Schattenstreifen beileibe nicht für alle. Als sie Yobas Lkw entdeckten, brach unter den Unglücklichen erlösender Jubel aus.

Wie sich herausstellte, waren sie aus dem Norden gekommen. Während eines Sandsturms war ihr Laster von der Piste abgekommen und so lange durch die Wüste geirrt, bis er mit einem Motorschaden liegengeblieben war. Jetzt saßen sie schon seit Tagen hier fest. Noch hatten sie genug zu essen, aber das Wasser war bereits bedrohlich knapp. Yobas Fahrer beschlossen daraufhin, den im Sandmeer gestrandeten Menschen zu helfen. Jeder musste etwas von seinen Wasservorräten abgeben, auch Yoba opferte zwei Tagesrationen der warmen Brühe aus seinem Kanister. Da er bislang sehr sparsam gewesen war, besaß er danach trotzdem noch mehr als genug.

Nachdem der erste Durst gestillt war, wurde ein gemeinsames Nachtlager aufgeschlagen. Nicht nur Yoba empfand die vorgezogene Pause als unverhofftes Geschenk. Auch seine Mitreisenden waren sichtlich froh darüber. Außerdem gab es jede Menge zu bereden, denn der liegengebliebene Lkw kam aus der Richtung, in die sie unterwegs waren: von der Küste. Er war voll mit Heimkehrern. Einige waren aus Europa abgeschoben worden, andere hatten erst gar nicht den Sprung über das Meer geschafft. Entweder hatte ihnen das Geld gefehlt oder der Mut. Nachdem sie so lange wie möglich versucht hatten in Libyen oder Tunesien zu überleben, kehrten sie nun mit leeren Händen in ihre Heimatländer zurück.

Aber nicht alle waren gescheitert. Yoba gesellte sich zu einer Gruppe, die sich im Kreis um einen jungen Mann aus Mali geschart hatte. Er trug eine schicke Sonnenbrille, Jeans und tadellos saubere Turnschuhe. Alles original, wie Yoba schon auf den ersten Blick erkannte.

»Gott ist mein Zeuge: Das Meer ist nichts für Feiglinge!«, erklärte der schlanke junge Mann großspurig. Er hieß Keita und Yoba lauschte ihm gebannt.

»Wenn man Glück hat, endet man nur als Fischfutter«, fuhr Keita fort. »Glaubt mir: Das Meer ist das Furchtbarste, was ich je erlebt habe. Und ich hab schon 'ne Menge erlebt.«

Die Leute von Yobas Laster wechselten betroffene Blicke. Jeder von ihnen plante mit dem Boot nach Europa überzusetzen.

»Aber du hast es doch trotzdem geschafft«, sagte Yusuf schließlich. Der sudanesische Koch brach endlich das beklemmende Schweigen. »Sonst könntest du dir die Schuhe und die anderen Sachen ja wohl nicht leisten.«

»Stimmt, ich war in Italien!«, prahlte Keita mit vor Stolz geschwellter Brust. »Fast zwei Jahre lang! Leider bin ich dann in eine Razzia geraten. Weil ich keine Papiere hatte, haben sie mich dann in ein Flugzeug nach Libyen gesetzt.« Er spielte lässig mit seiner Sonnenbrille. »Jetzt kehre ich nach Mali zurück. Ich will mit dem gesparten Geld ein Haus bauen und heiraten. Danach versuche ich es noch mal.«

Im Hintergrund hörte man die Fahrer lauthals fluchen. Sie schraubten zu viert an dem kaputten Lkw herum, doch offenbar ohne nennenswerten Erfolg.

»Kann man in Italien denn viel verdienen?«, fragte einer der Zuhörer leise. Er war ein schüchterner Bursche mit einem schmalen, von Pickeln übersäten Gesicht.

»Ob man in Europa etwas verdienen kann?« Keita lachte schallend angesichts dieser naiven Frage. »Hör mal, ich weiß nicht, wo du herkommst, aber eins verspreche ich dir: Es ist mehr, als du in deinem ganzen Leben zu Hause verdienen kannst. Egal mit welchem Job. Ich habe sogar ein eigenes Bankkonto!«, prahlte Keita weiter. »Der Mann meiner Schwester hat es für mich eröffnet.«

Jetzt waren alle schwer beeindruckt. Nur Yusuf war noch skeptisch: »Und du meinst, es gibt auch genug Arbeit für Leute wie uns? Mein Cousin hat mir geschrieben, dass man ohne gültige Papiere in Europa nicht arbeiten darf.«

Keita machte eine lässige Handbewegung. »Arbeit ist kein Problem! Man muss nur die richtigen Leute kennen. Ich habe zum Beispiel als Automechaniker gearbeitet, weil ich das gut kann. Und auf dem Bau. Aber wenn man da arbeitet, muss man höllisch aufpassen. Die Polizei macht nämlich ständig Razzien.«

»Aber warum?«, wollte ein anderer Zuhörer wissen. »Wir arbeiten gut, und das für weniger Geld als die Weißnasen.«

Keita zuckte mit den Schultern. »Es gibt eben Leute, die gut an uns verdienen, und es gibt Leute, die das stört. So einfach ist das.«

»Aber warum sollte sie das stören?«, wunderte sich Yusufs Nachbar. Er war vielleicht zwanzig Jahre alt und kam, wie Yoba, aus Nigeria. Allerdings gehörte er einer anderen Volksgruppe an. »Ich versteh das nicht«, meinte er. »Papiere hin oder her: Die Weißen können doch froh sein, wenn wir ihre Arbeit machen. Und das für weniger Lohn. Da haben doch beide Seiten was davon!«

Darauf wusste selbst der reich gewordene Heimkehrer aus Mali keine Antwort. Trotzdem gab es noch hundert andere Fragen, die den Leuten unter den Nägeln brannten, und so saßen sie bis tief in die Nacht zusammen und lauschten Keitas Geschichten. Als sich die Gruppe schließlich auflöste und Yoba sich zum Schlafen zurückzog, werkelten die Lkw-Fahrer noch immer im Licht einer Taschenlampe an dem defekten Motor herum. Yoba wickelte sich in seine dünne Wolldecke und sah hinauf in den Sternenhimmel. Diesmal waren die Sterne nicht so klar wie sonst. Hoffentlich wurde das Wetter nicht schlechter. Yoba grub seine Schultern und Hüften in den Sand. Unter den Sternen zu schlafen kam ihm längst wie das Normalste der Welt vor. Obwohl er erst seit zwei Wochen durch die Wüste zog, konnte er sich kaum noch daran erinnern, wie es sich anfühlte, in einer engen Zisterne unter der Erde zu schlafen.

Wie immer nach einer Tagesetappe war Yoba hundemüde. Dennoch kreisten seine Gedanken unaufhörlich um das, was er gerade erfahren hatte. Im Gegensatz zu diesem aufgeblasenen Angeber Keita würde man ihn bestimmt nicht wieder abschieben. Er wollte ja nur zur Schule gehen und Arzt werden. Er würde niemanden etwas kosten. Schließlich sorgte er schon seit dem Tod ihrer Mutter ganz allein für Chioke und sich.

Plötzlich überkam Yoba eine ungeheure Wut. Er war seinem Traum so nahe gewesen und mit einer einzigen Unachtsamkeit hatte er alles zerstört! Hätte er mit der Suche nach Chioke bis zum Tagesanbruch gewartet, säßen sie jetzt bestimmt in einem Boot mit Kurs auf Europa. So aber hatte er durch seine Kopflosigkeit nicht nur seinen Bruder, sondern auch das ganze Geld verloren. Selbst wenn Chi-Chi noch lebte und er ihn wiederfände, würden sie es niemals nach Europa schaffen. Denn wie Keita berichtet hatte, waren die Tickets für die Boote nach Italien noch teurer als die Fahrscheine für die Lkws durch die Wüste.

36.

Um seine quälenden Gedanken loszuwerden, hätte Yoba sie gerne in seinem Tagebuch niedergeschrieben. Aber zum Schreiben reichte das fahle Mondlicht nicht aus. Also wälzte er sich so lange hin und her, bis er endlich vor Erschöpfung einschlief. In seinem Traum flog er über das Meer. Sein Bruder saß in einem winzigen Boot und winkte ihm zu. Das Wasser war so durchsichtig wie Glas und man konnte bis auf den Grund sehen. Als Yoba am Morgen erwachte, stand die Sonne bereits eine Handbreit über dem Horizont und schien ihm ins

Gesicht. Er hatte verschlafen und um ihn herum herrschte bereits Aufbruchstimmung.

»Na, gut geschlafen?«, erkundigte sich Yusuf. Er reichte Yoba ein Glas mit heißem Tee. Seit ihrem ersten Gespräch fühlte sich der sudanesische Koch offenkundig für ihn verantwortlich. Yoba hatte nichts dagegen.

»Danke!«, gähnte er und schlürfte seinen Tee. Er war wunderbar heiß und so süß wie ein Bonbon. Sofort kehrten seine Lebensgeister zurück. Mit einem Kopfnicken deutete er in die Richtung des fremden Lastwagens. Seine Passagiere hatten die Fahrer umringt und redeten gestikulierend auf sie ein.

»Was ist denn mit denen?«, wollte Yoba wissen. »Konnte der Laster nicht repariert werden?«

»Leider nicht. Sie haben die ganze Nacht gearbeitet, aber anscheinend fehlt ein Ersatzteil. Ohne das geht es nicht.«

»Und jetzt?«

»Jetzt wollen die fremden Fahrer mit uns zur nächsten Oase fahren, um das Ersatzteil zu holen. Sie versuchen gerade es den Leuten beizubringen.«

Aufgeregte Stimmen wurden laut, gefolgt von Murren und Raunen.

»Und was ist, wenn es das Ersatzteil in der Oase nicht gibt?«, fragte Yoba leise.

»Dann wollen sie die Leute mit einem anderen Laster oder mit Jeeps holen kommen.«

Yusuf verzog keine Miene. Aber auch so konnte Yoba seine Gedanken erraten. Sobald die Fahrer weg waren, waren die armen Leute auf Gedeih und Verderb auf deren Wort angewiesen. Yoba kannte die fremden Fahrer nicht, aber dem Protest nach zu urteilen traute man ihnen wohl nicht besonders.

Dennoch blieb den Heimkehrern am Ende nichts anderes übrig, als sich zu fügen. Auf Yobas überfülltem Lkw war nicht einmal Platz für die Schwächsten unter ihnen. Und freiwillig wollte seinen Platz natürlich niemand räumen. Also gab man den Zurückbleibenden so viel Wasser und Nahrungsmittel, wie man eben noch entbehren konnte, und wünschte ihnen viel Glück. Dann überließ man sie ihrem ungewissen Schicksal. Yobas Lkw fuhr weiter. Die fremden Fahrer – einer davon war Libyer, der andere Marokkaner – standen auf den Trittbrettern des Führerhauses und hielten sich an den Außenspiegeln fest.

Nach etwa drei Stunden Fahrt in der prallen Sonne quälte sich der Lkw eine hohe Sanddüne hinauf, hinter der eine Oase in Sicht kam. Sie wurden bereits erwartet. Kaum hatten Yobas Fahrer ihre beiden Kollegen abgesetzt, begann die übliche Prozedur. Die in der Oase stationierten Soldaten zwangen die Leute zum Aussteigen, schüchterten sie ein und schlugen sie, und erst als sie mit ihrer Beute zufrieden waren, durfte der Lkw weiterfahren. Von ein paar üblen Schlägen mit dem Gummischlauch einmal abgesehen kam Yoba glimpflich davon. Ein schwarzer Teenager ohne Gepäck, in zerrissener Hose und noch dazu über und über mit Staub bedeckt, versprach keinen Gewinn, sondern war reine Zeitverschwendung.

Auch in den Oasen, an denen sie in den folgenden Tagen vorbeikamen, vollzog sich das immer gleiche, brutale Ritual. Überall dort, wo es Wasser gab, warteten Soldaten auf sie. Allein die Wüste veränderte sich fortwährend. So ging das gewellte Sandmeer allmählich wieder in eine Felslandschaft über. Einen halben Tag lang schlängelte sich Yobas Lkw durch einen Wald aus bizarr geformten Stein- und Lehmtürmen.

Danach kroch er über eine Fläche, die so blendend weiß war, dass es in den Augen schmerzte. Das Plateau besaß nicht die kleinste Erhebung und seine Überquerung dauerte eine Ewigkeit. Als am nächsten Tag endlich ein Hügel am Horizont auftauchte, änderte die schier endlose Ebene ihre Farbe in ein schmutziges Braun. Am Nachmittag entpuppte sich der schemenhafte Hügel als ein gewaltiges Bergmassiv und am folgenden Morgen hatten sie wieder eine Ebene von ungeheurem Ausmaß vor sich. Diesmal war sie mit lauter Kieseln übersät, und wie Yoba verwundert feststellte, schienen alle genau gleich groß zu sein.

So ging es im Schneckentempo stetig weiter. Kilometer für Kilometer. Tag für Tag. Nacht für Nacht. Dass sie die Grenze zwischen dem Niger und Libyen bereits überschritten hatten, merkten sie allenfalls an den Uniformen der plündernden Soldaten und daran, dass diese nun arabisch sprachen. Auch Yoba war mit seinen Kräften völlig am Ende und so nahm er erst mit einiger Verzögerung den losbrechenden Jubel auf dem Lastwagen wahr. Direkt vor ihnen lag eine Asphaltstraße!

Die Straße zog sich wie eine schwarze Lebensader durch die tote Landschaft und jeder auf dem Lkw wusste, dass die schreckliche Wüste nun bald überwunden war. Sie führte geradewegs in die Ballungszentren an der libyschen Küste und damit zurück in die Zivilisation. Vor ihnen lagen noch lächerliche tausend Kilometer, dann waren sie am Ziel.

Zur Freude seiner Passagiere konnte der Lkw nun endlich schneller fahren. Obwohl er, hoffnungslos überladen, wie er war, nie mehr als dreißig Stundenkilometer schaffte, kam es Yoba so vor, als würden sie der Küste entgegenfliegen. Schon bald würde er Gewissheit über das Schicksal seines Bruders haben, denn er rechnete fest damit, einige ihrer ehemaligen Mitreisenden zu finden. Wenn der Lkw durchgekommen war, musste er ungefähr eine Woche Vorsprung haben, schätzte Yoba. Und bestimmt hatten sich nicht gleich alle auf die Weiterreise nach Europa gemacht. Abgesehen von dem nötigen Geld war es nämlich gar nicht so einfach, ein Boot für die illegale Überfahrt zu finden. Das hatte Yoba bereits mitbekommen. Die italienische Küstenwache passte immer besser auf.

Yoba betete, dass sein Bruder noch lebte. Trotz seiner Angst, seine schlimmsten Befürchtungen könnten sich bestätigen, fieberte er der Ankunft am Meer entgegen. Die Straße führte stur geradeaus. So als habe sie jemand mit einem Lineal durch den Sand gezogen. Nie konnte man ihr Ende sehen. Aber dann erspähten sie von der Ladefläche aus plötzlich etwas Grünes am Straßenrand. Es war eine verkrüppelte Dattelpalme. Seit Tagen hatten sie höchstens mal einen dürren Dornenbusch zu Gesicht bekommen, so dass ihnen die verstaubte Pflanze in diesem Moment geradezu wie ein Vorbote auf das Paradies erschien. Und sie wurden nicht enttäuscht: Bereits am Abend rasteten sie unter dem ausladenden Schirm einer mächtigen, zartrosa blühenden Akazie. Yoba sog den süßen Blütenduft genüsslich ein.

Von nun an waren sie auf der Straße auch nicht mehr allein. Immer häufiger wurde der dahinkriechende Lkw von wild hupenden Pick-ups und Motorrädern überholt. Gleichzeitig ging es nur noch bergauf. Der Laster kroch über ein Gebirge, das sich ihnen quer in den Weg stellte, und je höher es sich schraubte, desto kühler und angenehmer wurde die Luft. Yoba wickelte sich das Tuch von Kopf und Gesicht. Endlich konnte man wieder Luft holen, ohne Angst zu haben, sich an der heißen Luft die Lungen zu verbrennen oder Sand in den Mund zu bekommen.

Als sich der Lkw über den Pass gequält hatte, begann der Abstieg in eine andere Welt. Plötzlich roch die Luft nicht nur anders, sie schmeckte auch so: nach Salz! Yoba leckte sich vorsichtig über seine von der Trockenheit aufgesprungenen Lippen. Dass Meerwasser salzig war, wusste er natürlich aus der Schule, aber vorstellen konnte er sich es trotzdem nicht. Umso aufgeregter wurde er. Kaum hatten sie die Gebirgskette endlich überwunden, wurde die Landschaft immer grüner. Zuerst fuhren sie an in Reih und Glied gepflanzten Mandel- und Ölbäumen vorbei, gefolgt von ausgedehnten Zitronen- und Orangenplantagen. Dazwischen standen immer wieder riesige Tafeln mit dem überdimensionalen Porträt des libyschen Staatsoberhauptes, Oberst Gaddafi. Kurz darauf öffnete sich hinter einer Kurve der Blick auf das Meer.

Yobas Herz machte vor Freude einen Hüpfer.

37.

Die Möwen stürzten sich kreischend in das schäumende Kielwasser der Autofähre. Julian lehnte an der Heckreling und blickte auf das strahlend blaue Meer hinaus.

»Woran denkst du?«, wollte Adria wissen, während sie zwei zankende Möwen beobachtete. Das Oberdeck der Fähre war fast leer, die meisten Passagiere zogen es anscheinend vor, die Überfahrt nach Lampedusa in der Cafeteria zu verbringen.

»Ach, an nichts Besonderes.« Julian starrte in den Horizont, wo das Meer nahtlos in den wolkenlosen Himmel überzugehen schien.

»Das glaube ich nicht! Seit wir im Leichenschauhaus waren, spielst du den großen Schweiger. Also: Was ist los?«

Der Seewind fuhr durch Adrias offene Haare. Julian starrte weiter auf das Wasser hinaus. »Eine Sache kapiere ich einfach nicht«, sagte er nach einer Weile.

»Und welche?« Adria bändigte ihre wehenden Haare mit einem Gummiband.

»Dieser afrikanische Junge …«, druckste Julian herum. »In seinem Tagebuch träumt er davon, dass sein Bruder und er wieder zur Schule gehen dürfen. Deshalb will er nach Europa.«

Er drehte sich um und schaute Adria an. »Wie kann man sein Leben dafür riskieren, zur Schule gehen zu können? Das kann es doch niemals wert sein, oder?«

Adria versank für einen winzigen Moment in Julians blauen Augen. Dann wandte sie ihren Blick schnell wieder ab.

»Unsere Welt ist nicht die einzige«, meinte sie ausweichend. »Und leider kann man sich nicht aussuchen, wo man geboren wird.«

Dann wechselte sie abrupt das Thema. »Was hast du eigentlich deiner Schwester in der SMS geschrieben?«

»Dass ich einen Ausflug nach Lampedusa mache und erst morgen wieder zurück bin.«

»Das wird deinen Eltern sicher nicht gefallen.«

»Die flippen aus!«, grinste Julian. »Würde mich nicht wundern, wenn deine Mailbox inzwischen überquillt.«

Adria holte ihr Handy aus ihrer kleinen Beuteltasche.

»Kein Empfang«, stellte sie fest. »Wir sind schon zu weit von der Küste entfernt.«

»Umso besser!«, meinte Julian. »Aber was ist mit deinem Vater? Er macht sich bestimmt Sorgen.«

»Ach, der merkt gar nicht, wenn ich weg bin! Es ist jedes Jahr das Gleiche: Wenn ich hier bin, ist Hochsaison und mein Vater hat keine Zeit.«

Sie machte ein trauriges Gesicht.

»Das tut mir leid«, sagte Julian, während er Adria insgeheim um ihre Freiheit beneidete.

Er lehnte sich weit über die Reling und sog den Geruch des Meeres in sich auf. Gleichzeitig überlegte er, was er tun sollte, wenn der afrikanische Junge nicht in dem Lager auf der Insel war. Der Pathologe hatte erzählt, es gäbe mehrere Sammellager für illegale Einwanderer, das auf Lampedusa sei lediglich das größte. Leider war es auch am weitesten weg. Die Inselgruppe, zu der Lampedusa gehörte, lag näher an Tunesien als an Sizilien und war nur mit dem Flugzeug oder der Fähre zu erreichen.

»Sag mal, warum tust du das eigentlich?«, fragte Adria ihn.

»Was denn?« Die Fähre schwankte unter Julians Füßen und er stützte sich mit den Händen an der Reling ab. Adria lehnte sich an ihn. Durch ihr dünnes Kleid spürte er die Wärme ihres Körpers.

»Du riskierst einen Riesenkrach mit deinen Eltern, nur um einen Jungen zu finden, den du nicht mal kennst.«

»Keine Ahnung. Da gibt es wahrscheinlich mehrere Gründe«, sagte er nachdenklich. »In manchen Dingen kann ich diesen Yoba gut verstehen. Ich hätte vielleicht auch versucht nach Europa zu kommen. Aber es macht mich wütend und traurig, dass er sein Leben für Dinge riskieren muss, die bei uns selbstverständlich sind. Schule zum Beispiel, oder einen guten Arzt für seinen Bruder.« Er hielt inne: »Außerdem interessiert sich sonst keiner dafür. Alle wollen bloß schön Urlaub machen.«

»Und du?«, erkundigte sich Julian. »Warum hilfst du mir? Du hast das Tagebuch ja nicht einmal gelesen.«

»Mir tut der Junge einfach nur leid«, meinte Adria. »Ebenso wie deine Eltern, übrigens. Ich würde mal sagen, du bist gerade dabei, ihnen den Urlaub endgültig zu ruinieren.«

»Vergiss doch meine Eltern!«, grummelte Julian. »Die sind selbst schuld. Immerhin haben sie mich zu diesem blöden Urlaub gezwungen.«

»Sonst hätten wir uns aber auch nicht kennengelernt. Schon mal drüber nachgedacht?«, meinte Adria und Julian rutschte sein Herz in die Hose. Er überlegte fieberhaft, was er jetzt antworten konnte, ohne das Ganze zu vermasseln.

»Äh … wir können uns ja vielleicht mal treffen«, stammelte er. »Ich meine, wenn wir wieder in Deutschland sind.«

»Ja, vielleicht«, sagte Adria und Julian wunderte sich, wie traurig sie auf einmal klang.

Adria wandte ihren Blick vom Meer ab und sah ihm tief in die Augen. Julians Herz klopfte wie verrückt, als ihr Gesicht immer näher kam. Dann küsste sie ihn.

»Fantastisch! Perfekt!« Ein Fotoapparat blitzte auf und tauchte Julian und Adria für einen Sekundenbruchteil in gleißendes Licht. Erschrocken drehten sie sich um. Ein älterer Mann tänzelte mit seiner Digitalkamera um sie herum. Er trug eine kurze Trekkinghose, ein knallbuntes Hawaiihemd und Sandalen.

»Die Liebe kehrt zurück nach Lampedusa!«, rief der Mann begeistert. »Was für ein wunderbarer Aufmacher!«

»Hören Sie!«, erwiderte Julian mit säuerlicher Miene. »Wir sind nicht ... äh ... das war ...«, stammelte er empört, besann sich dann aber eines Besseren. »Was heißt hier Aufmacher!?«

»Keine Panik«, beschwichtigte sie der Mann. »Mein Name ist Helmut Lehner. Ich bin freier Journalist. Euer Anblick war so romantisch, da musste ich einfach ein Foto machen.«

»Sind Sie etwa Klatschreporter?«, fragte Adria ihn.

»Nein, nein«, entgegnete der Mann und verstaute seine Kamera in einer Lederhülle. Dann zog er eine Visitenkarte aus der Tasche und reichte sie Adria. »Ich schreibe für den *Stern* und den *Spiegel*. Na ja, manchmal. Zurzeit arbeite ich an einer Geschichte über Flüchtlinge aus Afrika. Ihr zwei seid mir vorhin unter Deck schon aufgefallen und ich habe einen Teil eures Gesprächs mitbekommen.«

»Dann wissen Sie also, was wir vorhaben?«, fragte Julian. So ganz war ihm dieser aufdringliche Reporter nicht geheuer.

»Ihr seid auf der Suche nach einem afrikanischen Flüchtling, nicht wahr?«, erwiderte Lehner.

»Ein sechzehnjähriger Junge«, erklärte Adria. »Sein Boot muss bei dem heftigen Sturm vor ein paar Tagen gesunken sein.«

»Und was wollt ihr von ihm?«

»Wir wollen ihm sein Tagebuch zurückgeben. Es wurde am Strand angeschwemmt.«

Lehner musterte die beiden Teenager mit einem prüfenden Blick. »Das ist ein Witz, oder? Ihr wollt in das am besten bewachte Flüchtlingslager Europas, um ein Buch zurückzugeben?« Er schüttelte ungläubig den Kopf. »Ich warte seit mehr als drei Monaten auf die Erlaubnis, das Lager zu besichtigen. Sie lassen niemanden rein. Nicht mal die *New York Times*.«

»Und warum nicht?« Julian konnte seine Enttäuschung nicht verbergen.

»Weil keiner sehen soll, wie es wirklich ist. Keiner will schlafende Hunde wecken. Also lautet die Devise: Je weniger Aufmerksamkeit, desto besser!«

»Aber wir sind doch in Europa!« Adria verstand nicht, warum Schiffbrüchige streng bewacht werden mussten. »Ich dachte, hier gibt es keine geheimen Gefängnisse.«

»Die gibt es auch nicht«, erklärte der Journalist. »Nichts davon ist geheim. Alles geschieht nach Recht und Gesetz. Hin und wieder kommt sogar eine EU-Delegation vorbei, um das Lager zu besichtigen. Trotzdem bleibt es nur eine Frage der Zeit, bis das nächste Flüchtlingsboot sinkt.«

»Aber irgendjemanden muss das doch interessieren!«, empörte sich Julian. »Man kann doch nicht zulassen, dass ständig Menschen ertrinken! Vielleicht muss man die Leute einfach nur mal richtig wachrütteln!«

»Und wenn keiner wachgerüttelt werden will?«, gab Lehner zu bedenken. Er deutete auf den Horizont. »Seht mal da rüber: Ungefähr da hinten liegt Libyen. Allein dort warten fast zwei Millionen Flüchtlinge aus ganz Afrika auf den Sprung über das Mittelmeer. Und in Tunesien oder Marokko ist es nicht viel anders.«

Während sie nachdenklich ihren Blick in die Ferne schweifen

ließen, stürzten sich die Möwen kreischend auf eine Ladung Küchenabfälle im Kielwasser der Fähre.

»Glaubt mir, ich weiß Bescheid«, fuhr Lehner fort. »Niemand bei uns will, dass diese Menschen kommen.«

38.

Der Anblick des Meeres überwältigte Yoba. Noch nie hatte er ein so leuchtendes Türkis und tiefes Blau gesehen. Er schirmte seine Augen gegen die Sonne ab und spähte über die ungeheure Wasserfläche. Irgendwo dort drüben lag das Ziel seiner Träume. Dort musste Europa sein!

Yoba ging in die Hocke und berührte die kleinen Wellen mit seinen Fingerspitzen. Es stimmte, das Meer schmeckte wirklich nach Salz!

»Willst du nicht doch mit uns kommen?« Yusuf trat neben ihn. Der sudanesische Krankenhauskoch hatte sein Gepäckbündel über die Schulter geworfen und eine abgewetzte Aktentasche klemmte unter seinem Arm. Wie Yoba wusste, enthielt sie die Zeugnisse seines ehemaligen Arbeitgebers, einer amerikanischen Hilfsorganisation, inklusive eines Schreibens, in dem ihm auf Englisch bescheinigt wurde, er sei ein gläubiger und somit grundehrlicher Mann.

»Wir gehen jetzt los«, meinte Yusuf. »Noch kannst du mitkommen. Überlege es dir gut.«

Der Lkw hatte seine Passagiere nach stundenlanger Fahrt entlang der Küste an einem schmalen, mit Plastikmüll übersäten Strand abgesetzt. Er lag unmittelbar neben der Küstenstraße und in Sichtweite einer Hafenstadt. Danach war der leere Laster weitergefahren. Um kein Aufsehen zu erregen, sollten die Flüchtlinge das letzte Stück zu Fuß zurücklegen und die Stadt nur in kleinen Gruppen betreten. Wie ihnen die beiden Fahrer zum Abschied eingeschärft hatten, mochte es die libysche Polizei nicht, wenn Flüchtlinge in einer großen Meute durch die Gegend liefen.

»Ich komme schon allein zurecht«, schlug Yoba das gut gemeinte Angebot aus. Das Meer ließ ihn einfach nicht los. Er wollte eine Weile einfach nur dasitzen und es anschauen. Außerdem hatte er vor, seinen Bruder zu suchen oder zumindest jemanden, der mit ihm auf dem Lkw war. Und dabei konnte ihm der Koch wenig helfen.

»Geht ruhig ohne mich!« Hinter Yoba rauschte der Verkehr über die Küstenstraße. »Ich bleibe noch ein bisschen hier sitzen. Wir treffen uns dann in der Stadt – oder drüben in Europa!«

Yoba versuchte ein Lächeln, was ihm jedoch nicht wirklich gelang. Er hatte noch nicht einmal Geld, um sich etwas zu essen zu kaufen. Wie sollte er da über dieses Meer kommen?

»Wie du willst – es ist deine Entscheidung.« Yusuf drückte die Aktentasche an sich. »Dann wünsche ich dir Allahs Segen, damit du deinen Bruder findest.«

Yusuf wandte sich zum Gehen.

»Warte!«, rief Yoba. »Ich … ich wollte dir noch was sagen.« Er trat verlegen von einem Bein auf das andere. »Ich wollte dir danken. Ohne dich hätte ich bestimmt nicht mitfahren dürfen. Vielleicht wäre ich sogar verhungert.«

Yusuf stellte die Aktentasche zwischen seine Füße und legte Yoba die Hand auf die Schulter. »Viel Glück, mein Junge!«

Dann nahm er die Tasche mit seinen Dokumenten wieder auf und gesellte sich zu der letzten Gruppe von ihrem Lkw. Alle anderen hatten sich bereits entlang der viel befahrenen Straße auf den Weg in die Stadt gemacht.

Yoba biss sich auf die Unterlippe und wandte sich wieder dem Wasser zu. Etwa hundert Meter von ihm entfernt hatten sich zwei Jungs mit selbst gebastelten Angeln auf dem schmalen Strandstreifen eingefunden. Ihre verstohlenen Blicke schwankten zwischen Neugier und Abscheu. Erst jetzt wurde sich Yoba bewusst, dass er wie ein Gespenst aussehen musste. Seine vor Schmutz starrende Hose war ebenso zerrissen wie sein blaues Fußballtrikot, und sein Gesicht war unter der klebrigen Schicht aus Schweiß und Wüstensand wahrscheinlich gar nicht mehr zu erkennen.

Für einen kurzen Moment überlegte Yoba, ob er nicht ins Meer springen sollte. Aber er traute sich nicht. Obwohl er wirklich gut schwimmen konnte, denn schließlich war er in einem Dorf am Ufer des Imo aufgewachsen. Aber das hier war eindeutig etwas anderes. Nicht nur wegen der zwei Jungs, die ihn weiter unverhohlen angafften. Er konnte das Gefühl nicht näher bestimmen: Das Meer war ihm unheimlich.

Also begnügte er sich damit, sein Gesicht und seine Arme vom Dreck der Wüste zu befreien. Dabei machte er die überraschende Erfahrung, dass Salzwasser nicht nur übel schmeckte, es brannte auch höllisch in den Augen. Yoba hörte die beiden einheimischen Jungen hämisch lachen. Wütend kickte er eine angespülte Plastikflasche zur Seite und setzte sich in den grobkörnigen Sand. Er holte sein grünes Büchlein und den Bleistiftstummel hervor und begann mit geröteten Augen zu schreiben. Als er fertig war, verstaute er das Buch wieder sorgfältig in seinem Hosenbund. Anschließend brach er in die nahe gelegene Stadt auf.

Zuwarah entpuppte sich als eine in jeder Hinsicht gewöhnliche Hafenstadt. Sie war weder besonders groß noch besonders hübsch. Auffällig war allein der viele Verkehr auf den schachbrettartig angelegten Straßen. Das war der Nähe zur tunesischen Grenze zu verdanken. Seitdem die Tunesier die Flüchtlingsboote nicht mehr von ihren Stränden starten ließen, hatte man den Ausgangspunkt hierher über die Grenze nach Libyen verlegt. Wie man Yoba erklärt hatte, kamen die Boote allerdings weiterhin aus Tunesien.

Yoba versuchte sich zu orientieren. Wie sollte er an diesem unübersichtlichen Ort seinen Bruder oder jemanden vom ersten Lkw finden? Er konnte lediglich die Augen offen halten und jeden fragen, der irgendwie nach einem Afrikaner auf dem Weg nach Europa aussah. Man erkannte die Flüchtlinge sofort, denn die einheimischen Libyer waren meist hellhäutig und von kleinerem Wuchs. Außerdem trugen sie blitzsaubere Dschallabas oder gebügelte Hosen, während die Flüchtlinge eher wie Vagabunden aussahen.

Mit einem Gefühl zwischen Bangen und Hoffen begann Yoba seine Suche. Zuerst versuchte er es im Fischhafen. Er lag unmittelbar am Eingang der Stadt, aber die Fischer auf den bunt bemalten Booten verscheuchten ihn sofort. Wahrscheinlich hatten sie Angst vor Schwierigkeiten. Also machte er sich auf den Weg in Richtung Altstadt. Da er die arabischen Schilder nicht lesen konnte, ging er einfach drauflos. Unterwegs fragte er jeden, den er für einen Flüchtling hielt, ob er einen zwölfjährigen nigerianischen Jungen gesehen habe. Einige reagierten verärgert, andere wiederum sahen sich misstrauisch über die Schulter, als fürchteten sie eine Falle. Die Flüchtlinge aus Schwarzafrika waren im Stadtbild allgegenwärtig. Sie streiften ziellos in den Gassen umher, lagerten am Strand oder kampierten mit ihrer armseligen Habe in der Nähe des Fußballstadions. Nach den ständigen Plünderungen auf der Reise war ihnen nicht viel geblieben. Viele machten einen verzweifelten, beinahe apathischen Eindruck, als Yoba sie ansprach. Erfolg hatte er nicht. Wen er auch fragte, niemand hatte einen afrikanischen Jungen in einem rot-blau gestreiften Fußballtrikot gesehen.

Frustriert ließ sich Yoba am Straßenrand nieder. Er war am Boden zerstört. Nicht einen einzigen ihrer damaligen Mitreisenden hatte er auftreiben können. Dabei hatte er so sehr gehofft endlich etwas über das Schicksal seines Bruders zu erfahren. Ganz egal wie grausam die Wahrheit auch sein mochte – alles war leichter zu ertragen als diese bohrende Ungewissheit.

Seine eigene Situation war auch nicht besser. Er hatte sich in eine ausweglose Lage manövriert. Nun saß er in einem Land fest, dessen Schrift er nicht einmal lesen konnte. Er hatte weder das nötige Geld für die Heimreise nach Nigeria noch für die Überfahrt nach Europa. Von einem gültigen Ausweis einmal ganz abgesehen. Es war nur eine Frage der Zeit, bis ihn die Polizei aufgreifen und er im Gefängnis landen würde. Die in der Wüste liegengebliebenen Heimkehrer hatten wahre Horrorgeschichten über die libyschen Gefängnisse erzählt. Eigentlich konnte er nur hoffen vorher zu verhungern.

Wie auf Stichwort meldete sich Yobas leerer Magen zu Wort. Er presste beide Fäuste auf seinen Bauch, um den stechenden Schmerz zu unterdrücken. Er musste dringend etwas essen. Seine letzte Mahlzeit lag bereits vierundzwanzig Stunden zurück. Ihm wurde schon ganz schwindelig. Dann entdeckte er den Orangenhändler. Der alte Greis schob einen quietschenden Karren vor sich her, auf dem er seine Früchte zu einer orange leuchtenden Pyramide aufgeschichtet hatte. Alle paar Meter stellte er den Karren ab und pries in einem lauten Singsang seine Ware an, woraufhin Hausfrauen mit Körben in den Händen aus ihren Häusern eilten.

Yoba wusste, dass das, was er vorhatte, nicht unbedingt fair war. Der alte Mann konnte sich schließlich nicht wehren, aber er würde es verschmerzen. Als der Straßenhändler mit seinem Karren nahe genug herangekommen war, sprang Yoba auf. Er griff sich hastig eine Handvoll der reifen Früchte und rannte davon. Hinter ihm fiel die kunstvoll arrangierte Pyramide in sich zusammen und die Orangen kullerten in die staubige Gasse. Yoba rannte, was das Zeug hielt. Der Obsthändler schrie ihm etwas nach, was er nicht verstand, aber das wollte er auch gar nicht. Er hoffte nur, niemand würde ihm wegen ein paar Orangen folgen. Zur Sicherheit lief er so lange, bis ihm die Puste ausging. Als er sich endlich traute einen Blick zurück zu werfen, konnte er keine Verfolger ausmachen.

Erleichtert und völlig außer Atem ließ sich Yoba auf ein paar Steinstufen niedersinken. Er wollte sich gerade über seine Beute hermachen, da brach nicht weit von ihm ein wildes Geschrei los. Zuerst dachte Yoba, dass er vielleicht doch verfolgt wurde. Aber dann merkte er, dass die Aufregung nicht ihm galt.

Die Leute strömten auf der anderen Straßenseite zu einem Pulk zusammen. Sie hielten einen Mann fest, während eine Frau wie am Spieß schrie. Yoba hatte nicht gesehen, was vorgefallen war, aber als er erkannte, wer der Mann war, den die Leute da in ihrer Mitte eingekreist hatten, blieb ihm fast das Herz stehen: Es war Kutu! Der Freund von Babatunde, Maurice und Sunday!

Zu Kutu hinüberzulaufen wagte Yoba nicht, denn die Menschenmenge schien sehr wütend und zu allem bereit zu sein. Immer wieder stießen sie Kutu zu Boden, und als er fliehen wollte, stürzten sie sich auf ihn. Erst jetzt sah Yoba einen zweiten Mann. Er lag auf der Straße und seine weiße Dschallaba hatte einen großen, roten Fleck auf der Brust, aus dessen Mitte der Griff eines Messers herausragte.

Die Orangen hatte Yoba längst vergessen. Mit offenem Mund verfolgte er, wie die libysche Polizei eintraf und Kutu aus der Gewalt der wütenden Menge befreite. Dabei machten sie ausgiebig Gebrauch von ihren Schlagstöcken. Kutu hingegen ließ sich widerstandslos Handschellen anlegen und auf einen Jeep verfrachten. Als der Wagen anfuhr, erwachte Yoba aus seiner Schockstarre und rannte hinter dem Jeep her.

»Kutu!«, schrie er aus Leibeskräften. »Halt! Wartet!«

Ein Pritschenwagen gefüllt mit Melonen zwang den Polizei-Jeep zum Abbremsen, dann bog er in einen Kreisverkehr ein. Yoba schlängelte sich durch die hupenden Autos hindurch und schnitt dem Jeep den Weg ab, indem er die Verkehrsinsel in der falschen Richtung umrundete. Er erwischte ihn noch vor der Ausfahrt.

»Kutu!«, keuchte er, während er neben dem Jeep herlief. »Wo sind die anderen? Ist Babatunde auch hier?«

Der schwarze Riese saß mit versteinertem Gesicht zwischen zwei Polizisten auf der Rückbank. Er zeigte keinerlei Reaktion. Dafür zielte einer der Polizisten mit seiner Kalaschnikow auf Yoba.

»Verschwinde!«, rief er, doch Yoba dachte gar nicht daran. Weil er nicht mehr mithalten konnte, klammerte er sich an die Seitenwand des Jeeps.

»Hast du meinen Bruder gesehen?« Yoba schrie beinahe, so aufgeregt war er. »Bitte, wenn du etwas weißt, musst du es mir sagen!«

Kutu hob den Kopf. Einen Augenblick lang sah er Yoba nur verständnislos an, doch dann nickte er. Yoba blieb erneut fast das Herz stehen. In diesem Moment schlug ihm der Polizist mit dem Gewehrkolben auf die Finger. Yoba stieß einen Schmerzensschrei aus und ließ los. Er fiel auf die Straße, Autos bremsten und erboste Fahrer überschütteten ihn mit wüsten Schimpftiraden. Yoba nahm nichts davon wahr. Stattdessen rappelte er sich auf und brüllte dem Jeep hinterher. »Wo? Wo muss ich suchen?«

Kutus donnernde Stimme übertönte den Verkehrslärm. »Am Kanal!«

Dann beschleunigte der Jeep und fuhr davon.

39.

Chioke lebte vielleicht! Yoba stand wie vom Blitz getroffen inmitten des lärmenden Verkehrs. Er fühlte sich wie in einem Film. Die hupenden Autos, die wutverzerrten Gesichter der Autofahrer, all das war ganz weit weg. Auch die Schürfwunde an seinem Ellbogen spürte er nicht. Dafür rasten die Gedanken in seinem Kopf. Welchen Kanal hatte Kutu gemeint? Vielleicht gab es mehrere in dieser Stadt, und wie sollte er sie in diesem weitläufigen Häuserlabyrinth finden? Plötzlich hatte er einen Einfall: Wenn Kutu wirklich einen Kanal gemeint hatte, dann würde er mit ziemlicher Sicherheit im Meer enden. Also musste er nur am Strand entlanglaufen und allen Kanälen von ihrer Mündung aus durch die Stadt folgen.

Yoba machte sich sofort auf den Weg. Er hatte sich entschieden am Strand zuerst nach Westen zu laufen, danach wieder zurückzukehren und es dann in der anderen Richtung zu versuchen. Die Einheimischen schauten ihm mit verwunderten Blicken hinterher. Sie mussten ihn für einen Verrückten halten, denn nur ein Mensch ohne Verstand würde bei dieser Hitze den Strand entlangrennen. Yoba war das gleichgültig. Die Aussicht, dass sein Bruder noch leben könnte, verlieh ihm Flügel. Er hoffte nur, dass es in Zuwarah nicht allzu viele Abwasserkanäle gab.

Yobas Sorge erwies sich schnell als unbegründet. Es gab nur einen offenen Abwasserkanal und den roch er schon aus einem halben Kilometer Entfernung. Aus der Betonrinne ergoss sich eine stinkende Brühe mitten ins Meer. Für die allgegenwärtigen Fliegen schien die mit Ölschlieren und gelblichem Schaum bedeckte Kloake ein wahres Schlaraffenland zu sein.

Yoba hielt sich die Nase zu und folgte dem Kanal landeinwärts. Beinahe hätte er den Jungen übersehen. Er hockte auf dem Betonrand über dem stinkenden Rinnsal und stocherte an einer toten Ratte herum. Seine Haare waren vom Staub fast weiß, seine Kleidung und seine nackten Füße starrten vor Schmutz. Dann traf es Yoba wie ein Schlag: Das war sein Bruder!

»Chi …!« Seine Stimme versagte.

Chioke erhob sich und drehte sich zu ihm. Für einen kurzen Moment schien der Schleier zu zerreißen, der ihn für gewöhnlich umgab und von der Außenwelt abschnitt. Mit klarer Stimme sagte er: »Ich habe auf dich gewartet!«

Dann zuckte sein Kopf kurz zur Seite, er setzte sich wieder hin und glitt zurück in seine eigene Welt.

Yoba stürmte auf ihn zu. Die Tränen schossen ihm in die Augen. Er umarmte seinen Bruder und drückte ihn, so fest er konnte, an sich.

»Ich werde dich nie mehr alleinlassen!«, flüsterte er mit tränenerstickter Stimme. »Das verspreche ich dir. Eher sterbe ich!«

Weder erwiderte Chioke die Umarmung noch antwortete er. Yoba störte das nicht im Geringsten. Er war einfach nur glücklich. Plötzlich tippte ihm von hinten jemand auf die Schulter.

»Willkommen am schönen Meer!«

Yoba ließ seinen Bruder los. Hinter ihm stand Babatunde und grinste breit. »Ich habe immer gesagt, dass du uns schon rechtzeitig finden wirst!«

»Babatunde!«, stieß Yoba hervor. »Bin ich froh dich zu sehen!«

»Die anderen sind auch da. Dort in der Ruine!« Babatunde deutete auf eine zerfallene Pumpstation unmittelbar neben der Abwasserrinne. »Wir haben deinen Bruder in Dirkou gefunden. Er war in Begleitung einer armen Frau mit einem toten Baby.«

»Die Frau war total durchgeknallt!«, rief Sunday, während er aus der Ruine trat. »Deshalb haben wir deinen Bruder mit auf unseren Lkw geschmuggelt.« Er baute sich vor Yoba auf und musterte ihn von oben bis unten. »Unglaublich! Bist du ein Geist oder hast du es tatsächlich geschafft? Man hat uns erzählt, du hättest dich beim Pinkeln in der Wüste verirrt!«

»Ich dachte schon, alles wäre verloren!«, brach es aus Yoba

heraus. Chi-Chis Hand hielt er noch immer fest umklammert. »Ich muss dringend mit euch reden. Ich habe Kutu getroffen!«

»Dann komm doch rüber in unser Apartment«, scherzte Sunday bitter und deutete auf die Ruine. Sie besaß weder Dach noch Tür und zwei Wände waren bereits eingestürzt. »Es ist nicht so luxuriös wie unser Zimmer in Agadez, aber es ist besser als nichts. Hier lassen einen die Libyer wenigstens in Frieden.«

»Bald ist es vorbei!«, tröstete ihn Babatunde. »Heute Abend sind wir hier weg. Dann können uns diese Gaddafis mal.«

Yoba blieb wie angewurzelt stehen. »Soll das heißen, ihr habt Tickets für ein Boot?«

Babatunde nickte. »Ja, um Mitternacht geht's los!«

»Ab nach Europa!«, ergänzte Sunday fröhlich. »Sorry, Kleiner, aber ab jetzt musst du dich wieder selbst um deinen Bruder kümmern.«

Die Nachricht versetzte Yoba einen Stich. Babatunde und die anderen würden nach Europa gehen, während Chioke und er ohne Geld weiter hier festsitzen würden. Mit hängenden Schultern folgte er ihnen in die Ruine.

»Sieh mal einer an: Wer kommt denn da?«, staunte Maurice, als Yoba die verfallene Pumpstation durch ein Loch in der Mauer betrat. »War es dir in der Wüste etwa zu einsam?« Der Kameruner erhob sich von seinem Lager und schüttelte Yoba grinsend die Hand. »Alle Achtung, Kleiner! Ein bisschen mager und schmutzig – aber immer noch quicklebendig, wie ich sehe!«

Wie Yoba erfuhr, war Maurice in Agadez doch nicht ernsthaft krank gewesen. Nach seiner Genesung hatten die Freunde den libyschen Menschenschleuser dazu gezwungen, ihre verfallenen Tickets gegen neue zu tauschen.

»Und darauf hat er sich eingelassen?«, fragte Yoba ungläubig.

Babatunde lachte. »Wir haben dem Mistkerl keine Wahl gelassen! Wir haben uns auf seine Türschwelle gehockt und damit gedroht, so lange sitzen zu bleiben, bis wir verhungert sind.«

»Stimmt«, schmunzelte Sunday. »Es hat zwar ein bisschen gedauert, aber am Ende hat der Geizhals neue Fahrscheine rausgerückt. Zwei Tage später sind wir los.«

Chioke holte ein Stück hartes Fladenbrot von seinem Platz und hielt es Yoba hin. Yoba lächelte dankbar und griff zu.

»Du hast gesagt, du hättest Kutu gesehen?«, erkundigte sich Babatunde. Er reichte Yoba eine mit trübem Wasser gefüllte Plastikflasche. »Was hat unser Gorilla diesmal angestellt? Hat er wieder Ärger wegen einer Frau?«

Yoba nahm einen hastigen Schluck. Prompt verschluckte er sich. Er hustete und schüttelte gleichzeitig den Kopf.

»Sie haben –« Eine weitere Hustenattacke stoppte ihn. Babatunde klopfte ihm auf den Rücken. Als Yoba endlich wieder Luft bekam, nahm er einen neuen Anlauf.

»Die Polizei hat Kutu mitgenommen!«, stieß er aufgeregt hervor. »Wir müssen ihm helfen!«

»He, he, nicht so schnell!«, beruhigte ihn Babatunde. »Kutu ist zum Markt zurück, weil ihm der Händler schimmeligen Reis verkauft hat. Er wollte sich nur beschweren. Vielleicht hast du ihn verwechselt. Hier laufen jede Menge Ghanaer herum und sie sind alle Riesen.«

»Aber ich habe mit ihm gesprochen«, erwiderte Yoba. »Ich glaube, er hat den Händler erstochen. Mit einem Messer. Ich habe die Leiche gesehen«, fügte er betrübt hinzu.

Die anderen starrten ihn ungläubig an. Babatunde ging hinüber zu dem Stück Pappkarton, das Kutu als Schlafunterlage diente, und hob es an. »Der Junge hat Recht. Sein Messer ist weg!«

Nun herrschte große Bestürzung. Niemand sagte etwas. Fliegen summten durch die Luft und über ihnen brannte die Sonne durch das fehlende Dach auf sie herab.

Dann platzte es aus Sunday heraus. »Dieser Idiot! So kurz vor dem Ziel und er macht sich alles kaputt!«

»Es ist auch unsere Schuld«, erwiderte Babatunde. »Wir hätten ihn niemals alleine gehen lassen dürfen.«

Kutu war in den letzten Tagen immer aggressiver geworden. Die ständigen Demütigungen und Misshandlungen auf der Reise hatte er auf Dauer einfach nicht verkraftet.

»Wer hätte denn ahnen können, dass er den Händler gleich absticht?«, jammerte Maurice.

»Und was wollt ihr jetzt machen?«, fragte Yoba.

Babatunde zuckte mit den Schultern. »Ehrlich gesagt, ich weiß es nicht. Unser Boot fährt heute um Mitternacht.«

»Ich werde versuchen herauszufinden, was genau passiert ist.« Maurice erhob sich. »Von uns dreien sehe ich noch am ehesten wie ein Mensch aus. Vielleicht kriege ich raus, wohin sie ihn gebracht haben.«

Was sein Äußeres betraf, war der Kameruner ein echtes Phänomen. Obwohl er Tausende Kilometer Wüste hinter sich hatte, sah er noch immer perfekt aus. Seine cremefarbene Hose war nicht einmal zerknittert und sein Michael-Jackson-T-Shirt hatte nicht das kleinste Loch. Wie Maurice das machte, war selbst seinen Freunden ein Rätsel.

Bevor er die Ruine durch das Loch in der Mauer verließ,

drehte er sich noch einmal um. »Und geht ja nicht ohne mich auf das Schiff, verstanden?«

Babatunde beruhigte seinen Freund. »Wir warten, bis du zurück bist.«

»Ja, aber beeil dich!«, fügte Sunday hinzu. »Viel Zeit bleibt nicht mehr. Bald geht die Sonne unter!«

Nachdem Maurice losgezogen war, begann für die Zurückgebliebenen die quälende Warterei. Die Schatten wurden allmählich immer länger. Yoba grübelte. Schließlich fasste er sich ein Herz.

»Könnt ihr Chioke und mich heute Nacht nicht mitnehmen?«, fragte er.

Chioke hatte sich neben seinem großen Bruder zusammengerollt und schlief. Yoba versuchte, so gut es ging, die Fliegen von seinem friedlichen Gesicht fernzuhalten.

»Habt ihr denn Geld?«, fragte Babatunde nach einer Weile.

»Leider nicht. Das habe ich in der Wüste verloren.«

Dass er ihr Reisegeld eigenhändig vergraben hatte, behielt Yoba lieber für sich. Ebenso wie die Höhe der ungeheuren Summe.

»Ohne Geld läuft nichts«, meinte Sunday. »Tut mir leid, Junge.«

So schnell gab Yoba nicht auf. »Aber es ist dunkel!«, ereiferte er sich. »Wir brauchen uns nur zwischen den Leuten zu verstecken! Keiner würde etwas merken!«

Chioke schreckte hoch und Yoba nahm ihn in den Arm. »Entschuldige. Ich wollte dir keine Angst machen!«, flüsterte er mit sanfter Stimme. »Schlaf ruhig weiter!«

Babatunde machte ein trauriges Gesicht. »Ohne Geld auf

ein Boot? Hast du überhaupt eine Vorstellung davon, wie viele hier in Zuwarah genau das vorhaben?«

»Stimmt«, ergänzte Sunday. »Die libyschen Schleuser sind nicht blöd. Die passen auf wie Hyänen. Jeder Einzelne wird kontrolliert, bevor er an Bord darf.«

»Aber in Dirkou habe ich es auch geschafft!«, wandte Yoba ein. »Da habe ich mich auf einen Lkw geschmuggelt!«

»Das hast du wirklich geschafft?« Sunday war beeindruckt.

Babatunde rieb sich nachdenklich das Kinn. »Trotzdem: Ein Lkw ist kein Boot!«, gab er zu bedenken. »Wenn der Kapitän euch als blinde Passagiere erkennt, schmeißt er dich und Chioke, ohne zu zögern, über Bord. Dann kann euch niemand mehr helfen. Auf dem Meer entscheidet allein der Kapitän über Leben und Tod.«

Yoba wollte gerade erwidern, dass ihm das egal sei, weil sein Bruder und er ohnehin verhungern würden, wenn sie nicht von hier wegkamen, da platzte Maurice in die Runde. Wie man unschwer an seiner Miene ablesen konnte, brachte er keine guten Nachrichten. Es stimmte, was Yoba ihnen erzählt hatte: Kutu hatte den Kaufmann, der ihm den schlechten Reis untergeschoben hatte, tatsächlich erstochen. Als der Libyer ihn auf Arabisch beschimpfte, hatte Kutu seelenruhig sein Messer gezückt und zugestochen. Einfach so. Der Händler sei sofort tot gewesen.

»Und wo ist Kutu jetzt?«, wollte Babatunde wissen. Der Schock saß tief.

»Das weiß niemand«, erwiderte Maurice resigniert. »In diesem Land will keiner über Gefängnisse reden – alle haben Angst.«

40.

Die Stimmung in der Ruine war auf dem Nullpunkt. Niemand wusste Rat. »Wir haben geschworen uns nie im Stich zu lassen«, gab Maurice zu bedenken.

Sunday stimmte ihm zu. »Wir sind nur so weit gekommen, weil wir zusammengehalten haben. Wir können Kutu jetzt nicht hängenlassen.«

»Ach ja?«, platzte es aus Babatunde heraus. »Und was willst du tun? Kannst du mir das vielleicht mal verraten?«

Yoba hatte den Medizinstudenten noch nie so wütend gesehen. Aber er hatte Recht. Ein Mord vor Zeugen an einem einheimischen Gemüsehändler, begangen von einem schwarzafrikanischen Flüchtling – das war ein beinahe sicheres Todesurteil. Kutu konnte sich glücklich schätzen, wenn man ihn nicht auf der Stelle erschoss oder aufhängte. Auch Maurice und Sunday wussten, dass sie ihren Freund aus Ghana nie mehr wiedersehen würden.

»Äh, wann geht ihr denn aufs Schiff?«, meldete sich Yoba vorsichtig zu Wort. Er hatte die Diskussion aufmerksam verfolgt. Allerdings gingen ihm dabei ganz andere Dinge durch den Kopf. Die Vorstellung, in wenigen Stunden allein mit Chioke zurückzubleiben, versetzte ihn schlichtweg in Panik. Er und sein Bruder mussten unbedingt mit auf das Schiff. Koste es, was es wolle.

»Was hast du gesagt?« Yobas Frage hatte Babatunde aus seinen trüben Gedanken gerissen.

»Ich wollte wissen, wann euer Boot ablegt. Wenn Kutu nicht mitkann, ist doch ein Platz frei, oder nicht? Den könnten wir uns doch teilen. Chi-Chi und ich zählen schließlich nur halb.«

Yoba ergriff Chiokes schmale Hand. Er ließ keinen Zweifel an seiner Entscheidung aufkommen: »Ich will mit. Und mein Bruder auch!«

Babatunde war nicht begeistert, aber er spürte Yobas wilde Entschlossenheit.

»Lass ihn doch!«, mischte sich Maurice ein. »Wenn er's unbedingt versuchen will. Was hat er schon zu verlieren?«

»Sein Leben vielleicht?« Babatunde deutete im Dämmerlicht auf Chioke, der schweigend neben Yoba saß. »Oder das seines Bruders?«

Sunday sprang seinem nigerianischen Freund zur Seite. »Babatunde hat Recht. Wir wissen alle, wie es auf den Booten zugeht. Ich will auch nicht schuld sein, wenn die beiden über Bord geschmissen werden.«

Doch Yoba ließ sich nicht beirren. »Ich versuche es so oder so. Mit oder ohne euch. Eine andere Wahl habe ich nicht.«

Er verschränkte trotzig die Arme und sah sie herausfordernd an. Aus unerfindlichen Gründen folgte Chioke dem Beispiel seines großen Bruders. Er verschränkte ebenfalls die Arme und setzte ein entschlossenes Gesicht auf.

Babatunde konnte sich ein Lächeln nicht verkneifen. Er gab sich geschlagen. »Also schön«, seufzte er. »Aber wenn dich die Schleuser erwischen oder der Kapitän dahinterkommt, geht uns das nichts an. Verstanden?«

»Abgemacht!«, strahlte Yoba. Am liebsten hätte er laut gejubelt, aber er musste an Kutu denken. Die Welt war grausam: Seine Not war Yobas Glück.

Die Stunden bis zum Aufbruch kamen Yoba länger vor als die gesamte bisherige Reise. Die Dunkelheit legte sich über die

Stadt, und da es in der Ruine kein Licht gab, machte er sich mit Chioke auf die Suche nach der nächsten Straßenlaterne. Er musste unbedingt seine Gedanken aufschreiben. Vielleicht konnte er seine Aufregung und seine Angst auf diese Weise ein wenig in den Griff bekommen. Chioke musste ihn begleiten, gleichgültig ob er wollte oder nicht. Yoba hatte sich geschworen seinen Bruder nie wieder auch nur eine Sekunde aus den Augen zu lassen.

Als er eine Gasse weiter eine Straßenlaterne ausfindig gemacht hatte, die nicht defekt war, ließ er sich mit Chioke in ihrem Lichtkegel nieder. Sein Bruder sah ihn an, als wolle er fragen, was sie hier verloren hätten, aber dann begann er sich mit den Steinen auf dem Boden zu beschäftigen. Yoba holte sein kleines Buch hervor und angelte sich den Bleistiftstummel aus seiner Hosentasche.

Über ihm umschwirrten unzählige Falter und Mücken das flackernde Licht der Straßenlampe und prallten dabei immer wieder an der gesprungenen Glashülle der Laterne ab. Ihrem Bemühen haftete etwas Verzweifeltes an und Yoba fragte sich, wie viele der unzähligen Insekten bei diesem aussichtslosen Unterfangen wohl zu Grunde gingen.

Neben ihm spielte Chioke mit den Steinchen auf dem Fußweg eines seiner mysteriösen Zahlenspiele. Ständig baute er Haufen auf, zerteilte sie wieder und bildete neue. Seit ihrem Wiedersehen war Chioke so entspannt und unbekümmert wie noch nie. Manchmal hatte Yoba fast den Eindruck, sein Bruder sehe ihn wirklich an und nicht nur durch ihn hindurch. Grübelnd sah er ihm beim Spielen zu. Chi-Chi schien mit sich und der Welt auf eine beneidenswerte Art im Reinen zu sein.

Wahrscheinlich machte er sich nie Gedanken über die Zukunft und die Vergangenheit interessierte ihn auch nicht. Er lebte immer im Hier und Jetzt.

Mehr als alles andere schmerzte Yoba das Schweigen seines Bruders. Manchmal hatte es ihn sogar schon richtig wütend gemacht. Ohne zu zögern, hätte er seine rechte Hand geopfert, nur um einen Tag mit Chioke reden zu können. Ganz normal. Er hätte ihm so viel zu sagen! Aber so lebten sie in verschiedenen Welten. Als würde sie eine unsichtbare Mauer voneinander trennen. Im Grunde wusste er nicht einmal, ob sich Chioke überhaupt noch an ihre Mutter und ihr Dorf erinnern konnte. Oder an die Palmwein-Fahne seines Vaters und die ständigen Prügel.

Yoba kaute an dem Bleistiftstummel. Eine Ratte huschte durch die Gasse. Obwohl es noch nicht sehr spät war, waren nur wenige Einwohner unterwegs. Sie schenkten den beiden abgerissenen Jungen unter der Laterne keine Beachtung. Bis zum Ablegen des Bootes blieb noch reichlich Zeit, aber trotzdem bekam Yoba seine Nervosität kaum unter Kontrolle. Er war so kurz vor dem Ziel seiner Träume. Und wenn er erst einmal in Europa war und seinen Onkel gefunden hatte, würde er Anthony einen Brief schreiben. Er kannte zwar nicht die genaue Adresse, aber den alten Parkplatzwächter kannte in dem Viertel jeder. Dann würde er sich das restliche Geld schicken lassen und Adaeke mit dem Flugzeug nachholen. Das hatte er ihr versprochen und er hielt seine Versprechen. Darauf war Yoba stets stolz gewesen. Er wusste nicht, wie teuer europäische Häuser waren, aber vielleicht würde er eins für Adaeke, Chi-Chi und sich kaufen. Dort könnte sein Bruder dann in Ruhe gesund werden.

Versonnen zeichnete Yoba ein Häuschen auf das weiße Papier. Dann begann er zu schreiben. Er schrieb, bis ihm die Finger wehtaten, und hätte ihn Chioke nicht irgendwann aus Langeweile am T-Shirt gezupft, dann hätte er vielleicht sogar das Boot ins Land seiner Träume verpasst. So aber kamen Chioke und er rechtzeitig zu der verlassenen Pumpstation zurück. Babatunde, Maurice und Sunday warteten bereits. Sie waren ebenfalls sehr nervös. Die Angst vor dem bevorstehenden Abenteuer war ihnen deutlich anzumerken.

»Wartet kurz, bin gleich wieder da!«, bat Yoba und schlüpfte in die Ruine.

Er hatte sich daran erinnert, unter dem Hausmüll eine Rolle mit einem Rest Plastikfolie gesehen zu haben. Die holte er sich nun und wickelte sein Tagebuch sorgfältig darin ein. Als er mit dem Ergebnis zufrieden war, stopfte Yoba das wasserdicht verpackte Büchlein in seine Unterhose und grinste von einem Ohr zum anderen. »Jetzt bin ich so weit. Alle Mann an Bord!«

41.

Der Treffpunkt war eine unbeleuchtete Kreuzung unweit des Hafens. Als sie um Punkt Mitternacht erschienen, waren sie längst nicht die Ersten. Im Licht des Vollmonds konnte Yoba rund ein Dutzend schemenhafte Gestalten erkennen. Sie kauerten wie Phantome in den Büschen entlang der Straße. Nicht ein Laut war zu hören, nur das Zirpen der Grillen durchbrach die gespannte Stille. Yoba kaute unruhig an seinen Fingernägeln. Selbst auf seinen Bruder übertrug sich die in der Luft liegende Spannung. Chioke tastete im Mondlicht nach seiner Hand und drückte sie. Yoba konnte deutlich spüren, dass er zitterte.

»Mach dir keine Sorgen«, flüsterte er. »Wir schaffen das. Du musst jetzt nur ganz tapfer sein, hörst du?«

Yoba konnte selbst vor Angst kaum atmen. Babatunde, Sunday und Maurice versuchten ihre Furcht zu überspielen, indem sie leise Witze rissen. Yoba war viel zu aufgewühlt, um herumzualbern, aber er war dankbar für die Ablenkung. Diese Warterei machte ihn ganz krank.

Dann tauchte endlich ein Pick-up mit abgeblendeten Scheinwerfern auf. Zusammen mit den anderen dunklen Gestalten, die sich in den Büschen versteckt hatten, kletterten sie auf den Wagen. Es fiel kein einziges Wort. Als der Letzte oben war, klopfte jemand drei Mal auf das Dach und der überladene Wagen setzte sich mühsam wieder in Bewegung. Die Fahrt dauerte vielleicht zwanzig Minuten, dann bog der Pick-up von der Küstenstraße ab und rumpelte über einen Pfad in Richtung Meer. Als sie den Strand erreicht hatten, stiegen alle wieder ab und der Wagen kroch auf dem Pfad zurück zur Straße, um die nächste Fuhre zu holen. Diesmal von einem anderen Treffpunkt.

Yoba schärfte seinem Bruder ein, unter keinen Umständen von seiner Seite zu weichen. Soweit er im Mondlicht erkennen konnte, waren sie bereits die zweite Menschenladung, die am Strand abgesetzt worden war. Einige Meter entfernt zeichneten sich die Umrisse einer weiteren Gruppe gegen die helleren Dünen ab. Ängstlich schielte Yoba auf das schwarze Meer hinaus. Das rhythmische Rauschen der Brandung klang wie das

Hohngelächter fremder Wesen. Instinktiv trat er einen Schritt zurück, wobei er Chioke mit sich zog.

»Willst du es dir nicht doch überlegen?«, flüsterte eine Stimme. Es war Babatunde. »Ich meine es doch nur gut. Die Überfahrt wird sehr gefährlich.« Er stockte. »Ehrlich gesagt habe ich kein gutes Gefühl. Aber das bleibt unter uns. Maurice und Sunday brauchen davon nichts zu wissen.«

»Ich habe auch kein gutes Gefühl«, erwiderte Yoba und versuchte mutig zu klingen. »Aber wir müssen es einfach versuchen. Wir sind doch schon so weit gekommen. Jetzt schaffen wir auch noch den Rest!«

»Da hast du auch wieder Recht.« Babatundes makellos weiße Zähne blitzten im Dunkeln.

»Hey, seht mal!«, mischte sich Sunday ein. »Dahinten kommt ein Jeep! Schätze, es geht bald los.«

»Wurde ja auch Zeit!«, erwiderte Maurice.

Der Wagen rollte ohne Licht und beinahe lautlos durch die Dünen heran. Im Mondlicht erkannte Yoba einen nagelneuen japanischen Geländewagen mit getönten Scheiben. Die Fahrertür öffnete sich und ein überraschend junger Mann stieg aus. Er trug einen leichten Sommeranzug mit Bügelfalten und drückte ein Handy an sein Ohr.

»Das ist Ali«, zischte Babatunde, während er sich zu Yoba hinunterbeugte. »Bei ihm kauft man die Tickets für die Boote. An dem müssen du und dein Bruder vorbei.«

»Alis Onkel ist der Bürgermeister«, ergänzte Sunday leise. »An diesem Küstenabschnitt ist er der Big Boss.«

Der libysche Menschenschleuser redete lautstark in sein aufklappbares Handy. Währenddessen schritt er mit einer unbekümmerten Selbstverständlichkeit durch die Grüppchen der verängstigten Flüchtlinge, als wäre er der Gastgeber einer Mitternachtsparty. Yoba schätzte, dass sich am Strand inzwischen an die sechzig Personen eingefunden hatten. Darunter erkannte er auch die Schemen von Frauen und Kindern. Sie alle waren im Begriff, ihr Leben zu riskieren.

Es war eine gespenstische Szene. Man konnte die Anwesenheit der vielen Menschen am Strand spüren, ohne sie in der Dunkelheit wirklich zu sehen. Niemand sprach ein Wort. Allein das Rauschen der Brandung und ein paar arabische Wortfetzen mischten sich in den stetig auffrischenden Wind. Dann schaltete Ali endlich sein Handy aus. Er trat nahe ans Wasser heran und gab mit einer Taschenlampe ein Zeichen. Sekunden später blinkte weit draußen auf dem Meer ebenfalls ein Licht auf.

»Das ist unser Taxi!«, witzelte Maurice, aber die Aufregung war ihm deutlich anzumerken.

Sunday begann erneut damit, seinen Talisman durch die Finger gleiten zu lassen und dabei leise Beschwörungsformeln zu murmeln. Nach weiteren zehn Minuten bangen Wartens war es endlich so weit. Zuerst trug der Wind nur das Tuckern eines Dieselmotors an den Strand, doch dann schälten sich die Umrisse eines Bootes aus der Nacht. Yoba konnte kaum glauben, was er da vor sich sah. Das ausrangierte Fischerboot war viel zu klein für die vielen wartenden Menschen. Yoba stieß Babatunde in die Seite, aber der rührte sich nicht. Wahrscheinlich dachte er das Gleiche.

Sobald das schmale Boot seinen Anker geworfen hatte, sprang der Bootsführer ins Wasser und watete mit gelupfter Dschallaba ans Ufer. Kaum hatte er den Strand erreicht, entbrannte zwischen ihm und Ali ein heftiger, auf Arabisch geführter Streit.

»Was reden die?«, wollte Yoba wissen.

»Keine Ahnung, von uns kann auch keiner Arabisch«, erwiderte Babatunde. »Kutu konnte es, weil er zu Hause in Ghana mal einen marokkanischen Chef hatte. Er hat immer übersetzt.«

Hinter ihnen flüsterte eine Stimme. »Der Kapitän will die Aktion abbrechen.« Das Gesicht des Mannes war im Sternenlicht nur undeutlich zu erkennen. »Der Kapitän meint, in den nächsten Tagen werde das Wetter schlecht. Er befürchtet einen Sturm. Deshalb will er nicht auslaufen.«

»Und was sagt Ali dazu?«, erkundigte sich Sunday ängstlich.

»Der will die Sache durchziehen.« Der Unbekannte lauschte kurz, dann fuhr er mit seiner Übersetzung fort. »Ali behauptet, die Wettervorhersage sei okay. Er will uns auf keinen Fall das Geld zurückgeben müssen. Deshalb droht er dem Kapitän damit, seine Geschäfte mit jemand anderem zu machen. Wartet!« Der Mann lauschte erneut. »Jetzt nennt Ali den Kapitän einen ägyptischen Feigling. Seine Mutter sei eine Eselin und sein Vater ein ängstliches Kamel.«

»Der Kapitän ist Ägypter?« Yoba war verwundert. Er dachte, das Land mit den Pyramiden läge weit entfernt von ihnen.

»Die meisten Kapitäne auf den illegalen Booten sind Ägypter«, erklärte der Fremde. »Die kennen sich am besten mit den Sternen aus.«

»Ja, davon habe ich schon gehört!«, meldete sich Sunday zu Wort. »Außerdem sollen sie einen guten Draht zu den Wassergeistern haben!«

Zu den Wassergeistern vielleicht, dachte Yoba, aber nicht zu den libyschen Schleusern, denn der Kapitän lupfte seine Dschallaba und watete wütend zurück zu seinem Boot.

Endlich begann das Einsteigen. Die Leute nahmen ihr weniges Gepäck und bildeten, wie schon so oft auf ihrer Reise, eine Schlange. Ali ließ sich von jedem Einzelnen das Ticket vorzeigen, das sie zuvor bei ihm gekauft hatten. Es handelte sich um einen Fetzen Papier mit einem Micky-Maus-Stempel und seinem persönlichen Geheimzeichen. Anschließend leuchtete er den verängstigten Leuten mit der Taschenlampe ins Gesicht. Erst dann durfte man einsteigen. Babatunde, Maurice und Sunday überstanden die Kontrolle problemlos. Sie waren schon fast an Bord des Fischerbootes, als Yoba und Chioke an der Reihe waren.

»Wo ist euer Ticket?«, schnauzte Ali sie an. Dabei leuchtete er Yoba mit der Taschenlampe ins Gesicht.

»Wir … wir haben keins«, stammelte Yoba. Das Licht blendete ihn. »Wir kommen für jemand anderen.«

»Willst du mich auf den Arm nehmen?« Ali winkte den Fahrer des Pick-ups herbei, der ihm bei der Kontrolle zur Hand ging und offenbar gleichzeitig als sein Bodyguard fungierte. »Schaff die Jungen hier weg! Wir haben nicht ewig Zeit!«

»Halt! Warten Sie!«, rief Yoba, als ihn der stämmige Typ packte. »Kutu kommt nicht, weil sie ihn verhaftet haben. Mein Bruder und ich sind nicht groß, wir teilen uns seinen Platz. Bitte! Er ist ja schon bezahlt!«

»Ja, aber nicht von euch!« Ali gab seinem Leibwächter ein Zeichen. »Bring sie weg. Sie halten alles auf!«

Plötzlich ertönte zwischen den Dünen eine Hupe. Dann blinkte in der Ferne eine Taschenlampe. Sie blitzte dreimal auf und versetzte Ali und seinen Leibwächter mit einem Mal in höchste Alarmbereitschaft. Sie brachen die ganze Aktion sofort ab und liefen zu ihrem Jeep. Dann jagten sie mit aufheulendem Motor davon. Kurz darauf tauchten neue Scheinwerferpaare zwischen den Dünen auf.

»Sieht ganz so aus, als habe da jemand nicht die richtigen Leute geschmiert«, meinte eine Stimme hinter Yoba. »Sonst müsste er jetzt nicht wie ein verschrecktes Huhn davonrennen.«

Yoba war das völlig egal. Er brauchte genau zwei Wimpernschläge, um die Situation zu erfassen. Sofort zerrte er Chioke in die Brandung, dann wateten sie hinüber zu dem Boot, auf dem der ägyptische Kapitän bereits hastig versuchte den Motor zu starten. Babatunde, Sunday und Maurice kamen hinterher. Sie kletterten über die niedrige Reling und hievten Chioke gemeinsam an Bord, bevor der Dieselmotor mit einem Stottern ansprang. Als der Strand kurz darauf von den Scheinwerfern mehrerer Polizei-Jeeps in gleißendes Licht getaucht wurde, kauerten sie bereits an Deck des Fischerbootes.

Unter den am Strand Zurückgebliebenen brach währenddessen Panik aus. Viele wollten sich dem Zugriff der libyschen Polizei entziehen, indem sie sich ins Wasser stürzten und verzweifelt versuchten das Boot zu erreichen. Aber der Kapitän hatte nicht vor seine eigene Haut aufs Spiel zu setzen. Sobald der Motor angesprungen war, nahm er Kurs auf das offene Meer. Yoba half dabei, all diejenigen an Bord zu ziehen, die es noch rechtzeitig bis zu dem abdrehenden Boot schafften. Es waren nicht wenige, aber für mindestens ein Dutzend Leute war es bereits zu spät. Sie blieben im flachen Wasser zurück und schrien ihnen hinterher. Ein junger Mann versuchte dem Boot hinterherzuschwimmen, wobei er in die Schiffsschraube geriet und sich schwer verletzte.

An Bord des Fischerbootes war jeder bestürzt. Das Geschrei

und der Lärm am Strand verfolgten sie noch eine ganze Weile in die Nacht hinaus. Einmal hörte Yoba sogar einen Schuss.

»Warum tun die Libyer das?«, fragte er Babatunde, während er seinen zitternden Bruder dazu brachte, sich zwischen seine Beine zu setzen. »Ich meine, es kann ihnen doch egal sein.«

»Ist es ihnen auch.« Babatunde klammerte sich an die Reling. Im Mondlicht konnte man erkennen, wie erschüttert er war. »Die Europäer wollen nicht, dass wir kommen. Deshalb zwingen sie die Libyer, uns erst gar nicht losfahren zu lassen. Und wie du gesehen hast, tun die Libyer das auch. Zumindest hin und wieder, damit sie was vorzuweisen haben.«

Sunday knurrte bitter. »Ja, und an dem Rest verdienen sie munter weiter. Wahrscheinlich sind heute Nacht Dutzende von Booten gestartet und keinen kümmert es. Anscheinend haben wir unsere Kreuzfahrt bei dem Falschen gebucht.«

Dann erbrach er sich in einem hohen Bogen ins Meer.

42.

Als Adria und Julian mit der Autofähre in den malerischen Hafen von Lampedusa-Stadt einliefen, stachen ihnen die vielen Soldaten und Carabinieri sofort ins Auge. Sie bevölkerten die Cafés und schlenderten in lärmenden Gruppen über die kopfsteingepflasterten Gassen der historischen Altstadt. Einige Uniformierte saßen sogar in Klappstühlen auf dem Kai und hielten zum Zeitvertreib ihre Angeln ins Hafenbecken. Julian kam sich vor wie in einem Freizeit- und Erholungscamp hinter der Front eines unsichtbaren Krieges.

Nachdem die Fähre angelegt hatte, gingen sie mit gemischten Gefühlen von Bord. Sofort steuerte ein am Pier wartender Taxifahrer mit ausgebreiteten Armen auf sie zu. Der kleine Mann war bereits im Rentenalter und trug einen nicht zu verachtenden Bauch vor sich her. Sein schmales, freundliches Gesicht krönte ein imposanter, perfekt gestutzter Schnauzbart.

»Willkommen auf Lampedusa!«, legte er auf Deutsch los. »Der schönsten Insel der Welt! Hotel oder Sightseeing? Oder vielleicht eine Ferienwohnung? Mein Vetter vermietet gleich zwei davon.« Er schnalzte genießerisch mit der Zunge. »Mit Meerblick – bellissima! Billig wie bei Aldi!«

»Aldi!?« Adria und Julian wechselten irritierte Blicke.

»Alles, was deutsch ist, erkenne ich auf hundert Meter!«, erklärte der Taxifahrer belustigt. Seine Augen wanderten von Julians Badelatschen über seine Shorts und das bedruckte T-Shirt bis hin zu seinen dunkelblonden Haaren. »Ich habe zwanzig Jahre in München gearbeitet. Als Gastarbeiter in einer Fabrik für Autoteile. München ist eine sehr schöne Stadt. Wunderschöne Signorinas!« Er zwinkerte Julian verschwörerisch zu und hielt die Tür seines betagten Mercedes auf.

Dieser Casanova war mindestens so alt wie sein eigener Großvater, dachte Julian. Er zog Adria ein Stück zur Seite. »Vielleicht ist es besser, wir peilen die Lage erst einmal zu Fuß. Ich trau dem Typen nicht.«

»Bitte nicht zu Fuß!« Adria befühlte ihre Stirn mit dem Handrücken. »Ich fühle mich nicht so gut. Lass uns doch lieber das Taxi nehmen!«

»Bist du etwa krank?«, erkundigte sich Julian besorgt.

»Nein, es geht schon«, beruhigte ihn Adria. »Mir ist nur ein wenig schlecht. Die Sonne auf der Fähre war vielleicht ein bisschen viel.«

Julian machte sich ernsthaft Sorgen, denn Adrias Gesichtsfarbe sah alles andere als gesund aus. Also doch lieber das Taxi. Er half ihr beim Einsteigen, und nachdem sie auf der ausgeleierten, aber tadellos gepflegten Rückbank Platz genommen hatten, schlüpfte der Taxifahrer hinter das Lenkrad.

»Also, wohin wollt ihr zwei Hübschen?«, fragte er mit Blick in den Rückspiegel. »Luigi kennt jeden romantischen Strand auf dieser Insel! Ganz ungestört!«

Er lachte über seinen eigenen Witz. Julian sah genervt aus dem Fenster.

»Wir bleiben nicht lange«, erklärte Adria und legte Julian die Hand auf den Oberschenkel. »Wir wollen nur kurz in das Flüchtlingslager. Mit der nächsten Fähre fahren wir wieder zurück.«

»Ihr wollt zu den Illegalen?« Luigis vor Erstaunen weit aufgerissene Augen füllten den Rückspiegel. »Deswegen seid ihr extra vom Festland gekommen?«

»Wir suchen jemanden«, erwiderte Julian knapp.

Luigi drehte den Zündschlüssel und schüttelte den Kopf. »Wie traurig! Niemand interessiert sich mehr für die wahre Schönheit der Insel!« Er legte den ersten Gang ein und fuhr mit einem Ruck los. Seine gute Laune schien plötzlich verflogen zu sein.

»Es ist hübsch hier«, versuchte Adria das Schweigen zu brechen, während das Taxi den alten Hafen von Lampedusa verließ und durch die charmanten Gassen der Altstadt steuerte. In diesem Moment donnerte ein Airbus über ihre Köpfe hinweg und landete hinter den würfelförmigen, hell getünchten Häusern. Der Flughafen der Insel musste in unmittelbarer Nähe zur Stadt liegen.

Als der nachlassende Turbinenkrach wieder eine Unterhaltung zuließ, unternahm Adria einen erneuten Anlauf.

»Man sieht ja fast nur Polizisten in den Cafés«, stellte sie fest. »Ist das nicht schlecht für das Touristengeschäft?«

Offenbar hatte Adria einen wunden Punkt getroffen, denn jetzt kam Luigi richtig in Fahrt: »Schlecht für das Geschäft? Ich verrate dir etwas: Hier gibt es kein Geschäft mehr. Es ist tot!«

Luigi starrte grimmig nach vorn. Ein weißer Lieferwagen versperrte ihnen den Weg. »Früher war Lampedusa ein Touristenparadies – heute sind wir ein einziger riesiger Käfig! Und wer macht schon freiwillig Urlaub in einem Gefängnis?« Er hupte den Lieferwagen wütend an. »Eine Schande ist das! Dieses Lager ist wie ein Krebsgeschwür!«

Plötzlich drehte er sich während der Fahrt abrupt zu Adria und Julian um: »Was habt ihr eigentlich bei den Illegalen verloren?«, fragte er misstrauisch. »Ihr seid zu jung, um Reporter zu sein.«

»Wir wollen nur jemandem etwas zurückgeben.« Adria stupste Julian an. »Los, zeig ihm das Buch!«

Julian zog das kleine Tagebuch aus der Tasche seiner Shorts hervor und hielt es in die Höhe.

Luigi schielte über seine rechte Schulter. »Und was ist das für ein Buch?«

Adria erzählte ihm auf Italienisch von den toten Afrikanern am Hotelstrand, wie Julian das Tagebuch gefunden hatte und wie sie gemeinsam beschlossen hatten es seinem Besitzer zurückzubringen. Sie schilderte ihm auch ihren Besuch im Leichenschauhaus. Luigi hörte aufmerksam zu, bis er plötzlich den Wagen an den Straßenrand lenkte und bei laufendem Motor anhielt.

Er drehte sich erneut zu seinen Fahrgästen um. »Zeigt mal her!«

Adria reichte ihm das Buch nach vorne und Luigi blätterte neugierig darin herum. Währenddessen sah Julian aus dem Taxifenster. Sie hatten die malerische Hafenstadt inzwischen verlassen und auf beiden Seiten der Straße entfaltete sich eine Insellandschaft von karger Schönheit. Wild wachsende Blumen und Kräuter, gelbe Margeriten und rosa Malven, so weit das Auge reichte. An den Hängen der Hügel grasten Ziegen an dornigen Sträuchern. Eine mediterrane Idylle.

»Das ist verrückt«, sagte Luigi auf Deutsch und zupfte sich am Ohrläppchen. Dann lächelte er verschmitzt: »Wisst ihr was? Ich mag verrückte Sachen! Ich werde euch helfen!«

Er reichte das Buch wieder nach hinten.

»Sie können uns in das Lager bringen?« Julians Herz schlug schneller. »Ein Journalist auf der Fähre hat uns erzählt, sie lassen keinen rein.«

»Journalisten sind Journalisten.« Luigi zwinkerte in den Rückspiegel und lenkte den Wagen zurück auf die Straße. »Lasst das mal meine Sorge sein! Wir sind hier auf meiner Insel. Wir halten zusammen. Egal was die in Rom sagen.«

Das mit einem hohen Zaun gesicherte Flüchtlingslager lag nur einen Steinwurf vom Flugplatz der Insel entfernt. Die asphaltierte

Rollbahn verlief unmittelbar dahinter. Als sie auf das grüne Tor am Ende der Sackgasse zufuhren, konnte Julian durch das Taxifenster das Kerosin in der Luft riechen. Es roch wie auf einer Tankstelle für Düsenjets. Auch den wilden Blumen entlang der Straße schien die giftige Luft nicht zu bekommen. Sie ließen allesamt die Köpfe hängen.

Luigi stellte das Taxi auf dem Parkplatz vor dem Tor ab. »So, da wären wir. Kommt mit!«, sagte er und stieg aus.

Kaum waren Adria und Julian aus dem Taxi geklettert, donnerte ein weiterer Airbus über ihre Köpfe hinweg und landete mit quietschenden Reifen auf der nahen Rollbahn. Die Erde unter ihren Füßen vibrierte wie bei einem Erdbeben und das Heulen der Triebwerke ging ihnen durch Mark und Bein.

»Mal sehen, ob wir euren Bücherschreiber finden!«, schrie Luigi gegen den Turbinenlärm an und bedeutete Adria und Julian ihm zu folgen. Als sie das Tor erreichten, kam ihnen ein leicht angegrauter Carabinieri mit ausgebreiteten Armen entgegen. Seinen Rangabzeichen nach musste er ein hoher Offizier sein.

»Luigi!«, rief er erfreut. »Welch eine Ehre! Wie geht es Maria?«

»Bestens, Schwager, bestens!« Der Taxifahrer tätschelte seinen runden Bauch. »Sie ist noch immer die beste Köchin auf Lampedusa!«

Die beiden Männer umarmten sich überschwänglich.

»Bekommt ihr etwa Nachschub?« Luigi wedelte mit dem Daumen in Richtung des gerade gelandeten Flugzeugs.

»Es ist Sommer«, seufzte sein Schwager. »Wir haben Hochsaison. Gestern hat die Küstenwache ein neues Boot aufgebracht. Die armen Schweine müssen tagelang auf dem Meer herumgeirrt sein. Sie hatten nicht mal einen Kapitän an Bord. Einer der Flüchtlinge hat das Ruder übernommen.«

»Ohne Kapitän?«

»Kaum zu fassen, oder?« Der Offizier wirkte betrübt. »Da hinten kommen schon die Busse! Hoffentlich sind es nicht wieder hundert auf einmal. Es ist unglaublich, wie viele Menschen die Schleuser auf einen einzigen morschen Kutter packen!«

43.

Zwei Reisebusse hielten vor dem grün gestrichenen Tor, unmittelbar neben dem englischen Schild, auf dem zu lesen war: »Lager zur Identifikation und Abschiebung«. Durch die leicht getönten Scheiben der fabrikneuen Busse konnte Julian viele dunkelhäutige Menschen erkennen. Die Schiffbrüchigen pressten ihre erschöpften Gesichter neugierig an die Scheibe. In den Mienen der jungen Afrikaner spiegelte sich die Erleichterung über ihre Rettung, aber auch die Angst vor einer ungewissen Zukunft. Mit einem Zischen öffnete sich die Bustür und einer der Fahrer schlenderte mit einem Klemmbrett unter dem Arm gemächlich in Richtung Pförtnerhäuschen.

»Das nimmt einfach kein Ende!«, stöhnte Luigis Schwager. »Tut mir leid, alter Freund. So wie es aussieht, muss ich mich mal wieder um den Papierkram kümmern.« Er wandte sich zum Gehen, blieb dann aber plötzlich wie angewurzelt stehen: »Was zum Teufel macht *der* denn hier!«

Helmut Lehner, der Journalist, den Julian und Adria auf der Autofähre kennengelernt hatten, schlich um die Busse herum und fotografierte sie von allen Seiten. Erst jetzt registrierte Julian den Motorroller neben dem geparkten Taxi.

Luigis Schwager stieß einen Pfiff aus und zwei Carabinieri in schwarzen Uniformen eilten herbei. Die Militärpolizisten wussten sofort, was zu tun war. Ohne zu zögern, entrissen sie Lehner die Kamera, wobei sie ziemlich grob zu Werke gingen. Lehner protestierte lautstark auf Englisch, berief sich auf die Pressefreiheit und alle möglichen Menschenrechtsartikel, aber es nutzte nichts. Wahrscheinlich verstanden die Militärpolizisten nicht einmal, was er sagte.

»Warum lässt du ihn nicht die Fotos machen?«, fragte Luigi seinen Schwager, während sie das Gerangel beobachteten. »Du willst doch auch, dass das hier aufhört. So wie alle hier auf der Insel.«

»Ich habe meine Befehle«, erwiderte der Offizier ausweichend. »Wer sind die da überhaupt?« Damit meinte er Adria und Julian.

»Ach, die gehören zu mir! Sag, hat Alessandro heute Dienst?«

»Ich denke, schon.« Luigis Schwager legte gut gelaunt den Arm um ihn. »Mir nach! Ich bringe euch rein!«

Julian und Adria hefteten sich an die Fersen der beiden Männer und folgten den Bussen durch das geöffnete Tor. Als sie das Gelände betraten, trauten sie ihren Augen nicht. Es war, als befänden sie sich plötzlich mitten in Afrika. Der asphaltierte, von niedrigen Gebäuden mit roten Dächern umgebene Platz war voller dunkelhäutiger Menschen. Aus den offenen Fenstern hing Wäsche zum Trocknen heraus und ein paar junge Männer kickten in der prallen Sonne einen Ball gegen den hohen Drahtzaun. Andere standen rauchend herum und schienen sich einfach nur zu langweilen. Auch auf den Balkonen der barackenähnlichen, einstöckigen Gebäude drängten sich die Menschen. Sie lehnten am Geländer und beobachteten das Treiben auf dem Platz mit unbeteiligten Mienen. Über dem ganzen Areal lag eine Wolke aus Kerosin. Man konnte kaum atmen und in jeder Ecke der Sicherheitszäune türmten sich Berge von prall gefüllten Müllsäcken.

Als die Neuankömmlinge aus den Bussen stiegen, wurden sie von den Umstehenden mit Fragen bombardiert. Es entstand ein Tumult und sofort waren die Carabinieri da. Sie gingen dazwischen und trieben die Menge wie bei einer Demonstration auseinander.

»Vor ein paar Monaten hat es hier einen Aufstand gegeben«, erklärte Luigi. »Über tausend Illegale sind ausgebrochen und zum Rathaus marschiert, um für bessere Bedingungen zu kämpfen. Die Inselbewohner haben sich ihnen sogar angeschlossen, aber genutzt hat es trotzdem nichts.«

Adria fühlte sich sichtlich unwohl. Sie ließ Julians Hand keine Sekunde mehr los. »Hier drin ist es voller als in einer Fußgängerzone am Samstag!«, keuchte sie. »Ich weiß gar nicht, wie man diese Enge und diesen Benzingestank aushalten kann!«

»Der Gestank kommt von den startenden und landenden Flugzeugen«, sagte Luigi. »Drinnen in den Räumen ist es noch schlimmer.«

»Aber warum bringen sie überhaupt noch Leute hierher?«, wunderte sich Julian. »Hier ist kein Platz mehr. Das sieht doch jeder.«

Der Taxifahrer blieb stehen: »Lampedusa liegt nur hundertzwanzig Kilometer von der afrikanischen Küste entfernt«, klärte er sie auf. »Bei uns landen nicht nur viele Flüchtlingsboote, von hier aus lassen sich die Leute auch am einfachsten wieder zurückschicken. Deshalb werden mittlerweile illegale Immigranten aus ganz Italien hierhergebracht.«

Adria bemerkte die misstrauischen Blicke, die die Lagerinsassen ihnen zuwarfen, und fühlte sich wie eine Gafferin. Vom Kerosingestank hatte sie mittlerweile üble Kopfschmerzen. »Und was geschieht jetzt mit diesen Menschen?«

»Sie werden von hier aus nach Libyen oder sonst wohin ausgeflogen. So wie die da hinten!« Luigi wies auf eine Gruppe Männer. »Das sind die Nächsten«, fuhr Luigi fort. »Man fliegt sie aus und nächsten Monat versuchen sie es wieder. So lange, bis sie es geschafft haben oder ertrunken sind. Es ist wirklich ein Trauerspiel.«

Julian und Adria folgten dem Taxifahrer weiter durch die Menschenmenge. Sie wurden von allen Seiten neugierig beäugt und Hunderte stumme Augenpaare verfolgten jeden ihrer Schritte. Die Atmosphäre war bedrückend, viele der Insassen saßen apathisch auf dem Boden oder schlichen wie Untote über das umzäunte Gelände. Julian versuchte sich, so gut es ging, einen Überblick zu verschaffen, aber er konnte nirgendwo in der Menge einen sechzehnjährigen Jungen entdecken. Auch Frauen sah er keine. Dabei wusste er aus dem Tagebuch, dass auch Frauen mit Kindern die gefährliche Reise nach Europa antraten.

»Gibt es hier denn gar keine Frauen?« Adria schien den gleichen Gedanken zu haben wie er. »Ich sehe nur Männer!«

»Die Frauen sind zusammen mit den Kindern in einem anderen Lager«, erwiderte Luigi, während sie auf das Verwaltungsgebäude zugingen. »Eine ehemalige Militärbasis am äußersten Zipfel der Insel. Wenn euer Freund nicht hier ist, versuchen wir es da.«

»Und wohin gehen wir jetzt?«, wollte Julian wissen.

»Wir besuchen meinen Enkel Alessandro«, sagte Luigi. Er arbeitet in der Kleiderkammer. Jeder hier muss sich bei ihm seine Sachen holen. Deshalb kennt er jedes Gesicht.«

»Darf ich Sie mal was fragen?«, erkundigte sich Julian. »Warum tun Sie das eigentlich? Ich meine, warum helfen Sie uns?«

»Ich kann die Leute hier gut verstehen. Als junger Mann habe ich selbst davon geträumt, nach Deutschland zu gehen. Nur um ein bisschen Geld zu verdienen. Ich wollte heiraten und mir hier auf der Insel ein Haus bauen. Mehr nicht.«

»Leih mir mal dein Handy!«, raunte Julian Adria zu, während sie weitergingen.

»Was hast du vor?«, fragte sie leise zurück.

»Fotos machen! Jetzt mach schon. Beeil dich!«

Adria zögerte, dann kramte sie ihr Handy aus ihrem Umhängebeutel. Nachdem sie es eingeschaltet hatte, gab sie es Julian: »Einfach nur draufdrücken!«

Julian legte sofort los. Während sie Luigi hinterhertrotteten, fotografierte er die Menschentrauben, die Gebäude, die Abfallberge, einfach alles. Um nicht aufzufallen, schoss er die meisten Fotos auf gut Glück aus der Hüfte heraus, und als sie das Verwaltungsgebäude am anderen Ende des großen Platzes erreichten, war der Speicher des Handys beinahe voll.

Luigi blieb plötzlich abrupt stehen und drehte sich um. Julian verbarg das Handy blitzschnell hinter seinem Rücken, aber Luigi schenkte ihm ohnehin keine Beachtung.

»Madonna! Was ist mit deiner Freundin?«, rief er stattdessen aus. Im gleichen Atemzug drängte er sich an ihm vorbei.

Julian war so mit dem Fotografieren beschäftigt gewesen, dass er Adrias Zustand gar nicht bemerkt hatte. Sie war weiß wie eine Wand.

44.

Der voll besetzte ehemalige Fischkutter kämpfte sich durch die Wellen auf das schwarze Meer hinaus. Yoba konnte sein Glück kaum fassen. Chioke und er hatten es wirklich geschafft! Leider war es auf dem Boot fast so eng wie auf dem Laster durch die Wüste. Obwohl etliche Flüchtlinge am Strand zurückgeblieben waren und man die Vorrichtungen für die Netze abgebaut hatte, um mehr Raum zu schaffen, blieb kaum Platz zum Sitzen. Auf dem schlanken Holzboot drängten sich mehrere Dutzend verängstigte Menschen, darunter auch Frauen und Kinder. Chioke saß zwischen Yobas Beinen und presste seinen Rücken gegen ihn.

Seitdem sie den Strand verlassen hatten, steuerte der Kapitän den tief im Wasser liegenden Kutter auf das nächtliche Meer hinaus. Der Wind ließ die Gischt hoch aufspritzen und alle an Bord waren bald nass bis auf die Haut. Nur der Kapitän und sein Bootsjunge blieben trocken. In ihrem kleinen, von einer Glühbirne beleuchteten Ruderhaus waren sie als Einzige vor Wind und Wasser geschützt.

Zu allem Unglück nahm der Wellengang stetig zu, je weiter sie sich von der Küste entfernten, und schon bald gab es die ersten Seekranken. Sie erbrachen sich ins Boot oder über die Reling und zum ersten Mal war Yoba froh über seinen stets leeren Magen. Auch seinem Bruder schien das ständige Auf und Ab nicht besonders viel auszumachen.

»Geht es dir gut?«, fragte Yoba ihn.

Zu seiner Überraschung nickte Chioke heftig. Für ihn schien die Bootsfahrt bislang lediglich ein großes Abenteuer zu sein.

Für Sunday hingegen war sie die reinste Folter. »Wie lange dauert dieser Wahnsinn denn noch?«, stöhnte er. Er hatte sich bereits mehrmals übergeben, und kaum hatte er die Worte herausgebracht, hing er erneut über der niedrigen Außenwand des Bootes.

Babatunde legte ihm die Hand auf den Rücken. »Ich schätze, wir werden Sizilien in achtundvierzig Stunden erreichen. Bis dahin musst du durchhalten. Sieh nur, es wird bereits Tag!«

»Babatunde hat Recht, was die Überfahrt betrifft«, meinte Maurice. Der Kameruner schien neben Chioke und dem Kapitän der Einzige auf dem Kutter zu sein, dem das Geschaukel nicht den Magen umdrehte. »Wie ich mitbekommen habe, reichen die Dieselvorräte für zwei bis drei Tage. Länger kann die Fahrt also auf keinen Fall dauern«, erklärte er zuversichtlich.

Sunday sah ihn gequält an. »Und wenn wir die Küste bis dahin nicht erreichen?«, gab er zu bedenken. »Was ist dann?«

Als weder Maurice noch Babatunde darauf eine Antwort wussten, übergab sich Sunday erneut.

Der Bug des Bootes hob sich gegen das Morgenrot des Himmels und klatschte mit einem harten Schlag zurück auf die Wellen. Die aufspritzende Gischtfontäne brach sich vor der aufgehenden Sonne und ließ winzige, rot glitzernde Wassertröpfchen auf die dicht gedrängten Menschen herabregnen.

Mit zunehmender Helligkeit verlor Yoba seine Angst vor der See. Er gewöhnte sich sogar an das ständige Auf und Ab des Bootes und die Enge an Deck. Auf der linken Seite konnte er im Rosa des Morgenlichts die tunesische Küste ausmachen.

Chioke hielt seine Hand über die Holzreling und jedes Mal, wenn seine Finger das vorbeirauschende Meer berührten, jauchzte er vor Glück. So verging beinahe der gesamte Tag. Wie die meisten an Bord versuchten auch Babatunde, Sunday und Maurice die Zeit totzuschlagen, indem sie in der prallen Sonne dösten. Yoba hingegen konnte sich am Meer einfach nicht sattsehen. Er verspürte eine atemberaubende Freiheit, denn jede Seemeile brachte ihn seinem großen Traum ein Stückchen näher.

Gegen Mittag erschien am Horizont ein graues Schiff. Wahrscheinlich die tunesische Küstenwache, lautete die einhellige Meinung an Deck. Aber ebenso wie die auslaufenden Fischer, denen sie den ganzen Morgen über begegnet waren, schien sich auch die tunesische Küstenwache nicht sonderlich für ihr Boot zu interessieren. Das Schiff drehte ab und stob mit einer imposanten Bugwelle davon. Ihre Fahrt ging ungehindert weiter.

Am nächsten Morgen verschlechterte sich das Wetter merklich. Der Wind wehte kräftiger, die Wellen wurden höher und die morschen Planken des ausrangierten Fischerbootes knackten vernehmlich.

»Wisst ihr, was mir Sorgen macht?« Babatunde ließ die von der Gischt umschäumte Reling keine Sekunde mehr los.

»Ach, du hast Sorgen?«, meinte Maurice sarkastisch. »Ich vermute mal, da bist du nicht der Einzige hier.«

Babatunde ließ sich nicht beirren. »Ich meine es ernst. Merkt ihr das nicht? Die Wellen werden immer höher!«

»Das ist normal!«, winkte Maurice ab. »Je weiter man vom Land weg ist, desto mehr Wind und Wellen gibt es. Das ist nichts Besonderes.«

Sein gezwungenes Grinsen verriet, dass er wohl selbst nicht so recht an seine eigenen Worte glaubte.

»Ich finde auch, da stimmt was nicht!«, rief Sunday gegen den zunehmenden Wind an. »Seht doch! Der Kapitän pafft eine Zigarette nach der anderen. Der ist nervös!«

Wie zur Bestätigung verließ der Bootsjunge das Ruderhaus. Er kletterte auf das Dach und spähte über die Köpfe der zusammengepferchten Menschen hinweg in den Himmel. Dann kehrte er zurück und sprach aufgeregt mit dem Kapitän.

»Der Himmel steh uns bei!«, stieß Babatunde einige Minuten später plötzlich hervor und ihre Köpfe fuhren herum: Hinter dem Boot erhob sich eine gigantische, schwarze Wand aus Wasser, die unaufhaltsam schnell näher kam. Dunkle Wolken verdeckten die Sonne, es fing an zu regnen und wurde schlagartig kälter. Gleichzeitig hörte der Wind auf und für einen Moment war es bis auf das Tuckern des Bootsmotors ganz still. Dann brach die Hölle los.

Eine Orkanböe riss das überladene Boot herum und legte es quer zu den sich auftürmenden Wellen. Haushohe Brecher überfluteten den Kutter und rissen die ersten Menschen mit sich. Eine Frau schrie und mit Entsetzen beobachtete Yoba, wie ein Mann nur wenige Meter entfernt hilflos in den Wellen trieb und hinter einer Wand aus Regen und Gischt verschwand. Chioke schrie um sein Leben. Yoba umschlang ihn so fest mit den Armen, wie er nur konnte. Gleichzeitig stemmte er seine Füße verzweifelt gegen den Boden und drückte sich gegen die Bordwand, um mehr Halt zu bekommen. Er brüllte Babatunde etwas zu, aber der Wind und das Trommeln des Regens waren so laut, dass er nicht mal seine eigene Stimme hören konnte. Sunday und Maurice krallten sich gemeinsam an eine hölzerne Netzrolle und ihre Körper schlugen mit jeder Schlingerbewegung hart gegen die Außenwand. Dann war Babatunde plötzlich weg. Eine Welle musste ihn über Bord gespült haben. Yoba schrie seinen Namen, doch es war vergebens.

Als ein weiterer Brecher den Motor des Bootes unter Wasser setzte, trieben sie endgültig manövrierunfähig in den Wellenbergen. Yoba stemmte sich weiter mit den Füßen gegen das Holz des alten Kutters und hielt seinen Bruder mit beiden Armen fest umklammert. Immer wieder brach ein Wasserschwall über sie herein, so dass sie kaum Luft holen konnten. Den Menschen an Deck versagten zunehmend die Kräfte. Viele konnten sich nicht länger festhalten und verschwanden mit einem lautlosen Schrei auf den Lippen in den tosenden Fluten. Gleichzeitig spürte Yoba, wie das gesamte Boot von einer gewaltigen Welle emporgehoben wurde. Mit einem Knall brachen Holzplanken und Spanten barsten. Das schwere Boot stieg höher und höher. Dann verharrte es für einen kurzen Moment regungslos in der Luft, kippte wie in Zeitlupe nach vorne und rauschte mit dem Bug voraus in einen schwarzen Abgrund.

Das eiskalte Wasser raubte Yoba die Sinne. Instinktiv hielt er die Luft an und umklammerte seinen panisch strampelnden Bruder. Dann traf ihn etwas Schweres in die Seite und Yoba spürte, wie sein Arm brach. Chi-Chi drohte seinem Griff zu entgleiten. Yoba biss auf die Zähne, aber der Schmerz war schier unerträglich. Er konnte seinen kleinen Bruder nicht länger festhalten.

Als das leckgeschlagene Boot wieder aus dem Wasser auftauchte, schwamm Chioke im Meer. Er hüpfte wie ein Korken auf den Wellen auf und ab und entfernte sich immer weiter. Yoba zögerte nicht einen Moment und stürzte sich mit seinem gebrochenen Arm in die Fluten. Halb wahnsinnig vor Schmerzen versuchte er seinen Bruder zu erreichen. Chioke hatte sich mittlerweile aus eigener Kraft auf ein großes Holzbrett gerettet, das ursprünglich zum Dach des Ruderhauses gehört hatte.

Mit letzter Kraft erreichte Yoba seinen Bruder und grub seine gesunde Hand in das glitschige Holz. Es bot kaum Halt, und sich mit dem Oberkörper auf das Brett schieben konnte er nicht, denn sonst wäre sein Bruder unweigerlich ins Wasser gerutscht. Das Brett bot nur Platz für einen und Chioke war der Leichtere von ihnen.

»Gib mir deine Hand!«, schrie Yoba ihm durch den Regen zu. Chioke lag flach auf dem Bauch und krallte sich an dem Brett fest. Nur zögernd löste er eine Hand. Yoba griff sofort danach, denn er konnte sich kaum noch über Wasser halten. Bei der geringsten Bewegung durchzuckte ein gellender Schmerz seinen gebrochenen Arm.

Einen Augenblick lang hielt sich Yoba an Chiokes Hand fest und holte Atem. Dann ließ er wieder los und tastete mit seiner gesunden Hand nach seinem Tagebuch. Die Anstrengung ließ ihn beinahe untergehen, aber am Ende gelang es ihm, das eingepackte Büchlein unter Wasser aus seiner Hose zu fischen. Völlig entkräftet paddelte er zurück zu seinem Bruder.

»Das ist für dich!«, prustete er und das Meerwasser schwappte ihm ins Gesicht. »Pa… Pass gut darauf auf!«

Yoba hielt seinem Bruder das eingewickelte Tagebuch vor die Nase. Chioke presste seine Wange auf das schwankende

Brett und starrte ihn mit weit aufgerissenen, angsterfüllten Augen an. Sein Gesicht war nur eine Handbreit entfernt. Zuerst zeigte er keine Reaktion, dann tastete er vorsichtig mit einer Hand über das nasse Holz. Als sich seine Finger um das Büchlein schlossen, war Yoba erleichtert.

»Versprich mir … dass du gesund wirst … und lesen lernst!«, keuchte er. Er hatte einfach keine Kraft mehr. »Und … vergiss mich nicht … okay?«

Dann stieß Yoba das Brett mit seinem gesunden Arm, so weit er konnte, von sich weg. Er wusste, dass er sterben musste, und er wollte nicht, dass sein Bruder ihm dabei zusah. Chioke musste es einfach schaffen. Er hatte schon genug durchgemacht.

Der Abstand vergrößerte sich rasch und bald verschwand sein Bruder hinter einem Wellenkamm. Kurz darauf tauchte er ein Stück weiter entfernt zwischen den Wasserbergen wieder auf. Er schien etwas zu rufen, aber Yoba verstand ihn nicht. Das Brüllen des Sturms übertönte jeden Laut. Dann war Chioke endgültig verschwunden.

Yoba trieb alleine in den Wellen. Das Strampeln und das ständige Auf und Ab machten ihn müde. Sein ganzes kurzes Leben hatte er kämpfen müssen. Gegen die Angst, gegen den Hunger. Jetzt war es genug. Yoba schloss die Augen und ließ sich in die Tiefe sinken. Unter der Wasseroberfläche war es wunderbar still und friedlich. Kein Sturm mehr und keine verzweifelten Schreie. Stattdessen erfüllte ihn eine merkwürdige Leichtigkeit. Vor seinem inneren Auge erschien ein grüner Rasen, ein Garten vielleicht. Kinder lachten und Anthony, der Parkplatzwächter, schnitt bunte Blumen. Er trug eine mit funkelnden Orden bestückte Uniform und Yobas Mutter beaufsichtigte ihn mit strengem Blick. Chi-Chi hielt ihre Hand und redete aufgeregt auf sie ein. Yoba lächelte. Alle waren so fröhlich, keiner hatte Angst. Auch Adaeke war da. Sie streckte ihm lächelnd ihre Arme entgegen. Wie schön sie doch ist, dachte Yoba ein letztes Mal. Wie unglaublich schön.

45.

Julian wartete auf dem Flur der Krankenstation und kaute ungeduldig auf seinen Fingernägeln. Wie im gesamten Flüchtlingslager war es auch hier hoffnungslos überfüllt. Die Türen zu den Krankenzimmern standen weit offen und überall auf den Gängen lagen und saßen Patienten herum. Ein paar Schritte zu seiner Linken wurde Karten gespielt und zu seiner Rechten betete eine zierliche Gestalt kniend auf ihrem Gebetsteppich. Bis auf das italienische Ärzte- und Pflegepersonal, das gelegentlich mit wehenden Kitteln über die Flure huschte, war Julian der einzige Europäer. Unter den vielen Afrikanern fühlte er sich mit seinen dunkelblonden Haaren und seiner weißen Haut wie ein Alien.

Endlich öffnete sich die Tür zum Arztzimmer und Adria kam heraus.

»Alles in Ordnung?«, fragte Julian sofort. Adrias plötzlicher Schwächeanfall hatte ihm einen Riesenschreck eingejagt.

»Wird schon wieder.« Adria lächelte ein wenig kraftlos. »Die Ärztin meint, ich hätte mir auf der Fähre vielleicht einen Sonnenstich geholt. Auf jeden Fall soll ich viel trinken und mich ins Bett legen. Hast du den Jungen gefunden?«

»Noch nicht«, erwiderte Julian. »Luigi und ich waren bei seinem Verwandten in der Kleiderkammer, aber der hat keinen Jugendlichen in meinem Alter gesehen. Er meint, die Minderjährigen sind in dem Frauenlager.«

»Und wo ist Luigi jetzt?«

»Der wartet bei seinem Taxi auf uns.«

Adria blieb stehen und sah Julian in die Augen. »Und wie soll es nun weitergehen?«

Julian ballte die Faust um Adrias Handy: »Die Fotos geben wir diesem Journalisten von der Fähre. Seine Kamera haben sie ihm ja abgenommen. Danach fahren wir zurück zum Festland. Ich schätze, meine Eltern sind bereits am Rande des Nervenzusammenbruchs. Hoffentlich steht das Palm Beach Resort noch!«

»Und was ist mit uns? Hast du das vorhin auf der Fähre ernst gemeint? Ich meine, dass wir uns mal wiedersehen?« Adria zupfte verlegen an Julians T-Shirt.

»Natürlich! Hast du etwa gedacht, das zwischen uns wäre nur ein unverbindlicher Urlaubsflirt? Ich könnte dich doch mal in Köln besuchen. Der Kölner Dom hat mich schon immer interessiert!«, erwiderte Julian und küsste sie.

Sie hatten sich gerade wieder voneinander gelöst, als eine Krankenschwester an ihnen vorbeiging. In ihrer ausgestreckten Hand trug sie ein verdrecktes und zerfetztes Stück Stoff. Es handelte sich um ein blau-rot gestreiftes Fußballtrikot mit der Nummer zehn auf dem Rücken.

»Halt!«, rief Julian ihr hinterher. »Woher haben Sie das?« Dann sagte er aufgeregt zu Adria: »Ich kenne das Trikot. Der Junge beschreibt es in seinem Tagebuch. Er hat es seinem Bruder am Anfang ihrer Reise auf dem Markt gekauft!«

Adria wechselte mit der verblüfften Krankenschwester ein paar Worte auf Italienisch, woraufhin sie die beiden in ein kleines Krankenzimmer führte. Dort lag ein afrikanischer Junge in einem viel zu großen Bett. Er schien zu schlafen. Schläuche hingen aus seinen Venen und sein magerer, nicht zugedeckter Oberkörper war dick mit einer Salbe eingeschmiert. Julian erkannte die Narbe der Voodoo-Zeremonie sofort. Er zog das Tagebuch heraus und blätterte hastig zu der winzigen Zeichnung. Es gab keinen Zweifel: Zwei Striche in Form eines Ypsilons und darunter eine gezackte Linie – es war das gleiche Voodoo-Zeichen wie in dem Buch.

»Die Schwester behauptet, er redet nicht«, übersetzte Adria. »Sie glaubt, der Junge ist vielleicht stumm oder zumindest schwer traumatisiert.«

»Er ist Autist«, erwiderte Julian. »Sag ihr das. Das ist wichtig.«

Zögernd trat er näher an das Bett. Der Anblick des Jungen war erschütternd. An seinem ganzen Körper löste sich die Haut in großen Fetzen.

»Die Schwester sagt, er hat einen schweren Sonnenbrand und ist völlig entkräftet«, dolmetschte Adria weiter. »Ein Fischer hat ihn gestern auf einem schwimmenden Brett gefunden. Er muss tagelang auf dem Meer getrieben sein.«

Julian blickte auf den mageren Jungen hinab. »Frag die Schwester, was jetzt mit ihm passiert.«

Adria wechselte erneut ein paar Sätze mit der Krankenschwester. Dann sagte sie: »Wenn er überlebt, wird er zurückgeflogen. So wie die anderen auch.«

»Und wohin?«

»Das weiß sie nicht. Sie sagt: Irgendwohin nach Afrika eben.«

Julian stand fassungslos mit dem Buch neben dem Bett. Er fühlte sich so hilflos wie noch nie. Tränen rannen ihm über das Gesicht. Er legte das grüne Büchlein neben dem Jungen auf das Bettlaken. In diesem Moment öffnete Chioke die Augen. Als er das Tagebuch seines Bruders entdeckte, streckte er seine zittrigen Finger danach aus, um es zu berühren. Julian gab es ihm. Chioke sah den fremden Jungen flehend an.

»Yoba?«, krächzte er.

Über ihnen donnerte ein weiterer Airbus hinweg.

Nachwort des Autors

Überfüllte Flüchtlingsboote vor den Küsten des südlichen Europa sind in den letzten Jahren fast schon zu einem alltäglichen Bild in den Medien geworden. Laut *UNHCR*, dem Hohen Flüchtlingskommissariat der Vereinten Nationen, versuchten allein 2008 rund 36000 Menschen per Schiff Italien zu erreichen. Ein Großteil von ihnen stammte aus Nigeria. Im gleichen Zeitraum landeten 13400 Bootsflüchtlinge auf den Kanarischen Inseln und dem spanischen Festland, auf Malta waren es 2700. Über 500 Personen konnten nur noch tot aus dem Wasser geborgen werden. Selbst die große Wirtschaftskrise und immer schärfere Kontrollen hielten nur einen Teil der Menschen ab. 2009 riskierten erneut rund 17500 Flüchtlinge ihr Leben, um von Nord- oder Westafrika aus nach Europa zu kommen.

So weit die offiziellen Zahlen der Vereinten Nationen. Wie viele Menschen bei dem Versuch, Europa auf dem Seeweg zu erreichen, tatsächlich gestorben sind, verrät die Statistik nicht. Häufig kentern die überfüllten Boote auf See, ohne dass es Zeugen gibt. Unabhängige Hilfsorganisationen wie *Ärzte ohne Grenzen* schätzen, dass Jahr für Jahr weit über tausend Flüchtlinge in Mittelmeer und Atlantik ertrinken. Ihre Leichen werden nie gefunden.

Bislang hat Europa auf die Tragödie vor seiner Haustür mit einer immer stärkeren Überwachung seiner Seegrenzen reagiert. Der Kontinent hat sich in eine Festung verwandelt, wobei FRONTEX eine zentrale Rolle spielt. Hinter diesem militärisch anmutenden Kürzel verbirgt sich eine für die Außengrenzen zuständige EU-Behörde, die 2004 auf Drängen der südlichen Länder ins Leben gerufen wurde, um die Bootsflüchtlinge erfolgreicher abzuwehren und die Lasten innerhalb der Gemeinschaft gerechter zu verteilen. So unterstützt FRONTEX die Mitgliedstaaten bei der Ausbildung der Grenzbeamten, leistet technische Hilfe bei der Überwachung der Außengrenzen und organisiert die Zwangsrückführung von Flüchtlingen.

Der Erfolg ist zweifelhaft. Durch die massive Überwachung des Mittelmeers gingen die gezählten »illegalen Grenzübertritte« zwar zurück – aber das aus einem einfachen Grund: Immer mehr Boote werden bereits auf hoher See gestellt und zur Umkehr gezwungen, bevor sie das europäische Festland erreichen. Hinzu kommt, dass die verstärkte Grenzkontrolle bisher nicht zu einem Ende der Todesfälle geführt hat. Im Gegenteil: Durch die intensive Überwachung des Mittelmeers verlagern sich die Schleuserrouten nur. Sie werden immer länger und damit für die altersschwachen Schiffe noch gefährlicher. In See stechen sie trotzdem.

Aus diesem Grund unternimmt die EU mittlerweile alles, um die Flüchtlingsboote bereits am Ablegen zu hindern. Mit politischem Druck, wirtschaftlichen Zusagen und großzügigen Geldgeschenken werden die nordafrikanischen Transitländer dazu angehalten, keine weiteren Flüchtlinge mehr von ihren Stränden starten zu lassen. Dieser »Problemexport« trägt grausame Früchte: Gegenwärtig werden immer mehr Schwarzafrikaner auf dem Weg nach Europa in den Durchgangsländern festgehalten. Sie »verschwinden« in überfüllten

Internierungslagern, die mit EU-Geldern in der mauretanischen oder Libyschen Wüste errichtet wurden. Dort sind sie *Amnesty International* zufolge schwersten Misshandlungen ausgesetzt. Denn weder Mauretanien noch Libyen oder Marokko haben bis zum heutigen Tag eines der internationalen Abkommen zum Schutz von Flüchtlingen unterzeichnet.

Ortwin Ramadan im Februar 2010

Weiterführende Links:

Das Hohe Flüchtlingskommissariat der UN: www.unhcr.de
Bundesamt für Migration und Flüchtlinge: www.bamf.de
Amnesty International: www.amnesty.de
Ärzte ohne Grenzen: www.aerzte-ohne-grenzen.de
Pro Asyl: www.proasyl.de